U0939264

·文脉中国散文库·

说说即墨话

孙　诚 / 著

中国文联出版社

图书在版编目（CIP）数据

说说即墨话 / 孙诚著. -- 北京：中国文联出版社，2018. 12（2023. 3 重印）

ISBN 978 - 7 - 5190 - 4068 - 0

Ⅰ. ①说… Ⅱ. ①孙… Ⅲ. ①散文集-中国-当代 Ⅳ. ①I267

中国版本图书馆 CIP 数据核字（2018）第 286919 号

著　　者　孙　诚
责任编辑　李　民　周　欣
责任校对　田宝维
装帧设计　中联华文

出版发行　中国文联出版社有限公司
地　　址　北京市朝阳区农展馆南里 10 号　　邮编　100125
电　　话　010 - 85923025（发行部）　　85923091（总编室）
经　　销　全国新华书店等
印　　刷　三河市华东印刷有限公司

开　　本　710 毫米×1000 毫米　1/16
印　　张　16. 25
字　　数　266 千字
版　　次　2023 年 3 月第 1 版第 2 次印刷
定　　价　78. 00 元

目录

第一辑　又见炊烟

第二辑 "戏画"人生

第三辑 月色如洗

第四辑　他乡如故

附录　关于我已出版作品的《序言》和《书评》

说中日月话里乾坤

——序《说说即墨话》

董安荣

人过古稀，虽说按“新标准”还不算老人，可毕竟是年纪不饶人了，诸如为人作序、写记之类的文字活儿，我是一般不承接的。这倒不是想拿架子拉弓儿，主要是眼花脑钝手脚慢，做事力不从心了。要写个千八百的文字，得先翻看十万、数十万字的文稿，“吃”进去，“消化”掉，再“吐”出来，“落”到纸面上……这并不是件轻松的差事儿。幸好多少会摆弄电脑，从“一指禅”到“五指敲”，再用不着低头弯腰去“爬格子”，才勉强能应付过去。

这次为孙诚君的散文集《说说即墨话》（以下简称《说》）作序算是个例外，原因很简单：我对他的印象太好了；无论是人品、文品、才品，都达到了令我欣赏、折服的程度。人，如其名：诚——真诚、坦诚、实诚。与之交往，尽管年龄差距很大，但距离可以为零。晚年之人，有不少以前的所谓朋友如今见了都懒得抬眼皮，更不用说搭话了。可与诚君交往绝无此般尴尬，可以说达到了一见如故、无所不谈的地步，称呼起来甚至连那些“主席”“主任”之类的称谓都觉着是多余的。我为自己拥有这么一位忘年交而感到欣慰和满足。文、才，亦如其人，货真价实；文章、书法，皆为佳作，独领风骚。孙氏书法，刚柔相济，洒脱飘逸，那字真叫帅，令我爱不释手。诚君先后出版了四本书（三部长篇小说，一本纪实文集），我都认真拜读过，还多多少少地写过读后感及序样儿的文字。现在即将面世的《说》是第五本。他给了我他自己打印、装订得整整齐齐的厚厚一摞16开本书稿。我马拉松似的从头到尾、断断续续、仔仔细细地领略了一番。掩卷回思，感慨良多！他先前出版的那个我为之作序的《街里旧事》纪实文集，曾经给了我们“两座同样可爱的即墨城”，而现在似乎是随便“说说”的这个“即墨话”里，给予我们的文化内涵和外延，恐怕要远远超出了那个“即墨”的范围……

《说》究竟给了我们些什么？只有入进去后才会体验到。

我是粗浅地入进了《说》，便有了一些粗浅的感受——我觉着在《说》里我认识了又一个孙诚；一个作为作者出现的、更深层次的、多维立体的“我”这是一个知恩、感恩、至情至孝的“我”。这份大孝真爱之情，在袅袅炊烟里，在悠悠清流里，在青青田野里，在“我”的心海里。这情这爱这孝，通过“始终牢牢地印刻在我的脑海深处”的“父亲的那双结实有力的大手”，通过“冰封的这份平凡的感动”中的“母亲那双骨节变形的手”（《流淌在生命的长河里》），无时无刻地不“流淌”在“我”“生命的长河里”！“我的亲爹亲娘啊！你们无怨无悔地为儿女们操劳了一辈子，还没有来得及等我们回报什么，就这么匆匆地撒手人寰，这是何等的残忍和不公啊！”“摇曳在大海深处的海带，一茬又一茬，如同天下父母们的恩泽，总是那么无私地给予和馈赠”（《又是海带上市季》）。这是何等的深厚真切而又令人震撼的情愫啊！“我”，还是一个深深眷恋着热爱着生活的情种：无论是在“沿着墨水河往往返返、静静地悄悄地流走了”的儿时岁月，还是在下乡驻村的日子，那山村原野，那莹莹月光，那一草一木……在“我”的生活里无处不呈现着诗情和画意。“井、石碾、老槐树是那样的朴实无华、司空见惯，但又是那么庄严神圣。它们以这平凡的方式见证着历史，碾磨着岁月，品尝着生活，滋养和哺育了一方勤劳而朴实的人们生生不息。”《井·石碾·老槐树》“自己参加驻村工作时，不但又见到了地里的老玉米，还喝上了一碗新鲜纯正的玉米粥。咂一口，香甜入肺，大有一种阔别已久了的感觉啊！”（《老玉米》）“人们牵着耕牛、驮着暮色悠然下山，此起彼伏的风箱声便又不约而同地拉响。”“一块石头、一条沟壑都有着不寻常的传说，都有着讲不完的故事。这里的男人们不善言表，总爱喝上几口，在浓烈刺鼻的冲味中酝酿着生活；女人们嗓音高，不管新朋还是旧友，总喜欢扯着拉上几句，尽可能地道出生活的酸甜和感悟。一盘热炕、一壶浓茶、一把花生，足以让人感受和品咂到这里的一切。”（《南小峨·印象》）“水一般的月光一股脑地倾泻下来，如雪，如霜，如银……洒进窗外的那条小溪，溪水正缓缓地流淌着这纯净柔美的月色。大地明净如洗，到处一片银色的世界。这是梦的颜色，童话的世界。”“呵，欢快地唱吧！生机盎然的精灵们，我为你们礼赞！”（《月色如洗》）这是一些从何等透亮而纯净的心灵里跳跃出来的文字啊！《说》是作者的一张立体多维的闪光名片。在《说》里，我们结识了一个至爱大孝、诚信交友、求知好学、博学多才、思想深邃、热爱生活的"我"。

"我"的饱学多才,《说》中无处不有。五车八斗,皆不为过。人常说,"知其然,不知其所以然。知其然易,知所以然难。"很多时候,人们被卡在"所以然"上。比如说旅游观光,我这个人虽然不是那种"坐车、撒尿、拍照、不知道"等类型的人,但像"我"这样究根探源的劲头实在是缺而乏之啊!一个名不见经传的"上池书屋","我"能看出"瘦、漏、透、皱"的太湖石之奥秘和"妙在小""精在景""贵在变"的江南园林美之真谛。(《"上池书屋"的早晨》)一座默默无闻的张飞庙,"我"能端详出"半珠式、'品'字形、'多'字形"风格迥异的建筑群落及"天人合一,的"中国古代建城选址的典型范例","观"出"体现了传统风水理论的'龙、砂、水、穴'意象"及"后依盘龙山,前照锦屏山,左宗庙,右社稷,古城立于了山环水绕的'穴'场吉地"。(《阆苑仙境》)这都是些行家里手们的行话啊!观光、交友、处世,不论哪类哪篇文章,都是才华横溢、学识涌流。触之开卷有益,读之振聋发聩。且看"我""说"书法:中国的"大草"书法是从章草、小草演化而来,用笔狂放不羁、跌宕纵逸,又谓"狂草"。八方"出笔""使转""方圆""快慢"成为大草的基本笔法;用墨的"枯焦""涨润""浓淡"似烟霞漫卷;结字"疏密""大小""俯仰起倒"如腾龙舞凤、变幻莫测,甚至将几个字变成一个结字单位;章法则更强调黑白的关系和浑然一体。大草线条的刚性、弹性、质感、气韵、流美等是集书法之用笔、章法和艺术于大成者。它严谨而又规范地摆脱、打破了汉字的笔画、符号约束,完全由点和线审美组合,成为书法艺术中最自由、最自我、最奔放、最力量、最能荡气回肠的一种表现形式。如果说诗歌是文学的灵魂,那么大草就是书法的灵魂!(《宫同毓先生》)阔谈高论,何等酣畅淋漓!《说》是一个气象万千的知识宝库,而这里面的知识绝不是照搬照抄的简单"拿来",而是作者孜孜不倦地学习、理解、消化后举一反三的思索所获的独到的真知灼见。"故老子又说'道常无为而无不为''道常无名'及'道法自然'等观念。先有物质存在就是'道',后有意识产生就是'名'。其实道和名,都出自同一个事物,一个是客观存在,一个是对存在的认识。认识是在否定的过程中不断发展的,不断地否定、肯定,再否定、再肯定,事物的本来面目就揭示出来了。这就是老子所说的'玄之又玄,众妙之门'的深刻内涵所在,是两千多年前老子提出的唯物论观点。这与佛祖释迦牟尼当年证得的'如来说是世界,即非世界;所谓佛法者,即非佛法'的说法如出一辙。更是与马克思的‘物质第一性、意识第二性’的唯物论观点不谋而合。”（《关于老子的“道”》）此等高论，是站在知识高峰居高临下、融会贯通而提纲挈领的概括，绝非东拼西搬所能奏效的。

在《说》这个知识宝库里，作者在奉献给人们作文的人、作文的才的同时，还给人们提供了作文的艺。这里特别要提一提《长途车上》《老黑子》《一株茉莉》等文章，因为它们为散文写作技法提供了独特的借鉴。在这些文章里，作者除运用了一般性作文创作技巧外，又另辟蹊径，为散文创作提供了新的范例。这也许跟作者擅写小说有关，他又给我们创作了小说式、戏剧式的散文体裁的作品。那《老黑子》就是一篇不赞一辞的小说散文；而那《长途车上》，几乎全是特定“舞台”上的人物对话。作者靠白描式的环境、人物刻画，靠即墨的原生态的人物对话，把欲表达的题材意蕴和主题思想毫无痕迹地寓于其中，使人们在润物细无声中接受感染，随之心动，与之同欲，化而为一。此种于无声处听惊雷的表现手法非大家莫属也。就创作技术层面而言，《说》是一个硕大的写作方法的复合锦囊，任意一篇文，随手一句话，都有回春妙计、生花高招。可以说，《说》的创作技法纯熟自如，遵常法又无常法，如入太极意境，随心所欲而为，出神入化而现。有心做文章的人们，不妨细读慢研，心领神会而用之，必大有裨益也。

好的作者，似乎并不鲜见，但好的作者同时又是好的思想者，却不是那么容易见到的。《说》的作者是两者特别是后者见长的作者。往往是因为有了好的思想内核，作品的语言羽毛才变得更加华丽。《说》的“我”是一个具有很高历史、哲学、美学高度的思想者，因此具有一定生活厚度、宽度的《说》便有了思想的深度和高度。每篇美文所涉，每句佳句所指，既是那事那物那情那景，又不完全是那事那物那情那景。被作者赋予了思想意义的事物情景，都是升华了的另一种更高更美的境界。“捧一杯新绿，与春天拥吻。”（《一杯新绿》）“‘麻辣’究竟是什么？应该是一种有滋有味的酣畅！”（《他乡如故》）“为什么当物质生活富裕了，人们的道德行为却开始滑坡倒退了呢？难道是那些‘脑满肠肥’里的油脂在作祟了吗？”（《油脂匮乏的岁月》）“缘，是以偶然形式表现出来的必然结果，没有偶然就不能相遇，没有必然就失之交臂。”“时光的流逝恰恰是那些‘缘起缘灭’的堆积和沉淀。”（《为缘而来》）文中描绘的这些事物景物，难道仅仅是它们本身吗？非也。还有：“当刺猬不得不拔掉身上最后的一根刺，西装革履的变得世故起来时，才会发现其实最重要的已经不在了。就像飞蛾扑火，投向光明的一瞬是付出了生命的代价，但终成就不了涅槃的凤凰。”（《平淡如水》）“当别人堵了你的时候，你不是也正堵了别人吗？”（《于平淡细微处》）“人活明白了，也就不白活了。”（《一把香椿》）“只有‘后来’的‘现在’，才是牢牢把握在自己手心里的一切！”（《后来》）“写好一个‘人’，只需两笔；做好一个人，却要付之一生。”（《倾注“一腔热忱”写好“一撇一捺”》）多么精彩睿智而又犀利警策的语言啊！再说说酒，《说》仍比别人更胜一筹：“问世间酒为何物？那是太阳的光热、大地的肥沃和雨露的滋养，乃天地之精华！几多欢喜、几多悲伤、几多酣畅、几多梦想……只有酒才是永恒不变的‘主角’。”（《乘着“梦想的翅膀”》）《说》中处处闪烁着的思想火花，如楼群夜空之礼花，幽涧水上之明月，为原本的本体注洒上别一番旖旎风采和奇异神韵！

散文集《说说即墨话》，是一个由即墨文化元素构建的知识艺术长廊，林林总总地满摆着即墨文化印记的孙氏文化“特产”。进入“长廊”，目不暇接，心潮逐浪，受用无穷。本来嘛，这篇序文我是不打算做这么长的，时下只见手机不见书的年代，几千字的文字是很少有人耐着性子读到底的，然而我做不到。就如进入太阳岛的那个土财主，满眼见宝贝，样样都想要。

《说》就是一座即墨艺海中的“太阳岛”！我发掘到的这一星半点，仅仅是冰山一角、沧海一粟。我敢说，倘若诸君真正进入“岛”中，所收获的肯定要比我多得多。

“说”中日月长，“话”里乾坤大！

我庆幸、我骄傲、我祝愿！一庆幸在即墨区内不怎么有书可读的时候读到了这样一本本土的好书；骄傲我们即墨文坛艺苑跃出了这样一个闪亮的文化“品牌”；祝愿“我”为我及我们创作出更多更好的美文佳作！

是为序。

2018 年 10 月 18 日于槐荫堂

注：董安荣，男，青岛即墨人。山东省作家协会会员，中国报告文学学会会员，中华诗词学会会员。曾任即墨市委研究室主任兼市体改委主任、即墨市报社总编辑兼社长、即墨市文联主席兼党组书记等职。著有文学文艺作品集《槐木镢楔》《董安荣戏剧选》《山雨》《满月儿》《即墨名胜》《大海之歌》《画眉舌头》等。

第一辑 又见炊烟

浅谈“即墨话”

即墨地处山东半岛西南部，东临黄海，与日本、韩国隔海相望；南依崂山，近靠青岛，素有“青岛后院”之称。

即墨，故城因地临墨水河而得名，其名称最早出现在《战国策》《国语》《史记》等历史典籍中。春秋战国时期就是齐国通商名衢，秦代置县，汉初成为胶东政治、经济、文化中心，隋朝建城于现址，已有一千四百多年建城史。境内发掘出土了多处北辛、大汶口和龙山文化遗址，人类文明据此可上推至七千多年前。1898 年，德国强租胶州湾，把青岛从即墨分割出去，所以就有了“历史上先有即墨，后有青岛”之说。即墨，从历史的长河中一路走来，是中华大地上数千年来不曾更名的为数不多的几个地方之一。

汉语的“方言”俗称地方话，只通行于一定的地域，它不是独立于民族语之外的另一种语言，而只是局部地区使用的语言。形成汉语方言的要素很多，有属于社会、历史、地理方面的因素，如人口的迁移，山川地理的阻隔等；也有属于语言本身的因素，如语言发展的不平衡性，不同语言的相互接触、相互影响等。古老的即墨大地，自然有着属于自己独特的地方方言。在《即墨方言志》中，山东大学钱曾怡教授对即墨方言是这样论述定位的——“(即墨县方言属于汉语北方方言的胶辽官话，在山东境内则处于山东东区方言潍片的北端。)”已故即墨文化名家韩乃桂先生生前致力于即墨地方志和语言的研究，在他生命的最后几年完成出版了《即墨语林摭叶》一书。该书是对即墨方言系统研究的一本极其重要的专著，为即墨人挖掘、整理、遗存了弥足珍贵的文献资料。

即墨方言是古老的。因为古老，所以又常被人形容“老土”。但细究下，其在语音和词汇方面仍部分保留了古齐国语言的痕迹。如，艇（tēng，蒸）、庹（tuǒ，两臂左右平伸，掌心向前，两手指尖之间的距离即为一庹）、盖簟（diàn，秸秆、竹篾编制的锅盖）、杌（wù）子（方凳）、鞋靸（sǎ，

拖鞋）、蒲袜（蒲草编制的一种御寒鞋）、过晌（下午）、赶忙（立即）、上茔（上坟）、造作（淘气，不守规矩干坏事）、踢蹬（东西坏了，清理、处理。与其对应的词是“扎锢”，修理之意）、技良（形容一个人的手巧、技术好）、应当（不是现在的“应该”，而作“应对、应酬、处理”之意）等。还有许多叠词，如麻点点（很小、很少）、陪当当（假装、装模作样）、急溜溜（赶紧、快）、晒阳阳（晒太阳）等。许多即墨话听起来的确像乡间俚语，实则都有经传出处。原来满嘴的“即墨地瓜话”竟然闪烁着古汉语的千年遗韵！

即墨的语言与地方特有的物产、自然环境、生活习俗是密不可分的。青岛海岸线有七百多公里，海产品丰富，因此反映水产业的特殊词语自然与内陆地区的方言有所不同。以海产鱼类名称为例，即墨人对鱼的区分是非常形象的，如刀鱼（带鱼）、蛤蟆鱼（縱鲸鱼）、红绣鞋（短鳍红娘鱼）、舌头鱼（龙利鱼）、大头鱼（鳕鱼）、扁口鱼（比目鱼）、面条鱼（银鱼）等。

即墨方言中还有一些词汇是与当地的日常生活有着密切联系的。如“捞着”“捞不着”。即墨人在表达获得某种机会或具备某种条件的意思时常用“捞着”这个词。譬如，一个对生活自叹不如他人的人会感慨道：“唉，人家的日子咱什么时候能捞着过过就好了？”又如，一个人中了头彩，人们就会羡慕地说：“这个人真有福气，捞着了个大奖。”反之，没机会、没条件就成了“捞不着”和“没捞着”。这个词汇的产生可能正是与当地的海洋捕捞生活有关。

特定的语音、事物名称又促进了当地某些习俗的产生。例如：先前当地人结婚时要在婚车的车门旁边放上一块用红布包着的石头，新娘下车的第一脚一定要踩在这块石头上，叫作“下车石”（现在都改为红毯）；洞房的炕（床）前也要放一块这样的石头，叫作“上炕石”。这一习俗是取其谐音“下车拾”和“上炕拾”。因为“拾”在即墨的方言中有生育的意思，“生个孩子”叫作“拾个孩子”，生了个男孩叫“拾了个小子”，生了个女孩叫“拾了个小嫚”。为何要用这个“拾”字？乃是取其轻贱易养的意思，与给孩子取“狗剩儿”等乳名同义。所以，“下车石”“上炕石”的真正含义是祝愿新娘早怀孕，多生子。

中国的普通话共有四个声调，分别是“阴平”“阳平”“上（shǎng）声”和“去声”，通俗地讲就是一声（ˉ）、二声（ˊ）、三声（ˇ）和四

2017 年 10 月 30 日“撤市设区”后的新门牌

声（ˋ）。即墨方言的声调却以四声居多，整体显得较为直板生硬，缺乏相对的委婉和韵律性。这或许跟半岛沿海人豪迈直爽的性子有关。即墨（jímò）二字，在整个青岛地区大致有两种方言读音，一种念“即魅”（音），主要集中在现即墨、平度、城阳、崂山地区，因为当地人念“墨”为mèi（另有一说，即墨自古为邑，俗称“即墨邑”，快速连读后就发“即魅”的音了）；还有一种念“即密”（音），主要集中在现青岛市内老区，可能还是因为那个“即墨邑"的连读，亦可能因为即墨周边有个高密，所以误把“艮卩魅"读作“即密”了吧？

近些年来，“即墨”却忽然又有了另外一种“解读”，这与一位大牌电视主持人来即墨主持一档大型活动有关。此人一上台便开始戏谑“来到即墨（jímò）不寂寞”，然后站在台上自始至终地满嘴跑“寂寞”。此君显然将“即”字的读音搞错了，硬生生地将二声错读成了四声。却不知“即”并不是个多音字，并且只念一个二声。由此，一部分习惯操着“即普”（即墨普通话）的人也学会了“寂寞”，“家里家外”说话总是一副很“寂寞”的样子，十分可笑。一次，有朋自远方来，宴席上大家只能放下各自的方言用普通话交流。想不到那个南方人的普通话很是标准，“即墨”二字念得准确无误。反倒是我们一些土生土长的即墨人又开始满嘴跑“寂寞”了。有几次还将人家也给带“寂寞”了，好在人家很快又自我修正了。而那些只习惯了“寂寞”的人，依旧我行我素地“扑怆着眼皮，翻动个眼珠子，满嘴喷着沫咕渣”继续“寂寞”着，对于这些竟浑然不觉。

语言是最重要的交际工具和信息载体。我国是多民族、多语言、多方言的人口大国。虽然地方方言没有被列入《国家非物质文化遗产名录》，但推广普及“普通话”的确有利于增进各民族各地区的交流，消除语言隔阂，促进社会交往，对政治、经济、文化建设和社会各项事业的发展具有十分

左起：青岛市委副书记牛俊宪，即墨区委书记张军

右起：青岛市委副书记牛俊宪、即墨区政府区长吕涛

重要的意义。

即墨，不“寂寞”，也注定了与寂寞无关。即墨 1989 年撤县设市，地方经济得到了突飞猛进的发展。2015 年，即墨市的常住人口达到了 120 万，城区人口 53 万，名列山东省县级市第一。2016 年，即墨市完成地区生产总值 1180.5 亿元，公共财政预算收入 105.1 亿元，年均增长 23.8%，成为全省唯一过百亿的县级市。在中国社科院发布的《中国县域经济发展报告（2016）》中，即墨市综合竞争力位列山东省第一位和全国第九位，是江北唯一进入全国前十强的城市。目前，全国首个海洋领域国家实验室、国家深海基地等二十二家“国字号”科研机构，山东大学青岛校区、天津大学青岛海洋工程研究院等二十个重点高校、科研院所和一汽大众华东生产基地纷纷落户了即墨。“中国蓝色硅谷”的宏伟目标已经在这片热土上生根发芽。真是捷报频传，催人奋进。2017 年 7 月，即墨市，设立青岛市即墨区。即墨撤市设区后，将有效拓展青岛发展空间，拉开青岛城市空间发展大框架，有利于青岛更好地发挥在山东半岛蓝色经济区的龙头带动作用，更好地履行建设海洋强国的国家使命。

多少年来，真正远古的、标准的“即墨话”几乎没人会说了，即便有人会说上个一两句，怕是大多数即墨人都听不懂了。如今，即墨的外来从业和流动人口与日俱增，当地的语言、餐饮等日常生活和文化发展也呈现出了多元性。现在的“即墨话”正在无时无刻地、悄悄地发生着变化，各地方言亦是如此。相信不远的将来，中国的地方方言屏障一定会消失，人人都能讲一口标准流利的普通话，不会再有国人给国人做翻译的现象了。

因为“普通话”就是标准的“中国话”，全世界都听得懂！

2017年9月

注：2018年10月8日出版的《人民日报》发布了“2018年中国中小城市科学发展指数研究成果”公告，即墨区上榜入围“2018年度全国综合实力百强区”和“2018年度全国绿色发展百强区”两个榜单。在全国综合实力百强区中，即墨区排名第15位；在全国绿色发展百强区中，即墨区排名第1位。

又见炊烟

转眼又是国庆长假，的确该给自己和家人谋划一次好好放松身心的旅行了。但连日来看到网络媒体报道的路况信息和旅行社、导游明目张胆的“宰客”行为，又着实顾虑和胆怯了。最终，为了不给自己和他人添堵，我们还是选择了方便实惠的即墨近郊私驾游。

天高云淡、风清气爽，汽车渐渐远离了喧嚣的城区，轻松地驶入了一片金黄色的天地。久居闹市，人们漠视了大自然的季节交替，所做的无非就是随着气温变化增减衣服而已。而此刻，秋意融融，视野在广阔无垠的天地间流转，郊外的秋色越发浓重了。秋收后的原野，土地刚刚犁过，一个个“小山包”似的玉米秸秆整齐地码放在了田间地头。远远地，有农户在忙碌着抽水浇地。猛然间，一片嫩黄的新绿呈现在眼前，时空似乎发生了倒转，这分明就是一派盎然的“春色”！

“快看！那一大片绿芽，是韭菜吗？”作为中学生的女儿兴奋地指着车窗外喊了起来。

当然不是，那是已经破土发芽的冬小麦。车子缓缓停了下来，我们小心翼翼地踏上了这片松软的土地。怅然若失的我没有责怪，也不能责怪女儿的无知，这毕竟不是她的“过错”。现如今，城里的孩子哪个不是整日埋在教室和课本之中，即便是节假日也会被各种各样的培训班“绑架”。四时农耕，田间劳作，就是现在身居农村的孩子怕也是知之甚少了。

为君龙生态饭庄题写的“君乐园”

清新的麦苗带着点点的羞怯和水珠，迎着秋阳舒展。是啊，春去秋来、日复一日，每天匆匆忙忙的我们究竟收获得越多还是失去得越多呢？钢筋水泥、高楼大厦竟然可以隔绝人们最基本的生活常识，以后的孩子们又会是怎样的一种生活状态和精神面貌呢？

路牌显示，这里是大信镇普东中心社区，且不远处就是任家屯农场的一个葡萄庄园，刚好在举办“葡萄采摘节”。于是，我们兴致勃勃地寻了过去。很快，一个近百亩的葡萄庄园就呈现在了眼前。可今天园子里的游人并不多。从工作人员那里得知，今天恰好是采摘节的最后一天，所以人显得略少了些。这多少让人有些扫兴，怕是好果子所剩无几了。但很快，眼前的事实印证了工作人员的话——“先熟的果子不甜，最甜的葡萄总是在最后。”

偌大的葡萄园平整而通透，一排排两米多高的葡萄藤架一眼望不到边。墨绿色宽大的叶子下面坠着一个个白色的密闭着的特制纸袋儿，剥开袋子，一大串儿新鲜的葡萄就露了出来。原来，给葡萄套纸袋是生产有机葡萄的一个重要环节，主要起到了预防鸟虫害和防尘防菌的作用。这个园子里的葡萄全都是国外引进的新品种，有克瑞森、红宝石、夏黑、金手指等。葡萄的品种迥异，长相和口味也绝不相同，但无一例外的都是又甜又脆。特别是一种无核的红提果，颗粒饱满圆润，薄薄的紫红色的果皮上挂了一层淡淡的“白霜”，白色的果肉晶莹剔透。吃一口，真是甘甜润喉，满嘴生津。在这里，吃葡萄是免费的，你可以放开肚皮随意挑选，最后称重的只是你采摘筐中的葡萄。听着园子里此起彼伏的欢笑，品尝着丰收后的硕果和喜悦，这就是一场狂欢，一场忘我的、酣畅的、感恩的狂欢！

夕阳倦怠地挽着天边的火烧云开始西沉，枝头上落满了闹喳喳的喜鹊。

天色已晚，打理好“胜利”的果实，我们开始返城了。意犹未尽的女儿却有些恋恋不舍了：“农村不是很好吗？人们干吗还要往城里搬呢？"

这是女儿在一旁给我们的抓拍

我们一下子被问住了。沉吟了片刻，妻子说：“人为什么要考大学呢？不是为了将来要更好地工作吗？”

我笑了笑，“不用多久，农村就是现代化的新社区了，到那时我们就搬到农村去！”

女儿懵懵懂懂地望向了车窗外。此刻，暮色中的村落披着晚霞裹挟在一层层缥缈的炊烟和雾霭之中，如同一幅秀美的水墨画卷。我顺手打开了音响，正是邓丽君的那首经典老歌《又见炊烟》——

又见炊烟升起
暮色罩大地
想问阵阵炊烟
你要去哪里
夕阳有诗情
黄昏有画意
诗情画意虽然美丽
我心中只有你
……

2014 年 10 月

小巷

我的童年是在即墨老城里度过的，记得那是一条幽静蜿蜒的巷子——文富巷。

小巷的历史迄今已无从考证，但巷内高深的院落、斑驳的木柱、高翘的长檐、残缺的石狮足以说明它的过去。这对于孩提时的我并不重要，也不关心。我只知道那里的一切都是属于我和小伙伴们共有的天地、共有的乐园。在那里曾留下我童年无数的欢乐、无数的梦。

巷内居住着很多人家，大都是后来陆续搬迁来的。父母们的年龄都差不多，所以跟我一般大的孩子有好几个。没过多久，我们就都成了要好的伙伴。自从巷内有了我们，小巷往日里的那份宁静就荡然无存了。长檐下、石碾旁、残垣中，到处都是我们的好去处。在那里，总有着我们无限的趣味和遐想。我们玩“抓特务”（捉迷藏）、荡秋千、逮蛾蛐，有时还可以捉到“土鳖”。我们熟悉巷子里的一切，甚至谁家檐下有几窝燕，谁家梁上有几个“钱”（钉在横梁上面的古铜钱），我们都是最清楚不过的。听大人们说，燕子打不得，不然会害眼疾的，所以我和小伙伴只管打麻雀玩。我们都有一把自制的皮筋弹弓，通常一场打鸟战后，不是这家的玻璃碎了，就是那家的瓦盆漏了。最险的一次，一个小伙伴的头被打破了。为此，我们回家都挨了一顿“教训”。可第二天，我们几个又跟没事儿似的玩在了一起。不过，弹弓就再也没有玩过。

记得巷内开阔处，有一棵高大的、两个人都合抱不过来的桑基树。每到初夏季节，枝头便挂满了泛红的桑葚。没有熟透的桑葚入口酸涩，但却丝毫不影响对我们的吸引力。会爬树的自然是沾沾自喜；不会爬的，也不会等闲视之，便用竹竿、石头、瓦片打。好景不长，一块大石头落在了人家的房顶，打碎了许多瓦片。我们自然又免不了大人们的那顿“教训”。不几日，等桑葚树的主人将紫红紫红的桑葚摘下来分给我们品尝时，总觉得这桑葚的味道大不如“从前”了。

最有趣的要算是捉“节留”和“节留鬼”（蝉和蝉蛹）了。蝉，俗称“知

了”，在即墨方言中传读久了就成“节留”了。每到夏夜来临，我们就拿上手电筒，搜寻于巷内房前屋后的大小树丛。几乎每晚都会有收获，如遇上雨天，捉得还要多些。那时，捉到的“节留鬼”很少有人吃，说是人吃了会变瘦。在那个渴望增肥的岁月里，科普知识又不及时，所以人们都不愿轻易去冒这个“险”。我们一般会把它挂在蚊帐或窗棂上，第二天便可得到一只乌黑发亮的“节留”了。不过，这样的“节留”远不如从树上逮到的“生猛”好玩。逮“节留”一般有两种方法。一种是把“嚼麦粒”嚼出的“面筋”缠在细竹竿头上粘，可效率不高，且容易损坏蝉翼。所以我们更喜欢用第二种方法——套。先用铁丝圈一个圈，再依圈口缝上一个稍厚些的塑料袋，然后把它固定在长杆上即可。用时，将圈口轻轻靠近树上的“节留”，再突然扣下。受惊吓的“节留”会一头撞进袋中，任凭怎么“嘶吼”折腾，再也飞不出那个塑料袋了。

冬去春来，寒来暑往，小巷伴我走过了难忘的童年。后来，小伙伴们陆续搬离了小巷，我家也搬迁至了新居，小巷就完全成了昨日的记忆。再后来，小巷和那棵桑葚树都被高楼大厦替代了，心中难免有几许的伤感和失落。“乡愁”的情结会随着人的年龄与日俱增，即便那些回得去的、回不去的“故乡”如何变迁。但在梦中，那小巷依然熟悉，那桑葚依旧甘甜。

1996 年 3 月初稿

2016 年 5 月再稿

老屋

大概已有好些年没去看那栋老屋了。近来的魂牵梦绕，还是抽时间去了一趟。毕竟那是哺养育我们祖孙三代的老家。

老屋是过去那种司空见惯的五间土瓦房，一个前院，一个后院，窗子是贴窗纸的那种旧式窗棋。这便是祖辈们用手和肩膀缔造的家园。父母进城工作以后，随着祖辈们的相继离世，老屋就许多年没人居住了。布局摆设虽都与先前无异，但现如今更显得陈旧与沧桑了。唯一没变的，就是那些尘封久远的记忆了。

院中最明显的是那两棵树，一棵是木槿，一棵是月季。岁月的更替交换，月季花早已长成了一人多高的小树。繁茂的枝叶陪伴着老屋，装点着岁月，总是年年花开不败。每当盛季来时，它那特殊的清香便飘满了周围人家的院落。记得以前，每到这个时候，村子里总会有些人来索取月季的枝条回去扦插，成活率很高。甚至连外村的人也会打听着登门索取，老人们总是会欣然同意。木槿的花是可以生食的，花蕊的根处是甜的，特别是那些刚开的鲜花。这木槿花还是儿时我们游戏的一种道具。记得每到初夏季节，喇叭式的木槿花便开满了枝头，引来许多匆忙的蜜蜂。每每发现有蜜蜂落入花蕊中时，我们便迅速地捏住花瓣口，再将整朵花摘下来靠近耳边。这时，受困的蜜蜂便会在花瓣内“嗡嗡”乱飞，我们称之为听“洋戏”。

1998年，九十一岁的老娘于家中

靠近老屋的东窗下有一个很深很大的地窖。窖口总是用大石板覆盖着，小孩子是挪不动的。地窖的沿壁上，左右对应着各有一排均匀的孔洞。人要下去时，利用这些孔洞不断交替手脚便能下到底部。再下

过几道石阶，便是一个七八平方米的圆形洞室。它冬暖夏凉，主要是用作储藏农作物的。如果是在夏天，将吃不完的鲜肉放进去可以一两天不坏，就是提上来的西瓜，咬一口也是冰凉可口，这恐怕就是最早的土冰箱吧。记忆中，自己很小的时候，纠缠着大人用绳筐送进地窖一次，那是我第一次也是最后一次下地窖。从筐中爬出来，结果在下那石阶时竟一脚踏空，磕了满脸是血，门牙也不见了。所以打那以后我就再也没有下去过。这个地窖还曾是个防空避难场所。听大人们说起过，早在国内解放战争时期，在解放青岛的那段日子里，这个地窖还被临时改设成了简易的防空洞。那时，只要是一听到由远及近的枪炮声，街坊上的女人和孩子们不分尊卑老少统统下到地窖里藏身。没有通风设施，便只好放进一个做饭用的风箱通风换气。当年的那些孩子们中就有我的父亲和母亲。

老屋的确是太老了，岁月无情的剥蚀，令她愈加苍老和矮小。生养于斯和长眠于斯的人们早已不再需要她的呵护，甚至在我的孩子的眼中，她的样子十分好笑和乏味，这样的房子怎么居住？但她的确遮风避雨地呵护了数代人，她所哺育的儿女子孙已遍布天南海北。

伫立院中，面对这熟悉颤巍着的老屋，眼中、脑海和耳畔尽是无限的记忆和思念，一种黯然的无奈和伤感蓦地哽住了喉咽，不觉已是满眼热泪。

2005 年 10 月

井·石碾·老槐树

记忆中的故乡，除了那栋岌岌可危的老屋尚在外，剩下的一切都只是记忆中的了。自己虽然出生在县城，但童年的大部分时光是在农村度过的，那里留有我终生难以割舍的印记和思念。尤其是当年村子中的那口水井、石碾子和老槐树，现在想来，愈加地令人肃然起敬。

村子的大街并不宽敞，使那棵老槐树尤为突出显眼。一人合抱不过来的树干遒劲向上，树皮不规则地破裂着，显示出它的苍老和岁月。树冠很大，但参差不齐，新老枝干有着明显的差异。可真要细问起这树的年龄来，谁也说不清楚，推算起来有七八十年的光景了。树的旁边放置着一盘很大的石碾，一般人要推动它有点儿吃力。石碾总是光洁如新，只是碾驼的齿痕被磨得近乎平秃，碾盘周围的地面却密实坚硬得出奇。距石碾不远处，便是那口青砖砌壁、石板做台的水井了。井口不大，但很深，水质清冽甘甜。花岗岩的井台，已被踩磨得如鹅卵石般的光滑，井口处的石板竟被汲水的绳子磨出了一道道明显的凹痕。

村子并不偏僻，但在过去的年代也是十分的贫穷落后。直到今天，在各级政府的关心帮助下，全村人才吃上了真正的自来水。可想这口水井在祖辈们心里的位置和分量了。那时，无论清晨或傍晚，村子的大街小巷总能听到扁担铁筲均匀欢快的“吱哟”声。挑来的水只用于做饭和饮用，洗衣服都是到村外的河边去，即便是在天寒地冻的时候也不例外。

相对而言，石碾子的地位也是举足轻重的。几乎各家所有的五谷杂粮都是在这里碾磨的。印象最深的是当地每逢过年才会吃的一种“豆包”。

要先把煮熟的地瓜干和着红豆、豌豆在石碾上碾细，然后做馅儿包好蒸熟，也算得上是不错的一道点心了。石碾的另一个重要作用是，村子一直有个传统的手工副业，生产各种卫生香、线香和蚊香等，几乎家家户户都能做。

做香所用的各种原材料也都是在这石碾上碾磨的。记得碾磨的那些材料中有一种是榆树皮，其作用主要是为了增强香条的韧性。村子里做香，

历史上曾经中断过两次。一次是在解放战争时期，另一次是在60年代末。最后这次如果不是因为石碾是全村人必需的生活用具，恐怕也就被毁了。相比之下，那棵老槐树就远没有这么幸运了。当年在解放青岛的前夜，曾毁于一场战火，树枝、树冠被烧去了大半。但老树的生命并没有就此完结，灼伤处没过几年又长出了新绿的枝条。

井、石碾、老槐树是那样的朴实无华、司空见惯，但又是那么庄严神圣。它们以这平凡的方式见证着历史，碾磨着岁月，品尝着生活，滋养和哺育了一方勤劳而朴实的人们生生不息。终有一天，这些都将不复存在。但任凭岁月的更替、时代的变迁，这些割舍不去的印记将终生相伴，永远定格在魂牵梦绕之中了。

2006年5月

老玉米

这些年，在城里是见不着种老玉米的了，就是到了城郊也都少见了，可见城市的发展之快。换言之，如今餐桌上唱主角的再也不是那老玉米了，就连昔日里只有年节才能吃到的大米白面也都不是什么稀罕物了，谁还会去在乎这老玉米呢?

我是城里人，但童年的大多时光是在农村里度过的，就是以后上学了，几乎每个暑寒假也都要回到农村住上段时日。随着长辈们的相继离世，就很少再回去过了。这段特殊的经历，使我对农村一直以来有着深厚的情感，当然也包括这老玉米。

每年的“谷雨”前后，人们将地犁过，施足人畜底肥，便开始播种玉米了。播种时，前后需要两个人，一人在前刨坑，一人在后面点种平土。在小孩子们的眼里，这些单调乏味的动作甚是好笑，不时也模仿一下，但不是粒点多了，就是土踩实了，还会惹来大人们的呵斥。种庄稼这活儿，最好是老天爷给脸，能够风调雨顺。如果遇上连日的大旱，可苦了这些种地的人。人们得从河里汲水，再用小瓢一株株地浇过，既费时又费力。最辛苦的是“大伏顶子”的时候，城里人可以哪儿凉快哪儿待着，可庄稼人偏得往那玉米地里钻，又是撒“毒砂”，又是施化肥。为避开玉米叶子划伤皮肤，还得穿上长衣长裤，地里热气蒸人，挥汗如雨，滋味与现如今的洗桑拿绝非同论。

小孩子永远不会像大人那样，能吃饱饭就行，怎么也得有个“零嘴儿”。记得那时的零食特少，就连普通的糖果也不多见，更甭说在农村了。对老玉米的另一层感情也就由此而生，那简直就是我们眼中的“甘蔗”了。玉米长到一人多高时，秆儿是甜的，但也不全是，总得先试过才会知道。所以每逢此时，谁家地里的玉米长得好总会先遭殃。哪家一次少个两三棵不足为怪，更多的是有些被“咬”过了的秆儿，还“怔怔”地弯着或倒伏在那里，那肯定是不甜的。所以在那段时日里，总有大人们的咆哮声此起彼伏于这街、那巷。我们可全然不顾。

另一种美味零食则是“爆米花”。但绝不是现如今电影院或快餐店里

裹着蜜糖的那种。每年不定期的，总会有那么一两天，加工“爆米花”的人就会推着独轮车走街串巷地加工“爆米花”，或玉米的，或大米的。老式爆米花转炉的外面总裹着一层黑乎乎的烟灰，样子看起来的确像个大炸弹。神奇之处就在于最后那“砰”的一声响！一茶缸的玉米粒在炉火和转炉的催化下就变成了一布袋的“爆米花”。记得加工爆米花时，还要在炉膛内加入适量的一点“糖精”，那样爆出来的“花儿”才会有甜味。总以为外表简陋的爆米花转炉是中国人发明的。后来才弄明白，爆米花转炉的本名叫“英式爆米花机”，是19世纪后期英国人发明的。不过英国很快进入了电气化时代，这种爆米花机就在英国渐渐绝迹了。但没想到一路漂洋过海在中国落地生根了。伴随着那些特殊的岁月，甚至还流传了许多“粮食放大器”的传闻和笑话。

到了金秋时节，各家的独轮车都派上了用场，人们的汗水伴着欢快的“吱哟”声，脸上露出了老玉米般的笑容。不需几日，金灿灿的棒子便挂满了各家各户的房前和墙头。

工作以后，就远离了农村，记忆里的老玉米也只是记忆里的了。每每想起，个中滋味难以言表。有一年，自己参加驻村工作时，不但又见到了地里的老玉米，还喝上了一碗新鲜纯正的玉米粥。咂一口，香甜入肺，大有一种阔别久违了的感觉啊！

2001年8月

老黑子

那是许多年前的事情了，老黑子死了，在一个漆黑寒冷的冬夜。没有哭声，也没有眼泪，一切都是那么平静、那么自然。只是清晨的街头再也看不见那个扫大街的灰暗的身影了。老黑子没有亲人，更没有什么值钱的家当。还是几个不怕事的邻居凑了点钱，打发了他的后事。

老黑子其实不老，是个四十多岁的人。他不姓黑，人长得也不黑，但人们都习惯背后称他为“老黑子”，可从没听见有人当面叫过他。他到底叫什么名字，没有几个人能说得清楚。据说他是个长期潜伏在革命队伍里的“大毒草”什么的，是个反革命分子，后来被部队开除流放到这里的。说法不一，各持己见。可谁也不能证实自己的说法，更没人去向老黑子本人打听、证实这个。

那时的我还小，听不懂大人们嘱咐的话，只记得说老黑子是个坏人，是个疯子，不能跟他说话，要离他远点儿。记得那时的“会”特别多，几乎每晚都要开。大人孩子都不能缺席，老黑子也不例外。不同的是，每次开会他都得背对着大家，自己蹲在会场后边那个仿佛只属于他自己的墙角。他总是低着头，一句话也不说，没有任何表情，只是“吧嗒”“吧嗒”没完没了地吸着他的旱烟管儿。没有人去搭理他，也没有人去注意他，他仿佛并不存在。

他的工作是清理几条大街和几个猪圈的卫生。别看老黑子不搭理人，可对我们这群孩子却不一样。闲暇吸烟时，他喜欢和我们待在一块儿，有时还能拿出几块糖果分给我们吃。我们虽有点怕他，但能吃着糖，听他讲一些打鬼子的故事，时间长了，也就没有什么可怕的了，反而觉得他这人挺正常、挺不错的。从那以后，就有人经常看到他拣一些碎铜烂铁去换些糖块。

又一次开会，也是我印象最深的一次。会场上的气氛同往常大不一样，连我们小孩子也吓得不敢出声。这次，老黑子不是蹲在那个墙角，而是面对着大家，低着头站到了会场的前面。他的旱烟管儿不知让谁给掰折了丢在他的脚边，旁边还有一些散落着的糖块。他的脸依然是那么冷漠，那么平静，只是额头上多了几道伤口，血还在流着，不断地滴到地上，滴到掰折的旱烟管儿和那些糖块上。一声大吼，吓得一些胆小的小孩子大哭了起来。吼了些什么，已记不得了，只记得有“糖衣炮弹”这个词。我的记忆在不停地搜索，可怎么想也从那些打鬼子的故事里找不到这个神秘的武器。

第二天，听人们说：老黑子疯了，而且真的疯了……

有人见到他赤着脚在冰冷的猪圈里掏猪粪，还弄了满身满脸也不知道。我大概也是被那声大吼给吓着了，几乎没敢出门，更没敢去看老黑子。不几天，便听说老黑子死了，冻死在一个猪圈里。

记得那是一个特别寒冷的冬夜。

1997 年 5 月

虾酱情结

恐怕在皇帝的御膳菜谱中，很难找到虾酱的身影。即便是在过去沿海的农村，它也仅作为一种下饭的调味料罢了。它的出身无奇，加工简单，又毕竟归于酱菜类，难列正品大菜之流也就不足为怪了。

虾酱——顾名思义是用虾做成的酱品，不外乎有虾头酱、虾子酱和一种特小的蜢虾酱之分。前两种都需要用石磨推研，后一种不用，直接加入大量的粗盐粒儿，发酵密封后即成。在过去，对于吃够了地瓜、饼子就咸菜的即墨西乡人来说，能吃上口虾酱也算是改善伙食了。主要是因为与之搭配的主食必定是煮面条儿。甚至当时还有着“半碗虾酱一锅面”的说法。

过去，即墨交通闭塞，东西乡村的自然经济和条件差异很大。东乡沿海海产品丰富，西乡地肥粮食充足，所以这虾酱在东乡司空见惯，算不上个稀罕东西。但到了西乡，这虾酱的销路就一直不错。记得每年三四月间，便会有人骑个自行车，后车座上及左右放置三个圆桶沿街串巷卖虾酱，那叫卖声记忆犹新——“卖虾子来……”这时便有人，大都是年迈小脚的老妪或中年妇女从家里端一个黑瓦盆出来，经过一番就质论价后，一盆鲜亮的虾子或虾酱便端了回来，脸上自然洋溢着无法言表的笑意。

那个虾酱是不能生食的，大都是放点葱花、搁点香油蒸熟。有条件的还可以打上个鸡蛋，但这个鸡蛋一般是不搅散的。为什么不搅散搅匀，小孩子是不明白的。这样一来，蒸熟的虾酱，色、香、味就俱佳了。每逢有了这道下饭菜，自然少不了擀面条儿。小孩子们可以围坐在饭桌旁，闻着虾酱浓郁的鲜香，边看着大人拉风箱，边用筷子敲打着各自的碗碟。在这烦乱密集的“呱嗒”“乒乓”“叮当”声中，早已是满嘴生津了。后来逐渐长大懂事后，才知道了打在虾酱上那个鸡蛋是专给家中的长辈或“顶梁柱”吃的。其实即便是这样，那个鸡蛋最后还是一点不剩地全进了我们孩子的嘴里。

时至今日，日渐丰富的菜篮子和各类时令海鲜让区区的虾酱相形见细，甚至是可有可无，吃与不吃也没什么大碍。天天鱼肉果腹，留给虾酱的空间的确是太有限了。但自己做梦都想再吃上那样的一顿饭。时光荏苒、岁月无情，终生操劳的祖辈们早已离世，围桌敲筷子的孩子们业已大江南北。每当看着超市货架上包装精美的各式虾酱，昨日沿街的叫卖声和风箱声、碗筷声又会回响耳畔，鼻子也会酸酸的。

2007 年 7 月

油脂匮乏的岁月

现在，国人的温饱早已不是什么问题了，对于90后、00后的人来说，这可能都算不上是个问题。但对于出生于20世纪70年代的我来说，一日三餐的确是个天大的事情。我虽然生活在城区，非农户口，但在那个特殊的年月，即便是持有粮油证的城里人，肚子里也是没有多少“油水”的。如果哪家的孩子多，又没有农村的亲戚帮衬着，即便再怎么节省，“月供”的粮油还是不够吃的。

地瓜、饼子、窝头交替吃着，人总不至于挨饿。但缺少“油水”的日子，人们的身体健康还是会受到影响。记得家中的老饭橱里总有那么两三个油瓶子，其中一个是装香油的。可就是这个香油瓶却很少有机会触碰，里面的香油似乎总是那个样子，不见少，也不见多。只有等家里有客人时，大人们会在凉拌菜或汤里加上几滴香油，其独特的香气立刻就使餐桌的氛围变得馥郁热烈了起来。对我来说，香油还是一味重要的中药材。记得小时候，自己体弱多病，经常感冒，厉害的时候整晚咳嗽不止。每每这时，母亲就会在碗里放一勺白砂糖，再倒入几滴香油，然后用开水冲开了让我慢慢喝。也许是对白糖的依赖，反正这个方法对我的止咳有效果，喝完了这碗飘着香油花的糖水，我可以一觉到天亮。家里有一只铝制的小炒锅，一大早，母亲还会用它和着香油煎一个鸡蛋给我。一旁的姐姐只能眼巴巴地看着，因为这也是“药”，别人不能吃。不过，这样的情形，我也会有眼巴巴的时候。

在过去，几乎很少人知道“减肥”这个概念，那时人们的身材都很“苗条”，即便放开了肚皮吃都不会发胖似的。偶尔在街上看到个大胖子，不是因为身体有病，就是精神有问题。这种现象跟人们日常的饮食结构有直接的关联，不但吃不好，而且很节省。其实，人们肚子里最缺的还是优质蛋白和脂肪。猪肉就是一种最理想的普遍食材。现代人偏爱精瘦肉，而过去的人们更喜欢大肥膘。不仅是因为肥肉的香，更主要的是可以提炼猪大油。同样是吃了一顿猪肉，还额外赚了几天都吃不完的猪油，这个账人人都会算的。所以去集市或肉品店买肉时，人们总习惯“舰着个脸”让操刀师傅给多拉一点肥膘，但往往不尽人意，这当然要看人家师傅的心情或自己的面子“几斤几两”了。那时的“猪下水”一般都会比肉便宜，特别是猪肺和猪肠子，虽然都是些上不得台面的“下货”，但偶尔解解馋，也是不可或缺的“油水”啊！

时至今日，肥胖已经成为人类健康的一大隐患，减肥节食更成了爱美人士的不二选择。各种特色的食用油和肉食品琳琅满目，人们再也无需为三餐劳神，吃得更为精细讲究了。但随之而来的餐桌浪费和“地沟油”又成了社会凸显的问题。再清贫拮据的日子都熬过来了，为什么当物质生活富裕了，人们的道德行为却开始滑坡倒退了呢？难道是那些“脑满肠肥”里的油脂在作祟了吗？

2014年5月

闲话大白菜

鲁迅在《藤野先生》一文中写道："（大概是物以稀为贵罢。北京的白菜运往浙江，便用红头绳系住菜根，倒挂在水果店头，尊为，胶菜）……"的确，以前的白菜只有在秋冬季节的北方才见得到。现如今，随着白菜品种的繁多，蔬菜种植技术的日益提高，大江南北各种蔬菜反季节产销，早已不是什么新奇稀罕之事。过去由大白菜一统冬季蔬菜市场的风光难再了。

冬季大白菜的特点毋庸细述，它不仅棵大饱满、多汁脆爽，而且味道鲜美，生熟荤素皆可搭配。且储存期较长，一般从当年的十一月中下旬开始上市，一直可以吃到来年的春天。但在过去，人们吃大白菜恐怕不在于它的味道和质量，而是更在意它的储存和数量。那时，经过漫长寒冷的冬季到来年的春季是很少见到其他绿叶蔬菜的，家家户户的餐桌上唱主角的无非就是这大白菜，再掺和点土豆、萝卜、豆芽菜也算是很不错的了。所以那时，即便是上顿下顿早已吃腻了大白菜，人们还得上顿下顿地熬这个大白菜。

记得那时一到初冬季节，无论城里乡下、机关、企业和学校，都得忙着储运足够的大白菜，当然家家户户也不例外。有农村亲朋的可以往来捎送上一些，这自然是好的，不用自己费心操持；没这条件的只好在市场、街区上经过一番讨价还价的"抓堆"了。家里冬储的几十棵大白菜，得如数家珍地仔细侍弄。在农村，或放入地窖，或挖土深埋；在城里居住面积小的话，就只能晾晒码放在阳台或小院的朝阳处，夜里还要覆盖上厚厚的草席或麻袋防冻。逢上晴天丽日，还要把大白菜一棵棵摆开，给它们晒晒太阳，这样既防冻又防烂。那时的大白菜从出田到入户，模样没有多大变化，只是在食用时，才吝啬地掰去几个老硬的菜帮子。就是掰下的那几个菜帮儿，大多不是喂猪也就是喂鸡鸭鹅了。毕竟这是全家几个月的"糊口"啊！

穷尽奢华的一定不在民间，但又离不开民间。到了"御膳房"，就连普通大白菜的前世今生都完全可以改写。"御膳"中有一道"开水白菜"

就是大白菜菜品中的极致。相传，这道菜是由颇受慈禧赏识的川菜名厨黄敬临在御膳房创制的。黄敬临当厨时，不少人贬损他只会“麻辣”。为了“创新”，他百番尝试，把极繁和极简归至化境，终于独创出了这道菜中极品的“开水白菜”。后来，黄敬临将此法带回了四川，广为流传。1954 年，川菜大师罗国荣调至北京饭店主厨，负责国宴工作。他又将这“开水白菜”的烹调技术带回了北京，从而成为北京饭店高档筵席上的一道名菜。此菜成菜至少需要三五棵大白菜，取材只用每棵大白菜极嫩的菜心部分，一般配菜有老母鸡、去皮鸡脯肉、瘦猪肉、火腿蹄子、排骨、干贝等。好家伙，这道“开水白菜”的名字看似朴实无华，实则高不可攀，喝不起的竟然是那个“开水”啊！

时至今日，大白菜仍然是普通百姓餐桌上的家常菜，可大白菜在人们的心目中早已失去了往日的风采，再也不用天天过那“纯白菜”的清淡日子了。这并非人们移情别恋。这些年，随着农业科学技术的发展推广，农业产业结构也得到了不断调整，人们的物质生活发生了巨大的变化，生活水平也越来越高。冬暖式大棚里的反季节蔬菜长势喜人；菜市场的花色品种应有尽有；无公害蔬菜越来越受到人们的青睐。冬季大白菜“独领风骚”的时代确实已成往事。但这并不是说我们的大白菜就此销声匿迹。俗话说“瓜菜半年粮”，以前的大白菜在人们的生产生活中曾经发挥了不可替代的作用。如今，人们对大白菜还是情有独钟，喜欢的程度也不亚于过去，炖、蒸、熘、炸、泡变着花样儿的做法层出不穷，只不过是在个人的消费量上大不如以前了。

相信只要我们不断地培育开发新的品种，认真研究掌握好市场运行的规律和信息，逐步形成产销两旺的科学态势，大田的冬季大白菜一定能重新焕发出应有的生机和活力。

2003 年 11 月

地瓜岁月

当下，有一种土生土长、其貌不扬的食材，因为它的天然美味和保健功效越来越受到人们的追捧，所以身价陡增，这就是“番薯”。

番薯，又名白薯、甘薯、山芋、番芋、地瓜、红苕、线苕、金薯、甜薯、朱薯、枕薯等。因其富含蛋白质、淀粉、果胶、纤维素、氨基酸、维生素及多种矿物质，所以又有了“长寿食品”之誉。之所以称“番薯”，大抵是因“舶来”之故。

相传番薯最早由印第安人培育。16 世纪初，西班牙水手把番薯携带至菲律宾的马尼拉和摩鹿加岛，被当地统治者视为珍品，严禁外传，违者要处以极刑。但仍有两个在菲律宾经商的中国人，设法将一些番薯藤编进竹篮和缆绳内，瞒天过海运回了福建老家，遂遍及中华大地。明代的《闽书》《农政全书》、清代的《闽政全书》《福州府志》等均有记载。清陈世元《金薯传习录》中援引《采录闽侯合志》：“（番薯种出海外吕宋。明万历年间，闽人陈振龙贸易其地，得藤苗及栽种之法入中国。）”又据陈振龙六世孙陈世元记述：番薯先后传种于鄞州（浙江宁波）、胶州、青州（山东青岛、益都一带）、豫州（河南朱仙镇一带）各地，渐次在浙江各地传播，时为清乾隆二十年前后。以上史实证明了番薯是在 16 世纪末从南洋引入中国福建、广东，然后向长江、黄河流域各地传播。目前中国的番薯种植面积和总产量均占世界首位。

番薯，福建、广西称之为红薯，陕西、湖北、重庆、四川、贵州称之为红苕，上海、天津称为山芋，北京人叫它白薯，山东和东北人则称之为地瓜，不一而足，即便是同一地区不同区域的人们对它的称呼也不尽相同。如，江苏南部称为山芋，而到了苏北徐州地区则称为白芋；山东大部分地区虽称其为地瓜，但鲁南枣庄、济宁附近的当地人又习惯把它叫作“芋头”，而真正的芋头则被叫作“毛芋头”。即墨地处胶东半岛，此物数百年来就叫“地瓜”。虽然它不是瓜，与瓜也毫无瓜葛，但就是叫它“地瓜”了。就连即墨当地的方言，也会被人们戏称为“地瓜话”。从中不难看出，方面是形容即墨人讲话“老土”；另一方面证明了地瓜这一农作物在即墨人心中的地位和分量。一首广为传唱的民谣为证：“进了即墨地儿，踩了两脚泥儿，吃着地瓜干儿，听着柳腔戏儿。”

我出生在即墨老城里，并没有真正接触过农田耕种，有限了解到的一些基本常识，多来自于打小住“姥娘门”的缘故。

地瓜是一年生草本植物，繁育主要靠种块和茎蔓（wàn）。即墨人称种块培育的为“芽瓜”，茎蔓培育的为“蔓瓜”。种块培育与马铃薯（土豆）相同，取其种块发芽栽培；地瓜的茎蔓有落地生根的习性，所以这也是地瓜培育的一种便捷方法。另外，地瓜的植株也会开花，开花习性因品种和生长条件而不同，有的品种容易开花，有的品种在气候干旱，或在气温高、日照短的地区常见开花。由于地瓜属异花授粉，自花授粉常不结实，所以有时只见开花不见结果。一旦坐果，呈卵形或扁圆形，内有种子，通常是两粒。

在动物界，猪被誉为浑身是宝；而在植物界，非地瓜莫属了。地瓜的年生长期较长，田间管理并不复杂，但最麻烦也最耗体力的是需要数次“翻蔓”。每到盛夏，进入到地瓜的快速生长期，匍匐茂密的茎蔓就会着地生根，从而影响到主根地瓜的正常生长。因此，就必须通过人力将满地的茎蔓对翻一遍，防止地瓜“另起炉灶”而形成“跑瓜”。

与此同时，还可以适当地疏间采摘一些鲜嫩的地瓜茎叶回来食用。地瓜的嫩茎可以与肉炒食。但在那个节衣缩食的年代，肉并不常见，所以更多的是加蒜蓉清炒，或与虾酱炒，竟意外赋予了黄海之滨即墨人餐桌上一道时令“海鲜菜”。地瓜的叶子，可以裹上小麦或玉米面粉蒸食，甚至可代“主食”来吃。直到今天，这道“地瓜梗炒虾酱”和“粉蒸地瓜叶”还是很多当地人的时令最爱！

地瓜采收后的茎蔓和叶子也是宝贝，晒干粉碎后俗称“地瓜叶（yé）”，是每家每户喂猪的主要饲料。记得当年姥娘家的猪圈里，最多一次喂养了四头大肥猪。姥爷每天晚上都要熬上一大锅猪食，以备第二天用。饲料里有麦麸和豆饼之类的，其中放的最多的就是这个“地瓜叶”。熬好的猪食其实是很香的，难怪那些猪吃起来总是满嘴“呼噜呼噜”的。有一次，小孩子家禁不住好奇，用手指挑了点熬好的饲料尝了尝，味道跟稀饭也差不多，却被老人们好一顿数落和“嬉笑”。

在过去，地瓜的多产和多用，无疑是中国北方很重要的粮食作物，几乎家家都备有一个地瓜窖子。这些地窖或在屋里，或在屋外，大小不一。窖口小于一般的井口，深三四米不等，窖壁上左右对称着挖出一排小孔洞，便于人手脚交替着下去。窖底的一侧再斜着挖下去，设两三步台阶，便是较为宽阔的窖堂了。地窖里的温度几乎是恒定的，与地面的相比，冬暖夏凉，地瓜等一些农作物就是储存在这里的。我五六岁大时，纠缠着大人用绳筐送到地窖里一次，那是我第一次也是最后一次下地窖。记得筐子刚刚下到窖底，我就迫不及待地从筐中爬出来，结果在下那些台阶时竟一脚踏空，门牙也不见了。所以从那以后，“煞死”我就再没下去过。

除了越冬储藏一部分外，大部分的地瓜都是切片，或切条晒成地瓜干儿了。失去水分的地瓜干更容易存放，这可是过去庄户人家多半年的口粮啊！生地瓜干颜色粉白，煮熟后就变成灰黑色的了，吃起来虽有丝丝的甜，但吃多了容易胀肚，且没有汤水会难以下咽，极易噎着。相比起来，地瓜干没有煮地瓜那么可口，但也有一个弊端，就是吃多了易胃酸多——“烧心”，害胃病。但勤劳智慧的劳动人民，将其与晚些时节收获的萝卜同食，竟然相得益彰，问题就迎刃而解了。

地瓜干可以磨面；鲜地瓜还可以入菜；煮地瓜切条晒干就是“地瓜枣”或“干干肉”，在那个物资匮乏的年代，的确是大人孩子们的一种不错的居家零食。地瓜面包子应该是地瓜完美化身的最高境界！将地瓜干磨成面粉，掺以“筋固”（秋葵粉）或榆树皮粉（起黏合作用，因地瓜面缺乏韧性）和面包包子。馅料多以青萝卜丝、猪五花肉和粉条碎为主。这款包子蒸熟后，模样又黑又亮，简直像个乌溜溜的秤驼。但在那个生活困难的岁月里，这毕竟是仅在年节里才能放开肚皮饱吃一顿的美食啊！

虽然地瓜的吃法较多，个人却独爱烤地瓜。晾晒过的地瓜，丰富的淀粉会转化为多糖成分，经过烤制后，其焦糖的香甜味让人欲罢不能。但在过去，庄户人家却很少烤地瓜吃，因为那样会损失浪费掉一部分地瓜。但为了孩子、为了吃个“稀罕”，偶尔在冬天也会用炉火烤一点换换口味。借助煤炉底的温度烤熟地瓜，一切都得交给时间了。所以，与其漫长地等待，倒不如给地瓜换个位置，直接放到炉盖上烤。但需要将地瓜改刀切片才行，我们称之为烤“地瓜轱辘儿”。冬天里，当炉火闲置时，我们会将地瓜切成约一厘米厚的薄片儿均匀铺在炉盖上，然后小心翻动着，让这些“地瓜轱辘儿”均匀受热。当每片的两面都变得金黄时，就大功告成了。这种烤地瓜，一般都是在餐前或餐后来做的。在大人眼里，这或许是一种哄孩子的方法；但在小孩子们的眼里，这更像是一种游戏：先将两片的中间抠着吃了，剩下的罩在眼睛上就是一副“眼镜”，或放在炕上滚来滚去叫作“滚轱辘儿”“滚圈儿”等。顿时，嬉闹声混合着烤地瓜的香甜填满了屋子里的每一个角落。

鲜地瓜、地瓜干都可以酿酒。用鲜地瓜酿酒，工艺要简便许多，所以多为家庭作坊酿制。其工艺大致是：煮熟的地瓜冷却到三四十摄氏度后，捏碎成糊状，然后拌入专用酒曲发酵。夏季气温高，不适宜酿造地瓜酒，酒体会变酸，因此多在冬季进行此法酿造。发酵缸要用棉被稻草之类保温材料包裹，发酵半个月左右后就可以下锅蒸酒了。地瓜酒清冽甘甜，有强身健体、祛风御寒、防癌等多重功效，但后劲十足，让人会在不知不觉中沉醉，素有“见风倒”之说。用地瓜干到采购站换酒，大概兴于20世纪60年代末，其换算标准在各地不尽相同。当年即墨的兑换标准是：三斤地瓜干再贴上两毛七分钱可换一斤散装白酒。于是，“三二七儿”便成了那个年代人们对散装白酒的一个很独特的“昵称”。

万物生长依靠太阳和地球的自然之力；粮食和农作物的生产还必须参与人的创造之力。近年来，地瓜的身价虽然涨得有些离谱，但即便是再高，总也比不过那些山珍海味。山珍海味可以改善、丰富人们的“口福”，但终不可以当饭来吃，而地瓜就可以。尤其是对于那些经历过饥荒岁月的人来说，每一口饭、每一粒粮食都是那么的弥足珍贵！相信每个人关于地瓜的故事一定还有很多。无论是苦涩的还是甜美的，地瓜毕竟在人类发展的历程中发挥着极其重要和不可或缺的作用。过去是，现在是，将来还是。

2017年10月

注：2017年12月，“即墨地瓜”获得了国家农业部农产品地理标志认证。

奇石馆小记

记得早些年，即墨的夏夜每当花灯初上，街头纳凉的人就多了起来。或三五人边走边聊，或聚在路灯下打打扑克、摆摆象棋，倒也悠闲自在。不几日，骤然发现城区街道两旁的店面如雨后春笋般地多了起来。霓虹灯下，人来人往，着实给墨城的夏夜增添了一道美丽的风景线。

至府前街西端，“奇石馆”三个字赫然映入眼帘。早知道广西柳州的奇石馆闻名遐迩，竟不知在自己的身边也有一馆。怀揣着好奇，也就贸然走了进去。

2016 年于即墨古城“学宫”

一间斗室，却是石头的世界，各种玉雕、石雕及花色各异、奇形怪状的石头摆满了架上架下，一股清新高雅的书卷之气扑面而来，令人耳目一新。大腹的弥勒“笑坐”在门厅中央；奔腾的骏马和展翅的雄鹰栩栩如生、呼之欲出；各种玉雕器皿、小动物玲珑剔透、形态各异，打深处透着一股灵气，让人爱不释手。不过，这些都是能工巧匠的手艺罢了。令人称奇叫绝的是那一块块天然的、未经任何雕琢的石头或石壁，呈现了大自然鬼斧神工般的无穷魅力！

一块命名为《林海雪原》的近乎圆形的石头，通体洁白如玉，无数条不规则的墨线交织其中，勾画出一个银装素裹的冰雪世界。林海中，隐隐奔来几匹白马，所经处扬起层层雪雾；一块长方形的《夕阳无限美》，石面呈现出了一幅夕阳西沉，暮色笼罩着大地的景象。河堤上的几棵小树倒映在明净的水面上，令人称奇的是，当眯眼近瞧时，水面上竟反射着粼粼金光；最大的一块，也是最为叫绝的是那块《岱庙揽月》，石面的景象竟与泰山的风景极为相似。两峰之间，澄蓝的夜空悬挂着一轮金色的月亮。

月光下，岩岫如画，峰峦叠嶂，云烟幻灭，千姿百态。岱庙掩映在丛林之中，就连那一层层高耸入云的石阶都清晰可辨。画面构图奇妙，笔墨灵动，宛若宋代郭熙的《早春图》，又像是明代文徵明的《溪亭客话图》。

置身这石头的世界，驻足久视，被它的浑然天成吸引、感动。仅仅一块石头，却是这般神奇绝妙，给人以无限的遐想和趣味，由衷地赞叹大自然的无穷力量和奥妙啊！

1997 年 6 月

再上田横岛

北方的春天总是来得迟缓一些。但刚进入四月天，地处黄海之滨、胶东半岛古老的即墨大地便已披上了新绿的盛装。在一个春光明媚、万物勃发的日子里，应朋友之邀，我再次登上了即墨的“历史明珠”——田横岛。

初上田横岛，那是20世纪90年代的事情了。记得那也是在一个春日里，但那时的田横岛近乎荒凉，看点不多。可此次之行，由衷地感到了历史名岛所焕发出的无限青春魅力和迷人风光。令人欣喜，让人留恋。

田横岛位于即墨市东部黄海的横门湾口，总面积1.46平方公里，海岸线长八公里，据陆地三公里，岛上现有居民二百多户，与驰名中外的崂山隔海相望，一衣带水。田横岛因秦末汉初的齐王田横和他的五百义士而彰名，是一座历史悠久的海上名岛。据《史记》载：“秦末汉初，刘邦称帝，遣使诏齐王田横降，横不从，于洛阳途中自刎，岛上五百义士闻此噩耗，集体挥刀殉节，以示追随。世人惊感田横五百义士忠烈，拾其遗骨，合葬于岛顶，并立庙祀之，遂命此岛曰：田横岛。司马迁赞曰：‘田横之高节，宾客慕义而从横死，岂非圣贤！’”现代绘画艺术大师徐悲鸿的鸿篇巨制《田横五百士》，描绘的就是那幅悲怆感人的历史画面。

从即墨市区出发驱车一个小时，去，鸥鸟翻飞，蓊郁青翠的田横岛笼罩在一层薄薄的雾霭之中，就像是海面上升腾起的迷幻般的海市蜃楼；又像是一位婀娜含羞的少女，薄纱掩面。于是，我们迫不及待地登上快艇，向田横岛驶去。春天的海风柔和而清凉，疾驰的快艇飞溅起浪花，和着海风不时扑打在脸上和身上。乘着风、迎着浪、嗅着大海的味道，让人惬意清爽。来时的车马劳顿，顷刻间化为无比的兴奋和

田横岛鸟瞰全貌

期盼了。随着快艇的逼近，田横岛的“面纱”越来越淡，岛上的景物渐渐清晰了起来。像是故友重逢，面对着田横岛，心中蓦地腾起了一种陌生而又熟悉、激动而又茫然的感慨。

田横岛从岸边上看，是一座小海岛；等进到了岛上，这又是一座山了。下了快艇，信步走上海岛的码头，耳边已不再有风和浪的“喧闹”，尽是均匀悠远的潮水和一些海鸟的鸣叫声了，令海岛显得十分空旷和安详。昔日的羊肠小道，现在已变成了宽敞的环岛公路。走在上面，海岛的景致随公路的盘旋而不断变幻着。岛上的植被非常茂密，苍松翠柏间，楼宇叠嶂耸立。迎春、桃李、樱花在这里同时竞放，还有忙碌的蜜蜂穿梭于花丛间。是养蜂人的？还是野生的？在这离岸这么远的海岛上，竟不得而知，真是有些奇妙和感叹。道路旁、岩石间开满了一些不知名的小野花，黄的、蓝的，或一丛，或一片，点缀在这苍翠间，煞是夺目。两侧的路灯设计得高雅别致，且每隔几个就设计上一个小音箱，随时随地传来优美的乐曲，伴着登岛的游人一路前行，使人倍感亲切。不一会儿，就到了岛上的旅游服务区。这里的商业店面比比皆是，欧美和中国的建筑元素在这里交融，五颜六色的招牌和旗幡随处可见。在这里驻足，人会有一种穿越时空的错觉，像是到了香港的旺角区。

随着岛上设立的导游示意图，田横岛独特优美的自然景观可尽收眼底。神龟石、老仙洞……环岛周围的催诏、悬羊击鼓等田横遗址与附近的六七个岛屿如众星捧月般簇拥着田横岛。每一处景点都有一段美丽而古老的传说，令人遐想万千，回味久远。田横岛盛产鲍鱼、扇贝、海参、海带和马蹄螃蟹，这种螃蟹的背壳上有一圈类似于马蹄子的印痕。据说就是这种螃蟹当年奋勇“搭建”起连通海岛的路，齐王跟手下义士们才得以顺利登岛的。所以，直到今天，这种螃蟹的壳上还遗留着当年齐王战马“踩踏”过的印痕。岛上还盛产田横砚，据史料记载亦有五百多年的历史了。该砚石产于田横岛西南部深水中，其石质缜密细腻，硬而不脆，坚实耐研磨。因长年受海水的温润滋养，饱含的水分不易散发，所以色泽油黑而透亮，莹润如玉。明代嘉靖、万历和清代乾隆版《即墨县志》均有记载：“（田横石质坚，色黑如墨，少有文采，偶见金星。以其制砚，下墨颇利。）”

田横岛的南、北两坡风格迥异。南坡岬湾相间，石奇水秀。远远望去，有不少垂钓爱好者或坐，或立在礁石上，手执一杆，静静地体会着垂钓的乐趣；北岸则是水清港静，是游泳、帆船、摩托艇等海上运动项目的天然场所。商贸旅游业的开发带动，如今岛上还增设了射击场、体育健身馆和海上游乐场等许多娱乐场所。

登上岛顶，便是田横岛名垂史册的全部。首先映入眼帘的是“田横祠”。历史上的古建筑早已毁于久远的海盗和战伐，现在看到的都是20世纪90年代复建的。但中国特有的古建筑风格，很容易将人的思维和意识拉进历史，让人顿时能够跨越时空与历史对话。沿着石阶一直走到岛峰，便是气势恢宏的“五百义士墓”。墓冢高大、气势非凡。墓前高高耸立着齐王田横立身花岗岩雕像，基座上镌刻着书法家沈鹏先生题写的“齐王田横”四个鎏金的大字。于雕像下举目凝视，千古悲壮义举犹现，不由得令人感到一股凛然浩气喷薄欲出。千百年来，义士们长眠在人世繁华之外，化土厮守着自己最后的一片疆土和荣耀，任海啸风狂，看潮涨潮落。举目环视，沧海茫茫，万顷碧波环抱着青翠的田横岛。海岛犹如一叶孤舟，从历史中潸然飘来。长眠于斯的义士们啊，千百年来你们并不孤寂！海风习习，海浪阵阵，一遍又一遍地咏叹着这个千古流传的悲壮！

红瓦绿树、亭台楼榭，站在岛顶犹如置身于陶渊明的“世外桃源”。如今，这个因历史而闻名于世的岛屿，已经成为一个集现代文明与历史人文为一体的海上名岛。这颗镶嵌在黄海之滨的璀璨明珠，正以崭新的姿态赋予人们更多的内涵和解读，书写着更新、更加久远的历史华章。

1997年5月

南小峨·印象

工作的缘故，结识了南小峨村，虽时间不长，但印象颇深。

南小峨村坐落于即墨市温泉镇以北的丘陵沟壑地带，因小峨山而得名。唯一的一条进村土石路沿山盘桓，交通闭塞。整个村子倚势而建、高低不同，星罗棋布落于岭上、岭下，俨然一派典型的山村景象。这些独特的地理环境和自然条件，造就了一方勤劳纯朴的人们在这里安居乐业、世代繁衍，倒也是一处恬静祥和的世外桃源。

晨曦中，天边刚露鱼白，村子已升起了袅袅炊烟，和着特有的晨雾，整个村子便笼罩在缥缈流动的雾霭之中，若隐若现。从远处望去，丘陵层见叠出、浓淡相间，点缀着点点青瓦和绿树，犹如黄宾虹大师笔下的水墨图，又像是神秘莫测的海市蜃楼。傍晚，烟霭沉沉，夕阳总是把最后的一缕光亮眷顾给这里。于是，人们牵着耕牛、驮着暮色悠然下山，此起彼伏的风箱声便又不约而同地拉响。

山里人祖祖辈辈都能吃苦。连绵起伏的山丘环绕着郁郁葱葱的梯田，人们就是在这片贫瘠的土地上，播种和收获着一代又一代的希冀。

秋日里，当丰收的喜悦从南坡传到北坡时，成片的金黄早已熟透岭前和岭后。这里以盛产花生和地瓜而闻名，即便是同样的品种，到了这里也变得色、味俱佳，不过浓缩进的成本价值却远非他比。面对这样特殊的地形，田间唱主角的运输工具还是那种独轮手推车，在这里称之为“碾脚（j启）子”。叫这个名字是有原因的。人们把它稍加改进，在车轮轴上安装了制动装置——手刹。手刹片连接着一根绳子，固定在推车的一个把上。推车上坡时，手刹用不着。但当满载庄稼下坡时，适当调节着手刹的力度，就能起到控制车子的作用了。所以，每当这个季节，山村的田头巷尾，随处都能听到这种“碾脚子”欢快而有节奏的“吱哟”声，倒也煞是好听。

南小峨村距东七八公里便是黄海的鳌山湾，所以昼夜温差小，四季气候温润潮湿，景色自然怡人。但最别致，也是最具特色的莫过于严冬时分。

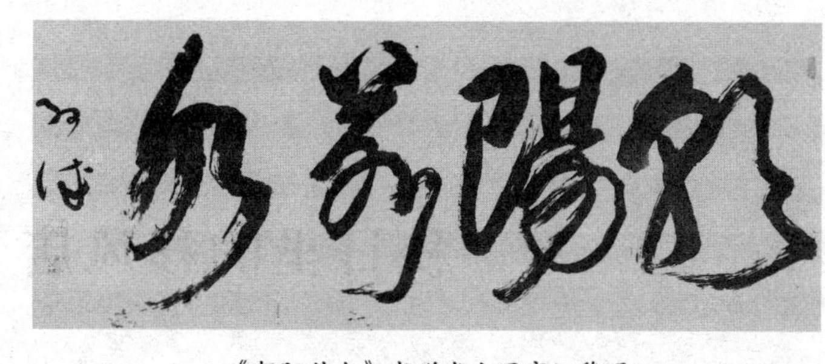

《朝阳若水》书赠发小同窗江黎明

一场封门的夜雪总会悄然而至，“扑扑簌簌”的为雪声，带来了山（寺村冬夜无尽的安详与宁静。伴随着树木覆雪的“吱呀”声，又将这雪夜的安详宁静传播得愈加幽深和辽远。清晨，推开厚厚的积雪，惊飞的麻雀不时会抖落枝上的积雪，纷纷扬扬，晶莹透亮；只要是不留意，让这些晶亮钻入自己的脖领，便“嗖”地觅它不见了。放眼望去，整个山村覆盖着皑皑白雪，这时才能真正领略到伟人的那句“山舞银蛇，原驰蜡象”的写照和气魄。当慵懒迟到的太阳跃出山脊时，岭上的阴阳界限自然就有了分割，村子里的房檐上便又挂上了支支冰凌。

南小峨的历史太久远了，谁也说不清，谁也道不全。但她过去的点点滴滴都装在南小峨人的心里。一块石头、一条沟壑都有着不寻常的传说，都有着讲不完的故事。这里的男人们不善言表，总爱喝上几口，在浓烈刺鼻的冲味中酝酿着生活；女人们嗓音高，不管新朋还是旧友，总喜欢扯着拉上几句，尽可能地道出生活的酸甜和感悟。一盘热炕、一壶浓茶、一把花生，足以让人感受和品咂到这里的一切。

1999 年 5 月

注：1998 年 10 月，笔者参加了即墨市委派驻的“三年脱贫”工作组，入驻温泉镇南小峨村，并兼任了该村党支部副书记。如今，温泉镇已更名为“即墨区温泉街道”。

秋日里的移风店

屈指算来，到移风店镇挂职工作已有两个多月了。记得刚来时正值盛夏季节，天空依然烈阳似火，但转瞬间满眼已是秋意连绵，大地金黄一片。秋收的喜悦遍布村镇的大街小巷和田间地头，就连空气中也饱和着浓郁芬芳的秋的味道了。

移风店位于即墨西北部的平原地带，西与平度市毗邻，全镇 121.3 平方公里，土质肥沃，水资源充足。青岛市的“母亲河”—大沽河灌流域内 19.2 公里，哺育着六万勤劳的沽河儿女孜孜不倦地开拓耕耘，创造了即墨西部巨大的天然粮蔬之仓。

没有太多夸张林立的“钢筋水泥”，所以这里的天地显得格外宽广，视野更加开阔。举目远眺，红瓦绿树，葱茏苍翠，大块方正肥沃的田地一望无际，到处是一片欢快热闹的秋收景象。家家户户的农用三轮车、手扶拖拉机不约而同地穿梭于田埂和庭院之间。前些天还在晾晒花生的房前、场院，现在却是一片片、一堆堆金黄的玉米了。秋收的时日紧张而繁忙，白天往往不够用，就连晚上八九点也搭上了。晚饭后，从房内接出一盏电灯，人们三三两两围坐在一起，一边拉着家常，一边迅速地剥着玉米。孩子们嬉戏于间，时不时还能传来家庭主妇的呵斥声，或朗朗的笑声，呈现出一幅幅生动而又朴实的生活写照。要是赶在农闲时节，保准随处还能听上一段地道的柳腔戏。移风店是即墨柳腔的发源地，素有“柳腔之乡”的美誉，全镇的“庄户剧团”就有五六个，几乎人人都能随口来上几段。这是久居市井的人永远无法想象和体会的。

镇西部密实高大的“绿色屏障”便是大沽河堤岸的人造林带了。油亮的杨树叶子被河面上吹来的风摇曳着，泛着耀眼的光亮，“唰啦啦”的响声此起彼伏。微微透凉的风和着淡淡的腐草泥土的气息，使这里的空气格外清新，令人心旷神怡。穿过林带便是大沽河了。这段河面很宽阔，近三百米的橡胶坝横卧在水面上，碧波荡漾，银光闪闪。大沽河的盛产更是闻名遐迩。鲤鱼、鲫鱼、银鱼在河堤上便能买到，更有大青虾、蚬子和蹶嘴鍵等特有水产品，这可都是名副其实的天然美味。黄昏夕阳，荡桨水上，河面散发着日间的丝丝余温，使人更加惬意。随着暮色的浓重，水面上便升起了一层薄薄的水雾，依稀透着点点昏黄的灯光，此刻的大沽河就更像是一个湖或一条江了。

丰厚的水源，肥沃的土地，政策的对路，定位的准确，全镇的“东粮西菜”发展格局、“两高一优”生态农业，给古老的移风店带来了新的生机和活力。近年来，移风店镇已开挖大沽河引水渠十九公里，灌溉面积达二万亩。五万亩的无公害蔬菜生产基地和三千多个蔬菜拱棚，秋阳下泛着层层银光，一条崭新的陆上沽河正神奇般地涌现在河道沿岸。蔬菜批发市场的强力辐射、刚刚开工的蔬菜保鲜加工区，为移风店的蔬菜生产、保鲜、加工、储运增添了“双翼”。每天，数十吨的蔬菜运往祖国的大江南北和西欧各国，实现了丰润的出口创汇。年三十六万吨的蔬菜生产和 1.9 亿元的创收，令移风店的菜农着实尝到了科技大棚的甜头。眼下，冬暖式大棚的内外宛若两个季节，棚外秋风阵阵，棚内春意融融，十余个新的蔬菜品种长势喜人，这肯定就是我们今冬春节期间餐桌上的珍馐。

移风店，这块解放战争时期即墨红色政权的革命圣地，凭借着科技富民强镇的战略、得天独厚的自然条件和浓厚的文化底蕴，正迈开矫健的步伐，跨入了新时代开拓奋进的行列。勤劳淳朴的移风店人正感受着秋的喜悦，收获着醇香浓郁的四季。今年，即平高速公路移风店段已经开工，高速路的出入口就规划设计在这里，这必将对拉动移风店特色农业经济注入强劲的活力和保障。这里注定是一片充满希冀的热土，相信不远的将来，移风店人的路会越走越宽阔，生活会越过越富足。

2005 年 10 月

院上村的早晨

凌晨四时，醒来后竟再无睡意。翻身下床，披了件外套来到了院子。天色微亮，周遭一片寂静。刚刚进入八月，院上村的清晨凉爽得却像秋天。这可能因它地处于移风店的大沽河畔、成片的绿色植被和大田蔬菜所致吧。

驻村工作有半年多了，在这个时间起床还是头一次。豢养的才两个月大的小狗——豆子，早已摇头摆尾地腻在脚边了。空气很清新，我决定到外面走一走。于是，轻轻地打开了院门，又轻轻地合上，以免惊动了屋里同事和左邻右舍的酣睡。

天已经放亮，但看不到太阳。明亮耀眼的路灯还没有安歇，依然恪尽职守着村落里的大小街巷；宽阔整齐的水泥路面，在灯光的映衬下显得更加笔直宽阔。走在其间，一种温暖而自豪的情绪油然而生，这可是我们半年工作的一个见证啊。从此，村庄的夜晚不再黑暗，街道不再泥泞坑洼。

前行了一段，便来到了刚刚落成的健身娱乐场。八百平方米的场子中央，两排崭新的健身器械整齐鲜明。与原先堆放在这里的垃圾、草垛形成了巨大的反差。看着眼前的器械，耳畔依稀又传来了日间在这里娱乐休闲的老人、孩子们开心爽朗的笑声。想不到，现代的健身器械与红瓦绿树的搭配竟也会如此协调统一。这恐怕对于一些久居繁华闹市的人，或者是祖祖辈辈生活在这里的人来说，都是不可以想象的。

全面实施院上村“五化”建设工程

足足绕行了半个村子，抬脚来到了村后的一处高地。小豆子很乖很有灵性，一直跟在脚边寸步不离。

这里其实是由几个很大的姜窖子隆起

的大土堆，四周长着数十棵高大的刺槐。茂密遒劲的枝干遮天蔽日，不知名的鸟儿穿梭其中。委婉动听的鸣叫，从这棵树再到那棵树，给这清凉舒爽的早晨更增添了无限的幽静和空灵。草叶上挂满了露珠，打湿了脚面，冰冰凉凉的。于是，找了块石头坐了下来。而此刻的豆子突然兴奋了起来，嗅着鼻子刨刨土、啃啃草，围着我四周跳跃狂奔了起来。所到处，总会惊起一群群“喳喳”的麻雀。很快，豆子变得一身露水和沙土。

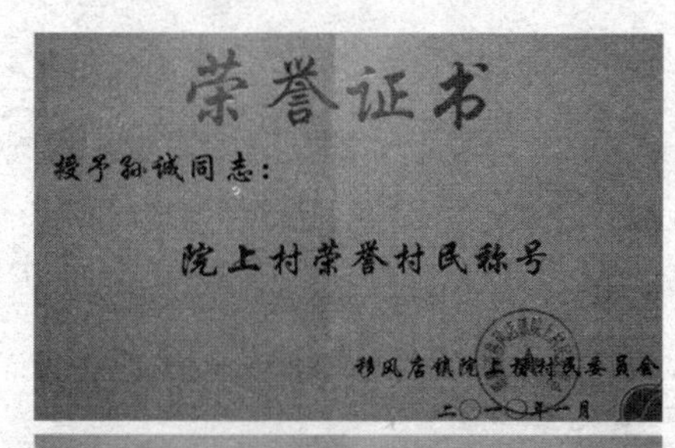

荣誉证书

授予孙诚同志：

院上村荣誉村民称号

移风店镇院上村村民委员会

二〇一〇年一月

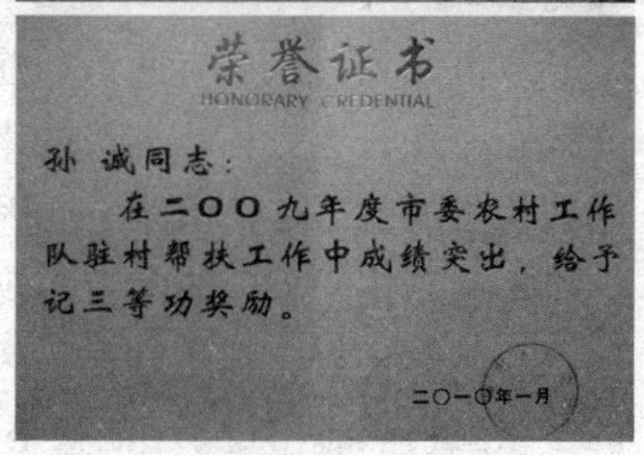

荣誉证书

HONORARY CREDENTIAL

孙 诚同志：

在二〇〇九年度市委农村工作队驻村帮扶工作中成绩突出，给予记三等功奖励。

二〇一〇年一月

驻村工作结束后，被院上村委授予了“荣誉村民”称号

东方渐白，隐隐透出了一丝微红，太阳就要跃出地平线了。胸中忽然腾起了一种莫名的激动。四周遍野一望无尽的葱田和姜田。大葱肥壮的叶子坚实挺拔，蓝莹莹、白蒙蒙的一片；墨绿色的姜苗已经一尺多高，枝丫锦簇。放眼望去，春季大白菜和甘蓝青色茫茫，像一片辽阔的海洋，又像是肥沃的牧场。

村落里隐隐又传来几声犬吠，街上陆续有人走动了，大都是些肩扛锹锄，手推抽水机起早浇地的菜农。稍后，此起彼伏的农用三轮车的“噎噎”声便传遍了整个村子……

披着霞光，黝黑的皮肤泛着太阳的光晕。新的一天又开始了。

2009 年 8 月

注：院上村位于青岛市即墨区移风店镇，青岛母亲河——大沽河东岸。笔者 2009 年作为即墨派驻的工作组组长进村生活、工作了一年。

长途车上

也许跟移风店镇有着某种不解之缘。屈指算来，前前后后包括挂职、驻村等工作已有三四个年头了。所以，对于移风店镇的村庄巷陌，我还是较为熟悉的。

从市区到移风店有两条长途线路。一条是经普东、段泊岚、刘家庄的北线；一条是经大信、七级的南线。以往走的总是北线，今年驻村工作来来往往走的就是这条南线了。因为所驻的院上村正好在这条线路上。

每周轮休一天，时间上多少有些紧张。所以，星期天一早便来到了即墨汽车站。还好，那趟开往移风店的车还在。开车的师傅不太熟，可售票的小张就再熟悉不过了，他就是院上村的。他叫张也，十七八岁，个子不高，人长得机灵乖巧挺帅的，还很会说话。

一见面，小张热情地喊道："怎么，大叔，刚回家就又要回去啦？""嗯。"我笑着点点头，买好票，坐到了车厢的最后排。

七点准时发车，很快，陆陆续续就又上来不少人。虽然我不能确定他们会在哪个站点下车，但十有八九都是去院上村周围那些村庄的。像西朱、太平庄、西桥、东桥、大庄、洼里、西马龙疃、女儿村……

"轰！"汽车发动了。突然，窗外一位五十多岁的妇女抱着个三四岁的孩子跑了过来，"等等……"

老人气喘吁吁地刚一上车，从前排的座位上躬起个老汉，"哎哟，他婶子，过来坐，这儿还有个空座"。

"哟！大哥，是你！好、好……"两个老人相互客套着坐了下来。

汽车出发了。吹着舒爽的秋风，我有些犯困打起了瞌睡。我知道，有小张在，不怕坐过了站。可车厢里却突然热闹了起来，这位抱小孩的老人似乎认识车上的不少人。

"哎，小二嫚，你不是才出去了吗？怎么又回来了？"老人看着一个十八九岁手里拿着行李的姑娘问。

哦，三嬷嬷，俺妈叫我回来的，说是咱村上也开了个小饭店，都给我联系好了，叫我上那里干。说是方便、省心。”姑娘说。

“对对，就是，咱村现在也有饭店了，快开一个月了，正用人哩。回来好，恁妈就放心了……”老人赞许道。

姑娘不好意思地低下了头。一旁的老汉开腔了，“哎，我说他婶子，你这是捕（抱）着谁的孩子，干什么哩？”

“咯咯……这是老二家的。两口子都在即墨打工，弄个孩子看不了了。这不，我起（给）他们领回去看着。”老人一边说，一边轻轻地哄拍着孩子。

“在即墨上幼儿园不行吗？”老汉问。

“啧啧，就他们挣那俩钱儿，还真送不起！”老人无奈地说，“现在咱村也有幼儿园，条件虽然跟不上城里的。在自家门口上，方便、便宜！”

“是，是！城里消费高啊……”老汉点了点头说。

“就是，整天没白没黑地起（给）人家干，时间上先不说，就是他们自己也得紧巴着用！”老人开始拉起了呱儿，“大哥，咱院上村不是以前的那个院上村了，现在有了路灯、水泥路，条件不知好了多少倍！今年菜价又好，稍微忙活忙活，一季春白菜弄个三万两万的不好揍（做）什么。现在这不眼看着又要出大葱了……”

“是吗？”老汉有些吃惊的样子看着老人。

“可不是嘛，今年市里给咱村派上了工作组，人家这些人真好，给村里又是铺路、拉路灯，又是建健身娱乐场，还把咱的房子都刷上了防水涂料。咱这不就是摊上了好事儿啦，做梦都想不到啊！”老人说着说着兴奋了起来，“这不，我先把孩子领回去，后面叫他们都回来，把地重新拾掇起来种菜。后面我听说他们工作组还要成立起什么蔬菜‘货多社’，到时候还不比在外面打工强？！”

“呵呵，三嬷嬷，那叫‘蔬菜专业合作社’，呵呵……”那个姑娘笑了起来。

“对，对！就是这个名。你这个小二嫂，还笑话我！咯咯……”老人不好意思地笑着。很快，笑声便在车厢里弥漫开来……

汽车在行进，高楼大厦和拥挤的车流连同喧嚣渐渐远去，成片的绿色却越来越多了起来。

老人看了看怀中熟睡了的孩子，问老汉：“哎，大哥，你不都搬城里住了，还回去干什么？”

“嗨！说得可不正是这个事儿！”老汉有些激动起来，“前些年地不

值钱，咱村一下雨又进不去个人，寻思着干脆把房子卖了，再攒俩钱儿搬城里养老算了。这不听说咱村今年变化这么大，回来看看，房子不卖了，拾掇拾掇回来住！趁着这几年身体还行，不能多干，咱还不能少干点儿？再挖差（赚、挣）个棺材板的钱儿。嘿嘿……”

“你看看，看看！你是真会算计，就咱现在这条件，使劲儿活吧，还早哩！人家工作组还请医生进村，免费起(给)我们查体建档哩！咯咯……”老人又笑了。随即又引起车厢里的一阵哄笑。

“哦，是，是！再说城里的空气哪能跟上咱村，咱的水是清的，菜是不打药的。想想，还是咱村里好啊！呵呵……”

“大爷，话也不能光这么说，难道人家城里就没一点好的？”一个文质彬彬的青年人问道。

“就是，我看人家城里人的文化水平和文明程度就是高。不然，大家都往城里挤干什么？”张也插话道。

“嗯……是这么个理儿。说归说，咱们一些群众的思想觉悟还是有差距啊……”

车厢里陷入了良久的沉默。

不知不觉，五十分钟的车程到了。老汉看了看还在熟睡的孩子，赶紧跟那位老人一起把他推醒，“败（别）睡了，小乖乖，快起来吧，到家啦！快看看，还认识吗 ”

我随着他们一起下了车。等汽车走远了，我似乎仍能感到车上那些回看我的目光。我想，那一定是小张跟他们说了什么。不过，我的心情很舒畅，腰板儿很直！

2009年10月

不曾逝去的印记

人人都有童年，虽不尽相同，但总该是天真、烂漫、无邪和讨嫌的。尽管童年对每个人的影响都很大，但它在人的一生中极其短暂和模糊。时光荏苒，现在我们时常能够回忆起的童年，恐怕也只是儿时的某件事情或某个片段，或者只能从那些发黄的老照片中寻着点慰藉了。

我的童年属于20世纪70年代。值得庆幸的是，直到今天它在我的身边也不曾消失，几乎完好地封存在家中的一个桌橱里。这当归功于我的父母。儿时自己玩过的、用过的大小物件，父母大都整齐地放置在这个桌橱里。后来居家几经搬迁，但直到现在，那个桌橱和桌橱里的东西也不曾有丝毫的遗失和损坏。

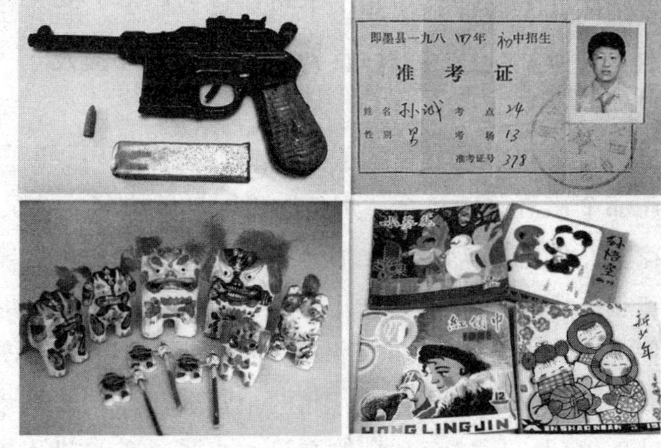

儿时的部分收藏

桌橱里尽是些老古什子东西，有各种玩具手枪、“皮老虎”、邮票、小画片儿等。众多的“收藏品”中，甚至还有一张我上小学时的“学杂费”收据，当时一个学期的杂费为两块钱。这张收据虽是学校刻板印制的，上面有学校和班主任的印鉴，能存至今日确属偶然。除了这些，就是我童年珍爱的全部了——连环画和儿童杂志。连环画又称小人书，记得我的小人书最多时达百余本，现存的也有五十多本。那个年代县城里的孩子，课外除了淘气和收听电台的《小喇叭》节目，最大的兴趣和爱好便是争着互换小人书了，痴迷程度不亚于今天的孩子泡网。有时背着父母和老师在书包里放上几本，上课时还不忘拿出来翻一翻。但千万不能被同学举报和老师

发现，若不然，挨顿批评没啥，弄不好心爱的小人书便保不住了。

这些藏书中直到现在我最喜欢的还要数那《西游记》《说岳全传》和《兴唐传》。这些书虽有很多不同的版本，但大都绘画精美、图文讲究。那时要通读文字很吃力，但通过完整的画面，同样可以帮助我们理解每个故事。这或许就是每个孩子都喜欢小人书的原因所在。孙悟空的神通广大、猪八戒的憨态可掬、岳飞的精忠报国、“麻虎子”的啖人成性，无不给那时的我留下了深刻的印象。课余时间，几个小伙伴更喜欢聚在一起看一本书，相互讲解和补充是有助于对故事理解的。记得班里有位“错字大王”，经常会把骑马吆喝的“驾”字读成“骂”字，“一类”读成“一尖”。可这丝毫也不影响他的阅读兴致，往往在喊过“骂！骂！”之后，自己也好生纳闷儿，“催马快跑，干吗要喊骂呢？”直到引来我们的一阵嬉笑后，他才会顿然会意过来。直到今天，只要一提及小人书，我总会想到这位同学和这个笑话。

看过的小人书翻腻了、换遍了，总得要再买新的，这可是件难办的事情。在那个三五分钱买个“炉包”（即墨地方名吃，又称“县里包”）的年代，花上一两毛钱买本小人书可是够奢侈的。所以经常是忍着馋，从买冰棍和炉包的零用钱中积攒点儿买本中意已久的书。那时的即墨县城仅有一个新华书店，也就是现在“共济街”上的那个。当时的书店较现在简陋土气得多，仅是一栋瓦房，开有南、北两个营业门。门是两扇前后都可以推拉的弹力玻璃木门，门口有高高的石阶，小孩子独自进出不但费力，且还有被推拉弹回来的大门撞击到的危险。我就曾被那大门撞击过，虽不太重，但每次推那门时，都会提心吊胆的格外小心。书店的经营方式是传统封闭式的柜台，不像现在全都是敞开的自由选购式，人可以游历其间随手翻阅。当时，我家住的地方离书店很近，没事儿的时候自己大都是干泡在书店里，隔着玻璃柜台眼巴巴地浏览着各式各样的小人书封面。时间久了，即便是不买书，单是店里书籍纸张油墨的特殊清香也让我喜欢起来。不过，后来终于让我逮着了一个买书的好办法。一次生病，母亲带我到城关医院，就是现在的即墨第三人民医院看病。医院与书店虽隔了一个十字路口，但也不过二三百米。打完针后，作为一种补偿或安慰，母亲便带我到书店里买了好几本小人书，这可让我兴奋了好长时间。从那以后，这便成了我看病打针的一个重要的筹码和条件。有一次，青霉素打得腿都不敢动了，我也要母亲背着到书店里溜上一圈，直到捧回几本钦慕已久的小人书才肯罢休。

《聊斋志异》丛书、《不怕鬼的故事》等都是通过这种办法购得的。

随着时光的推移，转眼二十多年过去了，自己也身为人父了。虽然现在这个桌橱一年中也不曾打开过几次，但每次打开时的心境和感觉都是一样的，如同打开了自己的童年历程，有时竟感到那似乎就是昨天刚刚发生过的事情。望着那一摞摞小人书，每一本都是一个精彩的故事，每一本都有一段美好的回忆，它伴着我走过了难忘的童年和艰苦岁月。它是我童年的全部，更是一份母爱平凡而朴实的积淀与写照。

看看现在的孩子，真是太幸福了！电视、电脑、数码影音、电子文具一应俱全。世界变得色彩斑斓、目不暇接了。刚刚上小学的女儿已经拥有了许多书籍，但那绝非过去传统意义上的小人书了。它的质地更加精美，装帧更加考究，而且里外全都是彩印，但价格变得也不菲了。我也专为孩子腾出两个柜子放置图书和玩具，以这种方式收藏着孩子的童年，让她的童年印记更加清晰、更加深刻、更加丰富，想必将来这些也会成为女儿的一笔不可多得的精神财富！

2005 年 6 月

小小邮票传递着的“中国梦”

我出生于20世纪70年代，从自己记事起，就发现家中的抽屉里有一个很旧的笔记本，里面除了有一些看不懂的文字外，还夹着几整张花花绿绿的小画片儿。后来才慢慢知道，那就是邮票，专门寄信用的。

1974年10月1日发行的建国二十五周年纪念邮票，共分两套

那几张邮票是1974年10月1日发行的庆祝建国二十五周年纪念邮票，共分两套，第一套是单张的《团结起来争取更大的胜利》，这套邮票是我国邮票设计家卢天骄所画的一幅宣传画——庄严的国徽下，各民族群众振臂欢呼、并肩前进，后面为“团结起来争取更大的胜利”的横幅标语；第二套分三张，分别画的是那个年代所特有的“工、农、兵”形象，总面值0.24元，记得这套邮票都是没有撕开的整张大票，我经常会偷偷撕下几张随处贴着玩儿。后来等大人发现了这个问题时，那套珍贵的纪念邮票已经被我糟蹋殆尽了。许多年之后的今天，我手上也仅存有一套了，现在想想真是后悔不迭。

80年代，上中学后，我渐渐喜欢上了集邮，于是就有了自己的第一本邮册。从那时起，每天上学、放学经过县城唯一的那个老邮电局时，自己总会进去浏览一番。零花钱一旦攒够了，就会买几张喜欢的纪念票，这本《邮册》也渐渐充实了起来。记得我买的第一套邮票是1984年10月1日发行的庆祝建国三十五周年纪念邮票。因为以前的不懂

1984年10月1日发行的庆祝建国三十五周年纪念邮票

事糟蹋了那套老邮票，所以我倍加珍惜这套邮票。这套邮票的设计者是陈晓聪，一共五张，总面值 0.52 元。分别为《壮丽的图景》《希望的田野》《光辉的前程》《科学的春天》和《保卫你，祖国》。票面展现和描绘出了改革开放的宏伟蓝图和人们欢欣鼓舞的精神风貌。

在我收藏的这些邮品中，大部分都是使用过了的。在那个以信件为主要通信工具的年代，搜集这样的邮票是非常方便可行的。我会尽可能地告诉每一个认识的人，只要他们一有了信件，都会把信封上邮票剪下来留给我。不过，积攒这样的邮票也有个弊端，就是好的、纪念性的邮品不多，而且要不就是重样儿，要不就是“断章”，要集齐一整套的邮票往往十分不易。这就避免不了要跟别人交换，或买。那时，邮电局的门口每天都会有一两个年轻人夹着一大本邮册蹲在那里。偶尔我也会凑上前去看看，如有自己喜欢的，也会与他们苦苦交涉一番。

随着现代通信传输业的迅猛发展，信函早已经淡出了我们的生活视线，甚至现在还有很多人提笔忘字和不会写信了。但小小的邮票并没有因此而没落，它所具有的独特魅力和价值越发彰显了出来，还成为收藏界的一个独特的门类。在我当年“苦苦交涉”集到的邮票中，就有一张我国 1980 年（庚申年）2 月 15 日发行的第一张生肖邮票，俗称“猴票”，是我狠心花了两块钱买的。猴票的编号为 T46，全套一枚，面值为 8 分人民币，背景为红色，图案是由著名画家黄永玉绘制的金丝猴。现在，无论是谁也料想不到，就是这枚小小的邮票开启了中国的一个邮票神话。其市场价格一路飙升，在中国邮市里经历了难以置信的风生水起，现在的市场标价甚至翻了当年面值的二十万倍。想想当年自己的果断“出手”，心里自然是十分欣慰的。

时光荏苒，今天的新中国已经成立六十九周年了。伟大的人民共和国走过了半个多世纪的风雨，祖国处处发生了翻天覆地的变化。人们安居乐业，尽享着改革开放和现代化建设的丰硕成果。小小邮票，无论从内容还是从设计制作也都发生了质的飞跃。

2012 年 11 月 8 日，中国共产党第十八次全国代表大会在北京召开。大会选举了新一届中央领导集体，习近平同志当选为中共中央总书记。2013 年 3 月 17 日，习总书记在第十二届全国人大第一次会议闭幕会上发表讲话，系列阐述了“中国梦”。中国梦归根结底是人民的梦，必须紧紧依靠人民来实现。中国邮政于 2013 年开始启动中国梦邮票系列，分三组展现了国家富强、民族振兴和人民幸福。2013 年发行的第一组《中国梦——

国家富强》后，社会反响强烈，受到了社会和广大集邮爱好者的喜爱；

2014 年发行了第二组《中国梦——民族振兴》。与这套邮票同步，中国邮政还特别发行了与邮票同题材的《中国梦》邮票纯金纪念产品，成为当下对时代主旋律“中国梦”的精彩诠释与表达；2015 年发行了第三组《中国梦——人民幸福》，成为中国梦邮票系列的收官之作。该套邮票由清华美院的何洁和周岳副教授设计，采用插画的形式，分别表现了人民安居乐业、社会保障完善、社会和谐发展以及共同期待美好生活的场景，营造出人民幸福的一派美好愿景。

2017 年 10 月 18 日，中国共产党第十九次全国代表大会在北京召开。这次大会，是在全面建成小康社会决胜阶段、中国特色社会主义发展关键时期召开的一次十分重要的大会。承担着谋划决胜全面建成小康社会、深入推进社会主义现代化建设的重大任务，事关党和国家事业继往开来，事关中国特色社会主义前途命运，事关最广大人民根本利益。为庆祝十九大的胜利召开，中国邮政于 10 月 18 日发行了《中国共产党第十九次全国代表大会》纪念邮票。该套邮票包括 2 枚邮票和一枚小型张，分别为《不忘初心》《继续前进》和小型张《筑梦》，全套邮票面值为 8.40 元。其中，第一枚邮票是由人民英雄纪念碑、延安宝塔山、新华门、南湖红船等元素构成；第二枚邮票通过“复兴号”高铁、风力发电、太阳能、国产 C919 大飞机，展现了十八大以来我国在政治、经济、科技、生态文明建设等方面取得的辉煌成就。小型张图案选用天安门、华表作为主体设计元素，融入深圳、上海、杭州城市风光和国歌曲谱元素，体现了同心共筑中华民族伟大复兴中国梦的主题。

2017 年 10 月 18 日《中国共产党第十九次全国代表大会》首日封

小小邮票，大千世界！它伴随了我的成长历程，见证了祖国日新月异的历史巨变！传递着亿万华夏儿女的共同梦想和心愿——祝伟大祖国国泰民安，繁荣富强！

2015 年 10 月初稿

2018 年 5 月再稿

记忆中的“灯节”

即墨地处黄海之滨、山东半岛西南部，其民风民俗特色属于典型的胶东传统模式。人们在衣食住行、婚葬嫁娶、节岁典庆等方面都显示了历代相沿的踪迹和外来影响的色彩。这与其独特地理位置和便捷的陆海交通是密不可分的。

一年中，即墨有十多个传统节日，每个节日都有自己独特的文化习俗。如元宵节踩街，田横祭海，马山、灵山、天井山、东京山、七级双塔庙会，即墨大鼓，即墨秧歌，即墨九狮图等。其中，农历正月十五是我国民间传统的元宵节，俗称“灯节”。即墨旧时的元宵夜，城里乡间到处张灯结彩。人们身着节日盛装，成群结伴涌上街头，观看耍龙灯、舞狮子、踩高跷、扭秧歌等民间歌舞形式的“踩街”活动。近几年来，这种传统的“踩街”活动，已由民间的小规模自发性分散表演，发展成了有组织有规模有定点的节庆表演活动。

据史料记载，中国的燃灯习俗始于东汉顺帝年间。张道陵创建道教，把正月十五定为“上元节”，这天要燃灯祭祀“太乙神”，由此历代相沿。到隋朝时，每年还要举行盛大灯会招待各国使节。元宵节成为灯节至唐代中期已成定俗。到了北宋乾德年间，“放灯”时又增加了灯谜，将谜语系于灯上，让人们在赏灯之际猜谜语增添情趣。“灯谜”一词即源于此。到了清代，从正月“十三上灯，十四试灯，十五正灯”一直热闹到“十八落灯”，整个新春佳节才算落下帷幕。

关于灯节的起源，民间的传说更是纷纭不一，大致有三。其一，隋炀帝色迷心窍，欲娶自己的妹妹。妹妹硬拗不过，借托“除非正月十五出现繁星满地的奇迹才可成婚”。隋炀帝便下令京城四周百姓十五日晚户户燃灯火，违令者斩。是日晚，妹妹登楼误以为真是繁星落地，遂纵身投河自戕。为了纪念这位不甘凌辱的女子，民间百姓每逢正月十五都燃起灯火。其二，灯节源于汉武帝。宫女们年后想念家中父母，但宫深禁严不能外出。东方朔便设法成全她们，他先散布谣言，说火神君将派员火烧长安城，引起宫

内外一片恐慌。后又向武帝献计，正月十五晚上宫廷内人员一律外出避灾，满城大街小巷、庭院屋门都要挂上红灯，佯装满城大火，以骗过天上观望监视的火神。武帝允诺，宫女们元宵节遂趁机与家人相会。从此，每逢正月十五都要“放灯”。其三，元宵灯会源于民间的“放哨火”等农事习俗。每年正月十五前后，春耕即将来临，农民们忙于备耕，所以就在晚上到地里把枯枝杂草拢在一起放火烧掉，以除虫害，久之成俗。

笔者20世纪七八十年代居住在即墨老城里，记忆中，正月十五这天从上午开始，民间的耍龙灯、舞狮子、踩高跷、跑旱船、扭秧歌等民间歌舞演出在此起彼伏的锣鼓唢呐声中会一直“狂欢”到夜里七八点钟。这些不同的巡演队伍大都是城区周围的村庄自发组织起来的。最初巡演的路线和场地并不固定，只要街面宽敞，人群密集，演员们就会踩着鼓点尽兴舞耍一番。其中，有两组鲜明的人物形象最受人们的追捧和喜欢，一组是“猪八戒背媳妇”，一组是“老姜背老婆”。这个小媳妇、老太婆均由一个大男人装扮，“背人”的“猪八戒”“老姜”反而是假人。演员扮演的老太婆神采奕奕、惟妙惟肖，绝对是当年“踩街”队伍里的“灵魂”人物。他脸上画着夸张的粉彩，动作表情极为滑稽有趣，还不时会掏出手帕给“老姜”擦擦“汗”，总能逗得人们捧腹大笑。

傍晚时分，街灯、花灯渐次亮起来，第三轮的巡游踩街活动将灯节的神秘与欢腾带入了高潮。此刻，小县城里人山人海，马路上早已挤得水泄不通了。晚间的“龙灯”绝对是个主角，即墨人称之为“耍龙灯”，它是中国民间灯饰和舞蹈完美结合的代表形式之一，也是最具广泛性和大气磅礴的“灯戏”。龙灯前有龙首，龙身节数不等，但一般为单数，每节下面有一根棍子以便撑举。每节龙身内点蜡烛或灯泡的为“龙灯”，不亮灯的称为“布龙”。舞动时，由一人持“彩珠”戏龙作引，龙头随珠盘旋转动，撑举龙身的许多人随龙头上下左右翻

2016年即墨正月十五元宵节系列活动

舞，并以锣鼓相配合，甚为壮观。

1984 年，即墨“墨河公园”依水落成，从此以后的灯展几乎都是在这里举办的。当年并没有大型主题性的组合花灯，都是些注重个体造型的花灯，有动物生肖灯、寿星灯、仙女灯和灯谜等，但在当时也算是缤纷异彩、美不胜收的了。其中的“走马灯”最为神奇，其声誉传遍海内外。走马灯通常是在灯中置一转轮，在其上面贴着各式剪纸人物、花鸟鱼虫等形象，轮下点燃蜡烛（或电灯泡），热空气上升引起空气对流，使轮子转动，剪纸影像也就随之转动起来，画面连续不断，引人入胜。

“灯节”成为了中华民族独具魅力的欢乐祥和的民俗文化。记忆中，有一种红灯笼最为特别，它质地简朴，造型有方、圆、五星和菱形不等。

灯面上写有“光荣军属”或“光荣人家”几个字。最初的灯笼里是放油灯或蜡烛的，后来电灯普及了，就全改为电灯泡的了。这个灯是挂在户外门垛上的，会从除夕夜一直挂到出正月。小孩子们不识字，只知道这个灯不是每家每户都有的，而且每每挂灯前都会有个锣鼓喧天的送灯仪式。后来从大人们那里也就慢慢明白了这个灯的来历和意义。从 20 世纪 50 年代开始，几乎全国各地都有给烈军属送“光荣灯”的传统。“光荣灯”既是一种家庭荣誉的象征，更寄托了全村人包括军属对在外当兵亲人的深深思念之情。出了正月，主人家就会把“光荣灯”摘下来小心收藏好，等来年春节前由村委统一收回，再重新裱糊、重新发送。当年，还有一首广为传唱的歌曲《光荣灯》——

20 世纪 80 年代制作光荣灯的经典年画

十五的月亮挂高空啊，万里无云分外明啊

都说那十五的月儿亮啊，比不过那军属门前的光荣灯呀

光荣灯真光荣啊，灯上写的是光荣挂在那军属的大门外，照得全村红彤彤啊唉唉哟军属门前挂红灯啊，一人参军全家光荣啊……

2016 年 2 月 15 日，农历正月初八，以“墨城迎春”为主题的灯会在

墨河公园华丽开幕。本次灯会分青岛蓝色硅谷核心区、即墨古城、即墨省级经济开发区创智新区、青岛汽车产业新城、即墨国际商贸城、大沽河综合治理六大板块三十三组，主题反映了即墨日新月异的变化和发展。灯会一直持续到了正月十五。

2016年5月

亲历变迁

我是土生土长的老即墨城人。直到20世纪70年代末，记忆中的老即墨城还是小得可怜，方圆不过几里，屈指可数的几条街、几条路都历历在目。其中，老蓝鳌路与青烟路在国营汽车站交汇，构筑了那时即墨县城的交通“大动脉”。城中的建筑几乎全是清一色的清末民初式建筑，青砖黛瓦，蜿蜒深巷，倒有几分历史的积淀与神秘。

那时的中山街是即墨的商贸中心，说是个中心，不过是条九百多米的老街罢了。记得我们住的文富巷那一段，路南有一个烧热水的“茶炉”、挑自来水的“水龙头”、城关粮店、副食品店、即墨影剧院；路北有一个国营照相馆、国营理发店、人民银行、轻工品展销部、五金钟表店；“老郭”的下货肠子则是盛在大盆里、放在手推车上停靠在胜利街与北阁街的十字路口处。大型建筑要数那个即墨影剧院了，是新中国成立后的建筑。那些经典的老战争故事片和革命样板戏我都是在这里观看的。最现代的建筑当数第一百货大楼，三层豆腐块似的结构，门前一溜新旧不一的“大金鹿”牌自行车，呈现了即墨城那个年代最为繁华热闹的景致。临街而居，但并不嘈杂，因为几乎没有汽车和摩托。只是每逢集日，满大街的人总是堵得有些水泄不通。大集上的行当很多，类似于老北京的天桥，有练把式卖狗皮膏药的，有摆地摊儿“拉鸡眼”、拔牙的，有扯着嗓子卖耗子药的……我最喜欢年关的大集，各种年画、炮仗、皮老虎、蜡金鱼儿、竹子哨儿、吧嗒人儿、“地老鼠”，这些玩意儿无时无刻不在骚动着孩子们痒痒的心。就是这样，我在家门口上完了小学——“胜利街小学”和中学——“即墨第二十四中学”。

2017年于即墨鳌山湾“国家海洋深潜基地”

2018 年 4 月 14 日，青岛地铁 11 号线试乘第二天，与妻子于即墨水泊站

时光进入到 1987 年，父母分配到了一处位于蓝鳌路关东村地界（即墨经济开发区辖区）的新房，属于城乡接合部。那个年代的集体楼房几乎都是一样的结构，进门是一个小走道，正对着的是卫生间，左右各是两间房，其中北面一间是厨房。孤零零的四层的新楼座矗立于田野中，映衬着低矮的砖瓦房，算是相当气派非凡了。从城里搬到城外，告别了顽劣天真的童年和岁月沧桑的老屋，那时的我总有一种莫名的失落。最大的新奇不是这宽敞明亮的新房，倒是那个卫生间。洁白的卫具，淋浴的喷头，终于让那个敞开式的茅坑岁月彻底一去不复返了。

新楼座与蓝鳌路之间还有一片空地，大约正是一个楼盘的面积。因为资金的问题，所以这片地虽然邻蓝鳌路，却一直是荒芜着的，任其长满了青草。没多久，一个铁皮搭建的小卖部就在这里落成了。一个年纪跟我相当却早已休学的孩子在里面当上了“部长”。这个家伙有些不修边幅，大家都管他叫“鼻涕虫”，生意就可见一斑了。我家住在二楼，从北窗可以看到修长的蓝鳌路一直延绵向东，甚至可以看到东北角的盟旺山低矮的山顶。要数南阳台的景致最不错，一派田园风光。那是关东村的麦田和菜园。放眼望去，红瓦绿树散落在成片的绿油油的麦田里，连绵起伏的崂山群峰清晰可辨。菜园里有一口水井，石板砌口，用抽水机提水。电闸一合，清冽的井水就“哗哗”喷涌了出来。这个水主要是浇菜园子用的，不过，也有在这儿洗衣服的。每当提水时，这个井口周围就热闹起来。妇女们大盆小盆摆满一圈，小孩子们却像一个个泥猴似的尽情玩耍嬉戏。打闹声、呵斥声不绝于耳，宛然一幅温馨的乡村生活写照。每每这时，我总会趴在阳台上，迎着和煦的风，沉浸着满眼青绿，追忆着自己悄然流逝的那些墨水河畔的童年时光。

是年秋，我住校了，再后来毕业工作就住到了单位的集体宿舍。其实，从那时算起到现在，把我所有的星期天和节假日累积起来，我在这个新房子里总共住的时间都不会超过三年。但时光不会停歇，一切都在悄然地发生着变化。斗转星移，历史翻开了1992年崭新的一页。1月18日至2月21日，邓小平南行武昌、深圳、珠海、上海等地，并发表了一系列的重要谈话，对中国90年代的经济改革与社会进步起到了关键的推动作用。即墨经济开发区就在这个重大的历史背景下成立了。

渐渐地，我发现家里阳台南面的菜园麦田不见了，一排排整齐的两层半民宅小楼迅速拔地而起。虽然都是木制门窗，但建筑设计更为讲究了，有几户人家甚至还设计预留出了停车位和车棚。田园风光虽然不在了，但取而代之的是洁净整齐的村庄街道，灯火通明的宽敞民居。漫漫夏夜或闲暇时，依然还会听到孩子们楼上楼下地追逐嬉闹声和夹杂着的大人们的呵斥声，但那种温馨依旧、那些回忆依旧。1994年，楼北面的那块沉寂多年的空地终于破土开挖了。很快，一栋更高、更漂亮的商住网点大楼就此落成了。“小卖部部长”下岗了，但应运而生的个体经理、厂长、企业主却像雨后春笋般地冒尖了。蓝鳌路拓宽了，城区开始变大了。一楼之隔的蓝鳌路变得车水马龙。早晨，工程车的轰鸣比闹钟还准；早晚上下班途经此处，密集的自行车更是一道独特的风景——早上，一半的路面是西行进城的人流；下午，一半的路面又是东行回家的“队伍”。熙熙攘攘，来来去去，城乡接合部的面貌开始发生了巨大的变化。

日月旋转，岁月更替，二十多年过去了，历史的车轮驶入了21世纪。

自然的法则，物亦非，人亦非。岁月无情而公平的痕迹印刻在脸上、印刻在心上、印刻在骨子里、印刻在记忆里、印刻在了梦里。当年的那个顽劣懵懂的少年、跌宕起伏的青涩华年，转瞬已是不惑之际了；当年的那个孤零零地矗立于田野中、映衬着低矮的砖瓦房、算是相当气派非凡的四层新楼，如今已是“夹缝中”的老态龙钟了；现如今的蓝鳌路，过去熙攘的人流早已变成了浩浩荡荡的“铁马”车流。

2018年正月十一与女儿于即墨古城

2012年，即墨市第十三次党代会胜利召开，经济开发区确立的突出重点项目和园区建设、城中村改造、加强和改善民生“三大方向”已经提到了切实的议事议

程。继坊子街搬迁后，解家营村的城中村改造和河南杨头村、张家烟霞村老村改造已经完成。东关社区改造已经在紧锣密鼓地规划实施之中。一个崭新的即墨城区东部正在日新月异地成长，城乡一体化的进程越来越明显，“七纵八横”十五条主干道为主框架的二十五平方公里的基础设施配套已具规模。

想必，包括我家的那栋老楼、老楼前后的那些渐远的“新鲜”，一定又会发生天翻地覆且让人期许的巨大变化！到那时，无论是北眺还是南望，一派现代文明富庶的千年古城必将焕发出更加璀璨夺目的崭新容颜！

2012 年 9 月

注：2018 年 10 月，即墨古城二期项目启动，东关片区正式开始了拆迁工作，老楼及周边房屋已经全部拆除。

又是海带上市季

新年上班后不几天，新鲜的海带菜就上市了。一大早，路过一个早市，又看到一堆堆、一丛丛的海带布满了地摊儿，于是便驻足买了一些。

在青岛，养殖海带总是在每年的正月初就陆续上市了。它那宽大红褐色的叶子，带着粗壮虬髯般的根部足足有三米多长，远远地就能闻到一阵阵浓郁的大海的味道。

生长在黄海之滨这片富饶土地上的人们是有口福的，几乎山上的、淡水的、海洋中的珍馐无所不及。我却更偏爱海产品，但对于这个海带却是个例外。海带有干的，也有鲜的。干货大都发往内陆地区了，当地人则更喜欢食用这个新鲜的海带。我打小就不喜欢吃海带，因为它的腥，更因为它的口感，嚼在嘴里倒像是块半生不熟的胶皮，毫无滋味可言。所以在我们家，每当鲜海带上市的这个季节几乎很少买它。

记得有一年，也是春节刚过，母亲打电话叫回家吃饭，说是她刚刚创新了一种海带的吃法。我一听，却并不以为然。可等看到热腾腾的海带端上桌时，我还是吃惊不小。只见盘子里整整齐齐地码放着一个个圆滚滚的海带卷儿，油光光的，满屋子里透着一股肉和海带混合着的清香。我忍着烫，夹起一个咬了一口，味道的确太鲜美了。薄薄的海带跟里面的肉馅混为一体，既不漏汤，又很软糯。真没想到，海带竟然还会这么好吃！于是，我一口气吃了个饱。总是自嘲一辈子不会做饭的母亲，此刻却满脸尽显愧疚之色。她说：春天到了，本就应该吃春卷的。偏偏海带又在春天上市，这是大自然给我们海边人的恩泽啊！这个海带卷儿的创意就是来自“春卷”-海带的营养价值高，可自己不太会做饭，白白可惜了这个海带那么多年。

从母亲那里获知，其实这个海带卷儿的做法很简单：先把整根海带洗干净，再焯水。这时，海带就变成了浓重的翠绿色，也比较柔软了。然后捞出浸过凉水后，再根据需要改刀成大小合适的“段儿”就可以包了。馅料最好是五花肉的，可根据自己的口味配制。最后再上锅蒸熟。

自从那年春节起，每到新鲜海带上市时，母亲总会包上许多海带卷儿。

包得多了吃不完，就放到冰箱里随吃随取很方便。那些时日的我，顿顿饭更是离不开这个海带卷儿，似乎要把多年的“亏欠”一下子给“补”回来似的。

人的一生竟是短暂的，注定了哭着来，哭着去。2010年和2011年，父母突然患病先后离我们而去！这简直就是晴天霹雷、天塌地陷啊！

父母一生与人和善、光明磊落。面对这样残酷的事实，他们却是坚强和超脱的，反倒回过头来安慰我们这些当子女的。记得在医院里陪伴着他们最后的那些个日日夜夜，看着病榻上风烛残年的生身父母，当儿女的居然束手无措地什么也替不了、什么也做不了。成长的往事虽然历历在目，但幸福的时光却一去不返，转眼今生就要缘断恩绝。这种生与死的煎熬令人肝肠寸断！多少次，自己只能偷偷躲到一边暗暗悲泣！

军人出身的父亲，恰逢八一建军节这天离开了我们。当时，母亲住在青岛市市立医院，父亲去世的消息我们整整瞒了她一个多月。直到后来接她回家时，才不得不将实情告诉了她。一段人生，两行热泪。母亲虽然暗自难过了一阵，却并没有责怪我们什么。

很快，2011年的春节如期而至。父亲的去世，给这个春节披上了一层悲恸凄楚的氛围。而母亲的身体也越来越差了。虽然前后给她动了两次手术，可病情丝毫没有回转之象。且食欲一直不好，经常病理性地呕吐。恰在这时，新鲜的海带又上市了。于是，我兴冲冲地买回来一大包。看着光鲜肥嫩的海带，母亲无奈地笑了笑，说：“知道你爱吃这个，可今年妈包不动了。我教你，学会了以后想吃的时候可以随时包。”

话虽容易，可母亲已经不能起身下床了。于是，我就按照她说的样子在厨房里试着做了起来。自己一边做着，可抑制不住的泪水夺眶而出。等我将这些蒸熟了的大小不一、破皮漏汤的海带卷儿送到母亲面前时，母亲还是欣慰地吃了一个，然后点点头说：“嗯，就是这个味儿！做得像模像样了。不过我现在什么都吃不下了，怕是吃了还要吐……”

我不敢勉强母亲，只好任由她吧。可当我尝了一口海带卷儿时，满嘴又苦又涩的，分明是盐加多了，禁不住地泪水再次潸然而下。

这竟然是母亲第一次也是最后一次吃我包给她的海带卷儿。正月二十这天，她还是离开了我们……

我的亲爹亲娘啊！你们无怨无悔地为儿女们操劳了一辈子，还没有来得及等我们回报什么，就这么匆匆地撒手人寰，这是何等的残忍和不公啊！

摇曳在大海深处的海带，一茬又一茬，如同天下父母们的恩泽，总是那么无私地给予和馈赠。忽然，提着海带的手有些沉重起来，脚下的路也开始模糊了。但心中只有一个念头，这天，我要包很多很多的海带卷儿。

2012年2月

注：此文获得2013年中国散文学会、江苏省作家协会共同主办的第五届“漂母杯”全球华文母爱主题散文大赛优秀奖。

流淌在生命的长河里

地球生命，起源于水；人类文明，源自河流。泱泱华夏的版图上，黄河、长江源远流长地灌溉滋养了神州大地，使古老的东方文明蔚然屹立于世界而生生不息。

我祖居即墨。古老的即墨大地上有两条知名的河流，一条是墨水一条令流域生养。正是这两条河流，将古老的即墨从先秦史册中涓涓不断地推送到了 21 世纪。

1910 年墨水河郭集崖西南段

我出生在 20 世纪 70 年代，居住在老城区中山街的文富巷，属墨水河的北堤畔。从家里出来，向南走胜利街或共济街都可以看到清澈的河水，直线距离不过一百多米。料想不到的是，我所就读的胜利街小学（现即墨第一实验小学）就坐落在河北岸的石砌高坝上。那道高坝原来是即墨古城的一段南城墙，由此，墨水河作为古即墨城的护城河毋庸置疑了。学校的南墙直接建在老城墙上，从内看，只是一堵墙而已；但从学校外面望去，墙坝合一，足足有十多米高。学校虽然明令禁止，但一些个子高、胆子大的学生还是喜欢在课间翘首趴在墙上向下看河水。

“即墨”一名的由来有几种不同的说法，但目前较为史学界公认的是“即墨临近墨水河而得名”一说。古即墨城从平度古岘迁来今址后，人们将绕城的“淮涉河”更名为“墨水河”。所以又有了“古即墨以水名城，今即墨以城名水”之说。河水濒临墙坝下，河面较为宽阔，由东南方向至此转折西去。河水不是很深，清冽而舒缓；细细的河沙清晰可见，总有一种黑色发亮的极细沙粒随水流呈线状分布于浅浅的河底，即便是把它们搅浑，不久又会汇聚成线，很像一条条细细的墨水。这或许是墨水河得名的又一个例证吧。

调皮顽劣总归是孩子们的天性，上房摸鸟、下河捉鱼自不消说。即墨老城里的记忆依旧清晰可辨。所有的商铺民宅都是清一色的青砖黛瓦，古朴而端庄；高大的梧桐、杨树、槐树散落于街头巷尾或是房前屋后。在那个没有自来水的年代，城里人吃的都是井水或是河水。一根扁担两个筲，巷子里早晚都会听到挑水的“吱哟”声。住在河两岸的人家最为方便，只要在河边的沙地上挖个小坑，就能舀到清澈的河水。关于墨水河的记忆有很多，但其中有两件事情记忆犹新。每到夏夜，住在河周围的人们都习惯到河里洗澡。一次，父亲带我来到了郭集崖老城墙下的这段水域游泳。这里的水最深，聚集的人也多，黑灯瞎火闹哄哄的。那年我七岁，不会游泳。父亲为了教我，更想显示一下自己良好的水性，准备托着我凫到河对岸去。可当游至河中心处时，父亲突然力不从心，我俩一起沉了下去。惊慌失措的父亲在水中本能地抓住了我的胳膊，然后奋力将我的头托出了水面。在他人的帮助下，父亲吃力地把我带回了岸边。第一次被水呛，我当时什么也不知道了，但父亲那双结实有力的大手始终牢牢地印刻在我的脑海深处。另外一件事情是，我小时候有个尿床的毛病，我的被褥都是特殊缝制的，里面加了一层防水的“薄膜”。可尿被窝一旦睡凉了就爱往大人的被里钻，结果又给尿了。那是一个极其寒冷的冬天，无奈，母亲一大早烧好了一瓶热水，带着拆换下来的被褥来到了河边。出于好奇，我也跟着一同去了。宽阔的河面死一样的静寂，已经封冻了一层厚厚的冰。母亲找来一块大石头，连续好多次才砸破了冰面。带着冰渣的河水冰凉刺骨，仅有的那点热水根本就起不到什么作用。很快，母亲的双手变得通红肿胀起来，动作也不及先前那么灵活了。寒风中，母亲晶莹的汗水清晰可辨，但脸上自始而终地漾着一种在儿子眼中所特有的那份恬淡与从容。冰封的这份平凡的感动，以后每每看到母亲骨节变形的那双手，我的内心总会泛起一种涩涩的酸楚。

20世纪60年代初，父亲摄于青岛天真照相馆

父母的老家邻近城阳，恰巧就坐落

1975 年与母亲在即墨照相馆合影

1984 年于即墨照相馆拍摄的全家合影

于墨水河的中下游地段。河水流经城区那段狭长而湍急，到了这里却是宽阔而舒缓。河上有两座桥。一座是北面的钢筋混凝土大桥，说是桥，却更像个坝。那是20世纪六七十年代大兴水利工程建设的产物。历史最久远的，怕是谁都说不清的是南面的那座桥。这是一座纯石质的小桥，桥高一米半左右，长二十多米，宽不过两米。桥墩是一块块方石组成，桥面是由三根同规格的长条石搭成的。还没有北桥的时候，这座石桥是唯一连接河两岸的路径。岁月的磨砺，桥面的石条早已被打磨得异常光滑。两座桥之间的河岸高处修有一座水塔，像个塔楼，主要用作粮田菜地的灌溉。在那个年代，周围没有比这个水塔更高的建筑物了，所以它就成了我心目中的一座“灯塔”。从城区到村庄大约有二十里地，所以每次坐在自行车上跟父母回家，这座“灯塔”就成了我唯一的“目标”和“兴奋点”。有时，小孩子坐车爱犯困，但只要是父母随口的一句：快看！看到水塔了。我都会像是打了个激灵，睡意全无。

儿时的岁月，就是这样沿着墨水河往往返返、静静地悄悄地流走了……

初识大沽河，是从即墨老作家肖冰老师的长篇小说《女性的河》开始的。悠悠沽水，历史的沉淀、淳厚的乡野民俗，着实让人浮想联翩和感慨万千。注定自己与这条流经即墨最大的河有着不解之缘，我曾先后三次走近它。第一次，是到大沽河开展“保护母亲河工程”植树造林活动；第二次，是到移风店镇挂职工作；第三次，是到该镇院上村驻村帮扶。这三次不同的工作经历加起来有近三年的光阴留在了那里。

大沽河发源于烟台市招远的阜山，是胶东半岛最大的河流，向南流经了大半个胶东半岛注入胶州湾，流域总面积 4655.3 平方公里，全长 179.9

公里，也是青岛的母亲河。在即墨辖区内，河流贯穿了刘家庄、移风店和七级三个镇。大沽河流域，水资源充足、土质肥沃，天然的粮蔬之仓。早些年，饿怕了的人们十分重视粮食的种植生产，所以沽河沿岸大都种植的是小麦、玉米等粮食作物。甚至是不惜毁林开荒。偶有种点蔬菜瓜果的，多半是自己食用的。进入到九十年代末，随着“两高一优”农业科技的大力推广和绿色无公害蔬菜开发建设，凭借着沽河流域得天独厚的自然条件，现代化的优质高效蔬菜业得到了空前的发展。蓝天碧水、沃壤蔬香，大沽河流域一片蓊蓊郁郁、生机勃勃。

1998 年，青岛团市委启动了全市青少年“保护母亲河工程”。当时身处即墨团市委的我自当奋勇。可临了，为设立一处工程的“标志物”难住了大家。最后经多方协调，从马山调用了一块数吨重的马山石作为标志，由我书写了“青岛市青少年保护母亲河工程”和《碑记》，并镌刻在石头上。当这块石碑落成之时，沽河岸边的万亩青年植树造林活动已拉开了帷幕。

2005 年，我被组织选派到移风店镇挂职工作。一年半的时间，除了日常的分工和管区工作外，大部分的时间都留在大沽河沿岸上了。这里的河水真的很清，现在还能看到如此清澈的天然河水真的是机会不多了。河面很宽，水很深，说这是一条河，却更像是一条江。深秋时节，揽一叶轻舟荡桨水上。日暮黄昏，河面上散发着日间的丝丝余温。此时，大沽河越发出奇地宁静。随着暮色渐浓，对岸零星地亮起了昏黄的灯光。唐代张继的《枫桥夜泊》也好、王勃《滕王阁序》里的“渔舟唱晚，响穷彭蠡之滨”也罢，此时此刻都随你自由去体会和借喻了。大沽河悠久的历史和多年的环境治理，使这里的水产品相当丰富。野生淡水鱼品种多、个体大，经常会在集市上看到十多斤重的大鲤鱼。大青虾、蛆子和噘嘴鲢更是这里的特有品种。“靠山吃山、靠水吃水”，沽河人将河中的美味做到了极致。第一次品尝舰子汤，绵厚的鲜美，比起海鲜汤来说真是有过之而无不及。据当地人说，舰子是一种对水质环境要求相当“挑剔”的淡水贝类，只要水出现了任何一点变化，它都不会生存。据此，大沽河的水质毋庸置疑了。沽河沿岸的林地非常茂密，是大沽河的一道天然“绿色屏障”。除了一部分果树外，主要是槐树和杨树。其中，黄戈庄的那片槐树林有近百年的历史了，那是数代人的智慧和心血的凝结。想想那些“三面红旗”“大炼钢铁”“开荒造田”的特殊岁月，这片参天的老槐树林能得以“安身立命”，真可谓是个奇迹。就在早些年，还听说有个木材商看好了这片林木，曾给了个非常

2015年，大沽河新貌

诱人的价格想要开伐。但黄戈庄人丝毫没有动心，坚决回绝了。了不起啊！心动，只是一念之差！现在，当我们徜徉在这样一片老树新绿的世界，嗅着铺天盖地的槐花香，看着碧波荡漾的沽河水，听着清脆悠远的“布谷”声，怎会是现代城市人简单的一句“真美”所能囊括！

2009年，即墨市委成立了第一批农村工作大队，我又一次来到了移风店，而且进驻了濒临大沽河岸的院上村。一年来，三十多万元的投入，村庄的道路、路灯、卫生、绿化、健身广场均已达标，新农村的“五化”已初显成效，八百亩无公害蔬菜基地通过了认证许可。工作生活在沽河边上，感受着沽河人的纯朴，熟悉的乡音，记忆中的美味，让我忽然有了一种“家”的感觉。这是我跟移风店、大沽河的缘分，是我的第二故乡。在返城之际，意外收到了一本大红贴，展开一看，我竟然被村委会授予了“荣誉村民”的称号。这可是我参加工作以来得到的最高奖赏。

“儿行千里母担忧”，一点不错！可能在父母的眼里，无论你的年龄有多大，总归是个孩子。从小到大，我从未离开过父母太远、太久。但我亲历大沽河的那几年就是个例外。父母身为老即墨人，可对于大沽河和即墨西北部了解得并不太多。所以单从我口中的描述，父母只是好奇地点点头而已，可眼神里情不自禁地流露出更多的是迷茫。母亲从老箱底翻出了一床羊皮褥子执意让我带上。有许多老家什长时间看不到，可能就永远忘却了。一旦重新看到，就会勾起许多久远的回忆。这床皮褥子是父亲年轻从军时的最好家当，记得我住校的那些年就一直用着它。时隔多年突然又看到，一时竟有些百感交集了。还有，当时我的孩子正上小学，妻子的工作也脱不开身，我的父母便承担起了孩子的上学接送和饮食。风里来、雨里去，六十多岁的老人屈身蹬车，座后稚嫩的小手撑伞（小时候，父母也是这样骑车带着我的）。风雨大时，雨伞经常打不住，不是掀翻就是刮跑。孩子一哭，老人也跟着流泪。

为了彻底打消父母心中的顾虑和担忧，利用一次假期的时间，我带着老两口儿和全家驱车在大沽河及我工作的地方足足转了个遍。看着日新月异的新西部和原生态保护完好的大沽河，父母的兴致很高，那些以往的顾虑和担忧早已烟消云散了。途经七级镇的双塔，我还特意地告诉二老说：这个双塔目前是大沽河即墨段的最高建筑，以后只要是看到这个塔，大沽河就不远了。可世事竟如此难料，这次大沽河之行，竟成了父母唯一的一次。2010年、2011年，父母患病先后离开了我们。那段时间，真是天地倾覆、肝肠寸断！自己是怎么熬过来的都有些模糊了。现在每每想起，还是不敢相信那些曾经都是真实的。

日月交替往复，历史汩汩流转，两河流域的即墨大地到处一派生机盎然。生我养我的墨水河啊，生活工作过的大沽河啊，你们给予我太多的呵护和记忆。人世间，几多老老少少、几多悲欢离合，河水却一如既往地静静流淌。望天地苍茫，我也不过是其中的一粒尘沙。能够流淌在您温暖慈母般的臂弯里，我奢求着，您有多长，我有多远

2011年4月

注：此文在新浪网2013“中国梦·中华情”征文活动中以15770票的成绩获得人气征文第一名。

第二辑
『戏画』人生

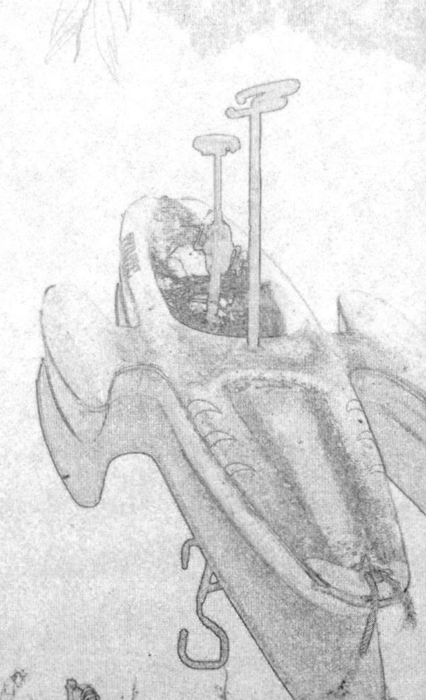

“戏画”人生

“戏画”是绘画艺术中的一个“行当”，它是绘画艺术与舞台艺术的融合，既有戏剧舞台的动作美，又有绘画的形式美。但在我国，专门画“戏”的画家并不多见。其中，“戏画”界的“南关北韩”之说在20世纪70年代就有流传。因关良生活在岭南，韩羽生活在华北，两人都是把表现“京戏”作为绘画艺术的不懈追求，所以就有了“南关北韩”一说。

关良（1900—1986），字良公，广东番禺人，中国近现代画坛上一位不可或缺的大师，也是最早将西方现代派（凡高等）的绘画理念引入中国传统水墨画中的大师，在国内外享有很高声誉。李苦禅曾带学生去参观过关良的一次画展，有学生问：“他为什么不把人物画得标准些？”苦禅先生说：“良公的画法叫得意忘形。”此论毫无贬义，真可谓是言简意赅——“绘画之形象，而非形象之绘画”。

韩羽（1931—），山东聊城人，著名画家、评论家、漫画家，著名动画片《三个和尚》的人物造型设计就是出自他的笔下。他的戏画，舍形取神，亦雅亦拙。人物造型完全不考虑形体比例，有民间艺术极富幻想、善于夸张的特点。当代画家、美术史家黄苗子夸韩羽的画是“土极而洋”。

对前辈大家们说得多了，恐有“遥不可及”之憾，其实无须远涉，即墨亦有“戏画”，亦有“响当当”的“戏画家”。

即墨，一座沿海的千年文化“商都”，以其悠久的历史和灿烂的文化名扬齐鲁大地。地灵人杰，故其“文脉”和“人脉”总是一脉相承，不断涌现出一批批、一代代、不同领域的杰出人物代表。王晓娥便是这其中的一位，之所以“扬名”，皆因她的“戏画"。

王晓娥近照

王晓娥，1969年生于即墨，祖籍山东高唐县。

现为山东省美术家协会会员，青岛市即墨区文化馆馆长，即墨区美术家协会副主席兼秘书长，即墨区十三届、十四届政协委员。

说起王晓娥，必然绕不开其背后高山仰止的父亲王启民先生。王晓娥之所以走上了绘画的道路，皆因她的这位画家父亲。王启民(1937–1995)，著名连环画家、国画家，是一位以中国人物画见长的画家。王先生一生坚持画速写，足迹遍及祖国大江南北，单是速写作品就达万余幅。曾多次在省艺术院校及各地授课、辅导，发表在报纸、杂志上的绘画作品就有千余件，连环画出版了六十多本。1992 年 8 月，中央美术学院举办了王启民的第三次画展，推出了他赴云南、山西写生的人物画六十幅。华君武等老一辈著名画家亲临观摩，并给予了他高度的评价。王启民成为当时国内人物画界中崭露头角、日臻成熟的画家，其艺术成就多次在报刊、电视台作专题报道和介绍，并被编入《中国美术名人辞典》《山东美术家辞典》等多种辞书。可正值绘画艺术创作之巅，王先生 1995 年 4 月却因病突然离世，终年只有五十八岁。以先生的艺术成就来讲，他的英年早逝的确是即墨乃至中国画界的一大损失。

王启民先生画作(局部)

我与王先生曾有幸接触过，并从先生那里得到了很多绘画和书法上的指点，使我受益匪浅。这在我的传记文学《街里旧事》一书中有过专述。当年，王先生的人物绘画在用笔和设色上日渐形成了自己的风格特点，其笔墨顿挫自如，豪放爽朗，人物形象生动传神，线条、墨彩极富张力。他的作品总是洋溢着鲜明的时代色彩和浓郁的生命气息。那些来自生活中平凡的人和事，在他独特的审美发现和艺术提炼下，物化为艺术形态的神来之笔，从而实现了审美创造的超越。

但凡艺术，其精髓是师古不泥和突破创新，追求的是一种大境界、大自我。书画艺术非同“官二代”“富二代”，当然也不乏其人，如那些个“王羲之第二”“范曾第二”等，除了像一台复印机似的重复“拷贝”，就是以死抱着别人的“大腿”为荣，终不过是个“二”罢了，何谈艺术和创新？早年的齐白石就是敢于在文人画传统基础上求创新，最终成就了齐白石的绘画艺术。他自己这样做，也这样要求学生。他有句名言是：“学我者生，似我者死。”他认为应该虚心向有成就的前人学习，但假如艺术创作酷似前人，艺术就会失去生命力，这一点对于今天搞艺术的、特别是书画艺术的人来讲都是非常有现实意义的。

在人物绘画上，王启民先生付出了毕生的精力，超越了自我和前人，自然也就给后人留下了难以逾越的“屏障”。作为深谙绘画艺术、又是画家女儿的晓娥自然是知道这些道理的。

王晓娥戏画作品

王启民先生除了作画，还是个热爱生活、兴趣广泛的“乐天派”。他喜欢京戏、相声、京韵大鼓，还特别喜欢动画片和一些手工小制作。正是这些优良的人格品质，使王晓娥兄妹几个从小就受到了更多的艺术熏陶。不过，儿时的晓娥更“痴迷”于戏曲。为此，王先生曾特意给他这个小女儿画了一幅丈二大画，全是一出出的戏曲人物，还题款“封”她为“胶东名票”。这成了王晓娥记忆犹新，也是日后专工“戏画”的重要“启蒙”。

学生时代的晓娥最终选择了美术专业，并于1987年正式成为了一名即墨文化馆美术创作员。这期间，她随老师们绘制广告、到外地采风写生，虽然绘画的工作任务较多，但她对自己绘画的“路子”仍不清晰。针对这一点，1991年她报考了中央美院油画进修班，有幸遇到了文国璋、张骏、封楚方等一大批著名教授。作为首都，北京几乎每天都要举办书画展和戏剧演出。尤其是传统相声、口技、京韵大鼓、京剧清唱等这些地道的老北京味儿深深地吸引了她。这期间，她看了三十多出戏，记了厚厚两本戏词，这为她日后画戏剧人物埋下了重要的伏笔。一年的北京学习和生活，无论从观念到格局都在促使她开始思考如何选择自己的绘画之路。自此，她在油画的道路上又坚持了十年。

虽然说“机会总是留给有准备的人”，但“无心插柳柳成荫”的启蒙教育一旦被“唤醒”，必将一发而不可收！2000年，王晓娥做出了一个大胆的决定——转画戏曲人物！这对于她来说无疑是个巨大的挑战。父亲王启民就是以中国水墨人物画为擅长，尤其是对舞蹈的、动态的人物刻画。如果按照父亲的“路子”走，自己将来很难有突破性的发展和空间；十多

年的油画浸染，早已成为了自己生命中的一部分，又怎能轻易割舍？对于“戏画”也仅仅基于观摩关良、韩羽、高马得等前辈们的作品上，很难理出头绪、找到捷径。于是，她就开始从“戏”入手，一出戏一出戏地从剧情分析、人物性格、唱念做打研究。随着长时间的探索和沉淀，“戏曲”逐渐在她的笔尖和纸面上“活化”了起来。

这种义无反顾、忍痛割爱的“变革”之路一走就是十八年！时至今日，王晓娥的“戏画”越来越炉火纯青、越来越得心应手。她把对戏曲的挚爱融入笔墨情趣，删繁就简，着力表现出人物的神采气韵。画面人物的形态，特别是夸张的眼神成为作品的视觉中心，将人物和剧情的全部似乎一下子“浓缩”至极，跃然纸上。再加上中国画特殊的笔墨效果，让人过目不忘，回味无穷。青岛书画家、评论家宋文京先生是这样评论王晓娥的“戏画”的——“（王晓娥也能从戏中选取某一刹那特别能概括人物性格的状态入手，化成作品。并且，她有自己的笔墨语言，有时稚拙可爱，有时酣畅自在，有时英气飒爽，不断修炼凝结属于自己的有意味的形式……戏曲千锤百炼，有变化万千的大美；笔墨一线穿空，也有难以言诠的大美。晓娥在二者之间寻找一种博洽融通，以无声传有情，以笔墨冶性灵，殊非易事，却其乐无穷，人生的诗意和况味也许就在这唱念做打和丹青翰墨之间。）”

手摩心记，笔耕不辍。2006年以来，王晓娥的国画《白蛇传》获山东省“群星奖”三等奖；《杨门女将》获青岛市首届“群星奖”；《白蛇传·断桥》获山东省首届农民艺术节银奖；《傣寨小景》获青岛市首届区市美展金奖；《戏曲人物四联》获山东省第二届农民艺术节三等奖；《归来》获全国群文系统美术作品大展优秀奖；《海风》入选全国群文系统美术作品大展等。2013年被评为首届即墨市优秀文化人才。

有文化修养的人往往是多面发展的，王晓娥亦是如此。一次文友雅集，又有幸遇到她，“戏画”聊多了自然就聊到了“戏”。多年来，我对于她的戏画的“眼福”自不消说，但“耳福”却一直未曾有过。在一位长者的力邀下，晓娥馆长终于清唱了《红楼梦》紫鹃“劝姑娘”选段。虽然是清唱，

《三岔口》

又无伴奏，但越剧俏丽多变、跌宕婉转、细腻传神的行腔在她的演绎下极具江南灵秀之气。特别是在那些起调、落调、句间、句尾的拖腔处理上，尽显专业的水平。我以前只是知道她会唱戏曲，但却不知道能唱成这样，的确令人刮目相看了！

作为一名资深专业的画家，王晓娥却在2012年出版了自己的散文集《画余随笔》。细细研读后，发现她在文学修养上的境界亦是不凡，字里行间流露着对生活、对人生、对绘画艺术的真切感悟。如春风拂面，叫人过目不忘！正如她在《序》中写道："中国画追求的，诗境，大味至淡，返璞归真'又同戏理如出一辙，但追求的过程又何其漫漫！关良、韩羽诸师若高山仰止，我不去多想，只有拿着画笔向前努力就是了。我时常想起一位老师说过的话：画画，一生其实就是寻找自己。我现在终于找到自己，戏曲原来早已在心中萌芽，自己到底喜欢什么，追求什么，最终都在自己的画里。"

2017年12月

“郝”人“郝”事

真实是人生的命脉，是一切价值的根基，又是商业成功的秘诀，谁能信守不渝，就可以有成。——西奥多·德莱塞（美）

生命的意义是什么？这是个千古命题。每个人在独处或静思时往往会想起这个似乎永无答案的命题。其实，这个看似有些虚无的命题，一旦没有参悟明白，或者没有找到一个能够说服自己的理由，那么它会困扰我们很多、很久，甚至会让有些偏执的人走上“旁门左道”。

在理性的认识中，生命的意义源于一个人的“三观”；在感性的认知中，生命的一切取决于心灵体会和情感堆积。生命可能是一个“体验—积累—思考”的过程。同时“思考”也是一个渐进的过程，它需要一个“否定—肯定—再否定—再肯定”的循环过程，并最终确立起属于自己的思维模式和生活方式。这不仅需要时间，更需要智慧和持之以恒的积累与勇气。但并不是每个人都有这样的主观意愿，也不是每个人都能以这种思维模式去生活。所以，生命对于每个人的意义或许不同。但是对于生命的意义，是每个活着的人永远绕不开的灵魂拷问——“生命的意义何在？”“活着是为了什么？”

郝群工作照

“但行好事，莫问前程”出自明代的《增广贤文》，也是青岛娇子文化传媒有限公司总经理郝群的人生信条。此句意为自身要多做义举，做好当下，不要让一些无谓的顾虑牵绊着以后。

郝群出生于20世纪70年代末，祖籍即墨移风店镇院上村。认识他，却是因为他的老家“院上村”。2009年，即墨市委成立了“社会主义新农村建设工作大队”，笔者作为工作组长进驻了院上村。当年，根据驻村工作部署，院上村实现了“硬化、亮化、绿化、净化、美化”的任务目标，村容村貌发生了彻底改变。特别是因地制宜地在村中修建起了健身休闲广场后，村民的夜间文化生活一下子活跃了起来。不久，即墨电视台在《即墨新闻》中视频报道了此事，反响很大！但对于该新闻的拍摄采编，作为驻村工作组的我们却一无所知。后经多方打听，原来是即墨供电公司一个叫“郝群”的年轻人利用周日时间回村拍摄的，而他就是这个村的人。院上村是个不足二百户的村庄，但人才辈出，其中“郝”姓是该村的三大姓氏之一。当年的村主任也姓郝，与郝群自然是同宗，我曾跟郝主任开玩笑说“恁这个‘郝’就是好！干什么都是好！就是干了好事还不留名……”

郝群 1998 年毕业后，到了移风店镇供电所工作，负责辖区内的工业及居民的电费核算，并兼任资料管理、电表校验等工作。那时正赶上农村电网改造工程，全镇四万多块电表需要全部重新校验一遍。为了赶工期，他白天晚上连轴转。一个周日，在给一个村庄校验电表时，村干部觉得让他加班很过意不去，硬要塞给他一百元钱的加班费，却被他婉言拒绝了。虽然当时他的工资只有二百六十元，但作为一个年龄不足二十岁的小伙子来说，能够有这样的觉悟和姿态的确是难能可贵的！

由于工作上的严谨和勤恳，2005 年郝群被调至供电公司政工部从事新闻宣传工作。这是一份全新的工作，与之前的工作岗位截然不同。为了弥补自己专业上的不足，他白天工作，晚上“充电”；别人休息，他主动加班。他知道自己肩上的责任，只有把公司、站所里的先进事例报道出来，及时把工作亮点挖掘出来，才可以达到“外宣树形象、内宣凝意志”的目标。为了写出“一手”的真实好材料，他坚持深入电业一线采访，为公司争先创优、风清气正营造了良好的文化氛围。六年间，他勤奋扎实的工作获得了公司广大干部职工的认可，连年被公司评选为先进工作者；先后在国家、省市级以上报刊、电视台发表稿件五百余篇，在社会上广泛宣传和推介了即墨供电的工作经验和亮点，树立了即墨电业良好的企业形象。

2008 年，是中国极不平凡的一年，中国成功举办了属于自己的“第一届”奥运会和残奥会，神舟七号载人飞船成功发射。与此同时，我们也经历了新中国成立以来破坏力最大的汶川“5·12”大地震，这是继“唐山大地震”后伤亡最为严重的一次地震。

“灾情就是命令，时间就是生命！”地震发生后，郝群“第一时间”请缨加入了“即墨市供电公司援川救援突击队”。他是从全公司五百多份《请

战书》里挑选出来的 1/25。此行的目的是“恢复电力”，性质却是“突，一家人是在泪水和忐忑中分手告别的。那一年，他的儿子才刚刚两岁。

2008 年郝群在援建北川一线

在赴北川抢修援建的四十个日日夜夜里，触目惊心的灾情、无处不在的危险、恢复工程的艰巨、生活条件的艰苦等问题无时无刻不在考验着他们。但他们没有退缩，以顽强的毅力向组织、为即墨提交了一份合格的“答卷”。

“即墨速度”“即墨铁军”的名号响彻在北川大地。正值中国共产党建党 87 周年之际，7 月 16 日，郝群等四名突击队员在北川陈家坝驻扎营地被组织“火线”接收入党。他在日后的笔记中写道：和平年代，每一位亲历灾难现场的人，都会对党倍添一份热爱；对国家倍添一份责任；对工作倍添一份珍惜；对生活倍添一份热情。正是这千千万万的责任汇聚成一股强大的力量——民族气概！

2011 年，因公司用工体制和待遇方面等因素，郝群做出了一个重要的人生选择—辞职。他想：自己年纪尚轻，为何就不能打拼一片属于自己的天地呢？于是，他毅然决然地开始了“一无所有”的自主创业之路。

创业初始，他和好友创办了一本《即墨视线》刊物，主要编写即墨的风土人情、人文历史、优秀摄影、企业和人物风采等，运营费用以广告插页赞助为主。出刊发行后，其排版设计、题材内容、装帧印刷等均受到社会各界的好评。但后来因出版成本太高而停刊了。

路，是人走出来的！迷茫中的他没有消沉和自责，而是不断地探寻新的路子，多年的宣传和文化积淀一旦被唤醒，发展的思路和空间突然就有了希望。于是，“青岛娇子文化传媒有限公司”（以下简称“娇子传媒”）正式成立了。最初，他是给自己当经理，所有的业务无论大小都是自己一点点去做。他坚信，只要市场有需要，公司就一定有发展。经过几年的艰苦创业和坚守，公司一步步走上了正轨，得到了良好的发展。

人，是一切事物的主因；人才是一切工作的核心。“一个篱笆三个桩，一个好汉三个帮。”“好人”的身边一定凝聚着一个好的“群体”。目前，“娇子传媒”团队中的七名创意设计人员，全部拥有本科以上学历，并具有丰富的工作经验，形成了公司的合力。虽然商业活动是为了追求效益的最大化，但郝群觉得合作共赢才是目标，公司要具有契约精神和敢负责任的态度。他时常说：“我始终相信，只要把人做好，把事做好，剩下的一切就交给时间了。做任何事情都是量变到质变的一个过程。就像建楼一样，地基打不牢固，楼建得越高风险也就越高。”

在一些项目设计和施工上，娇子传媒不仅是基于客户的满意，更是在专业角度上给客户提出了更优化、更合理的方案，力求高于客户的预期。如果施工方案没有达到预期效果，他们一定会主动提出整改，且整改的费用全部由公司自己承担。经过几年的“诚信”积累，现在在许多地方都能看到娇子传媒的文化创意“作品”。从政府和企事业单位的文化建设到美丽乡村建设，从城区主干道的宣传广告创意到企业商家的样本画册设计，从 LOGO 标识到整体品牌 VI 设计，“娇子”都有了许多成功案例和作品，娇子文化传媒自身的知名度和赞誉度也得到了逐年提升。在其他文化业务领域，娇子传媒也有许多成功案例，如 2012 年成功策划举办了“即墨市第一届新春音乐会”，实现了交响乐和民乐的中西融合，提升了即墨的文化品位，获得各界好评。2015 年拍摄的公益微电影《回家》，获得了即墨市微电影大赛二等奖。

对于公司的远景规划，郝群认为：人们的物质生活越丰富，对精神和文化层面的需求就会更多、更高，这也是社会发展的需求。将来娇子传媒还会在文化行业的领域里继续延伸，参与创造更多元化的文化产业。但对于当前来说，还是要把公司的基础做好，要努力把公司的团队建设、业务水平再上一个新台阶。

“赠人玫瑰，手有余香。”这些年来，郝群的“好人好事”接连不断。2008 年冬，他从“援川”期间认识的一位僧人那里得知，藏区寺院里有一群孤儿缺少棉衣，难以御寒。他便立即联系了做服装的好友，迅速将二百件棉衣寄到了孩子们的手中。2012 年的九月初九，他会同同籍的一位在外工作的朋友筹集资金五万余元，为家乡六十岁以上的老人们发放了米、面、油等生活用品。同时还为村里的老教师，及当年考上高中、中专以上的学生发送了一千元奖金。2012 年，他通过媒体结对实现了十六名贫困儿童的“心愿”；2015 年，在公司全力投入发展的时候，他个人又捐款五千元用于了家乡背街小巷的硬化。

人之所以能成为“好人”，是因为他经常会做“好事”，且他的身边

一定充斥着满满的“正能量”！人生的意义不仅仅是身份的转换和叠加。生命毕竟只有一次，但人生是需要磨砺、顽强、积淀和思考的。人活于世，堂堂正正，光明磊落，只有不断超越自己，放下自己，拥有那颗原本清明自在的心，人生就一定会有一番不同的景致！

好人好报，衷心祝福郝群和他的娇子传媒！

2017 年 12 月

注：2018 年 10 月 28 日，娇子文化传媒如期在即墨德馨艺术中心承办了第三届全国大学生艺术展。

人之所助者，信也

天之所助者，顺也；人之所助者，信也。履信思乎顺，又以尚贤也。是以自天祐之，吉无不利也。
——孔子

初识高岩，是在20世纪90年代的初期。虽然工作上没有直接的联系，但因为喜欢摆弄书画的缘故，对他早就有所耳闻了。

高岩近照

1992年，改革开放的春风吹遍了岛城，即墨大地一派生机盎然。那一年，即墨市组织举办了首届全国经贸洽谈会议。市政府办公室承担起了组委会的大部分工作职能，我的具体工作是负责会场内外所有的宣传条幅和桌牌的书写工作。那时的宣传制作技术很原始，现在只需电脑和喷绘就完成了的事儿，当时却需要纯手工来完成。

一天下午，我带着毛笔、墨汁去即墨宾馆准备座次桌牌。刚走到大门口，从一号楼的窗户里传来一个声音喊住了我，是政府办的一位领导。他喊我的目的是要给我引荐一个人——没错！正是高岩。喜欢舞文弄墨的年轻人自有一番温文尔雅的气质，他的话语不多，脸上总是漾着一丝腼腆的、浅浅的微笑，给人一种谦虚随和的好感。他当时还在即墨市供销联社工作，此次是抽调过来负责会场所有展牌书写任务的。自此，我便认识结交了这位出自书香门第、酷爱书法艺术的高岩君。那一年，我们都是二十二岁。

高岩对于学书、篆刻的精力和资金投入是惊人的。一年四季、斗室长明。走进他的工作室——兰亭书画院，简直就是一个偌大的陈列馆。除了文房四宝、文玩雅趣等物件，字画、砖雕、造像比比皆是，虽然摆放得有些凌乱，但都是主人随手可及的物件。可见高岩对于书法、篆刻的日常创作是多么得心应手、随手拈来。

高岩书法对联及佛像篆刻

青灯黄卷，守住寂寞，渐习渐悟，随缘自在，这是高岩学书处世的原则。他以宋代吴可的诗为座右铭——“学诗浑似学参禅，竹榻蒲团不计年，直待自家都了得，等闲拈出便超然”。正是秉承着这种精神意志，高岩在书法篆刻的艺术道路上越走越远、越走越宽，一个个骄人佳绩恰如座座里程的丰碑,见证了他在书法、就。其作品先后获得了第五届中国书坛新人新作展，首届“刘禹锡杯”全国书法展，全国首届行书大展，西泠印社首届国际书法篆刻展，西泠印社第六、第七、第八届篆刻艺术展，全国第七届篆刻展，全国第三届扇面展等各种全国展赛的大奖。

成绩只能代表着过去，前行才是终极目标。身为中国书法家协会会员，中国人民大学书法高研生，山东印社理事，山东省书协篆刻委员会委员，青岛市青年书法家协会副主席、评审委员会主任，即墨市十二届、十三届政协常委，在各项荣誉的面前，高岩并没有故步自封、却步不前。他的书法篆刻作品反映着他的艺术修养非常全面，在“真、草、隶、篆、行”诸种书体和篆刻造像等方面皆有所为。由此可知，他除了天生对艺术的感悟力之外，在秉承中国传统文化艺术方面是下了很大的功夫的，并且进行了持续长久的探索、取舍和突破，其间的甘苦踌躇、彷徨纠结，他人是无法替代和感受到的。多年来，除了个人持之以恒地习字练书以外，高岩还陆续担任了即墨四中等学校的书法专业高考学生的辅导，为社会培养输送了许多出色的书法专业人才，这项工作走在了青岛地区的前列，为即墨书法的传承普及发挥了积极的影响。

岁月更替，时光转眼进入到了新世纪的2012年。当年的毛头小伙却已人至中年。春上的一天，我与高岩君共同参加了一个文化活动，得闲处，我与他随口聊了几句：“人多嘈杂，改日真想去你府上坐坐，聊聊书法、学学技艺，哪怕是一壶茶、一杯酒地闲聊上几句都行。”

“好！”高岩君没加思索就爽快地答应了，“时间你定，提前告诉我一声就行了”。

“现在是春暖花开……”我略加思索地指着窗外盛开着的蔷薇花随口道，“那就等今年飘第一场雪的时候，我们烫壶老酒如何？”

“好！就这么说定了！”

本是席间的一句戏言，怕是时间久了谁都不会当真。

“人之所助者，信也。”(《易经》)。转眼，元旦将至。周四的下午，窗外寒风习习，铅色的天空越发阴沉起来，不多时便飘起了晶莹的小雪花。下雪天不同于下雨天，似乎更能使人安静。望着窗外翻飞着的小精灵，正若有所思，手机忽然收到了高岩发来的一条短信：诚兄，下雪了！

哦！寥寥数字，让我幡然想起了那个约定今年的第一场雪啊！

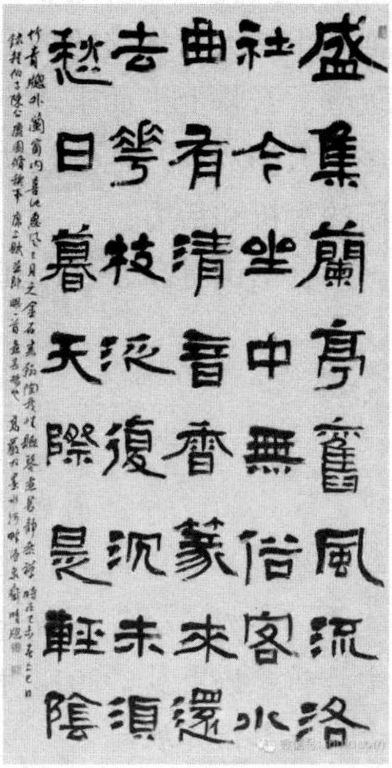

高岩2015年第十一届国展隶书获奖作品

当晚，三五个老友齐聚在高岩君的工作室，温酒赏雪，谈道论艺，直喝得酩酊大醉才肯作罢。也成就了这段我与高岩君“指花邀雪”的故事，且成了以后我们每年雅集的惯例。

屈指算来，与高岩君已经交往了二十四年，之间虽都是些日常平凡琐事，但他却给予了我不少的力量和启迪。2012年我的第二部长篇小说《紫贝壳》出版后，书中女一号的名字“雅文”竟然与他的一个学生重名。于是他将该书赠予了那个学生，该生如获至宝，成为该书的一名忠实读者，间接助推了这本小说在当地、在年轻人的圈子里传播的速度和影响力。2014年，得知我的传记文学《街里旧事》即将出版，高岩君百忙中刻制了一枚“街里旧事”印章送给了我。这枚汉篆风格的印章最后押盖在了图书的封底上，成为该书装帧的画龙点睛之作。

“业精于勤，荒于嬉；行成于思，毁于随”。2015年，是高岩书法创作佳报迭传的丰硕之年。其中，8月，在中国书法家协会每四年举办一次的“全国书法篆刻展”中，他的隶书作品获得了最高奖，且在现场综合知识笔试中拔得头筹，为即墨赢得了荣誉；9月，成功参与组建了“青岛市青年印社”，并当选为首届社长；10月，在第八届“泰山文艺奖"（山东省最高文艺奖）的评选中，书法作品荣获了二等奖。

历史的即墨“三齐名区，人文蔚兴，名贤接武”，在各个历史时期都涌现出一大批优秀的杰出人物代表，高岩便是其中的一位。“路漫漫其修远兮，吾将上下而求索。”路在脚下，我们有理由坚信，高岩必将取得更多更大的成绩。他的成功和书法艺术必将为古老灿烂的即墨文化再次注入新的生机和活力！

有幸识得高岩君，真好！

2015年11月

注：2017年，高岩在青岛市书法家协会五届一次主席团会议上当选为副主席；参加中国书协迎庆十九大全国书法大展，作品被国家博物馆永久收藏；参加了全国第四届隶书展；被评为“齐鲁文化之星”；当选青岛市十三届政协委员；2018年元旦，“汉风晋韵”高岩个人书法篆刻展在即墨古城美术馆开展。

山至高处人为峰

古之立大事者，不惟有超世之才，亦必有坚忍不拔之志。——苏轼

在山东锦海盛律师事务所主任黄建波的办公室里挂着一幅隶书中堂——“路漫漫其修远兮，吾将上下而求索。”（屈原《离骚》）这正是他的座右铭。

气质，是一个人从内到外的一种人格魅力的质量与升华，是与生俱来加后天修养而成。人的相貌千差万别，但在气质方面是有章可循的。黄建波人长得帅，细高挑的身材，干净利落，思维敏捷，热情开朗，再搭配着一副薄薄的近视镜，一身知识型、学者型的正气扑面而来。

山东锦海盛律师事务所主任黄建波

认识黄建波是在1989年。那时，他作为新生刚刚考入即墨师范学校。我比他高了两个年级，当时已经临界毕业了，所以山东锦海盛律师事务所主任黄建波对于新生的关注度不会太高。八九级只有两个班级，学生人数不多，但对黄建波出类拔萃的第一印象还是蛮深刻的。随着大家工作以后的偶尔接触，对建波的了解就越发清晰了起来。

“人贵有志，学贵有恒”是千百年来人类在社会实践中获得的真理。1992年，黄建波毕业分配到了即墨的一处乡镇中学任教。工作之余，他喜欢上了法律专业，于是一切从零开始，开始了漫长耕读自修之路。“故天将降大任于斯人也，必先苦其心志，劳其筋骨，饿其体肤，空乏其身，行拂乱其所为，所以动心忍性，曾益其所不能。”1995年，黄建波以高于录取线三十多分的成绩顺利通过了全国律师资格考试，成为了一名专职的执业律师，从此开启了一条属于自己的、崭新的、未知的法律之路。经过十年的打拼，他已经在即墨的法律律师界崭露头角，职业生涯开始蒸蒸

日上。然而他并没有满足于现状，又在零的基础上，2006年毅然决然地组建起了山东锦海盛律师事务所。

建所十一年来，黄建波身负职业使命，心怀社会责任，带领全所律师成功办理了法律援助案件一百余起。2013年在即墨古城片区拆迁工作中，黄建波积极协助配合古城拆迁工作，多次参加拆迁指挥部组织的各种培训讲座和会议。在关键的拆迁签约阶段，连续三天常驻签约现场，为古城片区拆迁顺利签约尽职尽责。为这些项目提供法律服务，律师费微乎其微，却牵涉了大量时间和精力，但他经常对同事们说："做律师不能只注重经济效益，更应注重你在提供法律服务过程中带来的社会效益，客户和社会的认知度才是一个律师赖以生存的根本！"

在欧洲律师业内有句流行的谚语是："律师事务所是建筑在愚氓的基础之上"。正是带着这种理念，黄建波多次参与信访案件的处理。处理信访案件是个出力不讨好的工作，但化解社会矛盾、促进社会和谐又是律师义不容辞的责任。在调处因社区改造引发的土地及树木侵权上访案时，他曾七次主动面见上访人，以真情和行动感化上访人，取得了上访人的信任。针对该当事人的不合理诉求，他找出法律条文和相关案例，逐一向上访人说明诉求的不合法之处，彻底打消了当事人的不合理诉求，使这起三年来多次越级上访的信访案件息访罢讼。

从业二十一年来，有艰难，有困惑，有挑战，有收获。现在，他已经在房地产、建筑工程、劳动人事争议、刑事辩护、知识产权以及公司综合法律事务等方面积累了丰富的执业经验。个人先后担任了二十余家国家机关、企事业单位的常年法律顾问；连续三年被评为青岛市司法行政系统先进个人；被授予了"即墨市十佳律师"称号；被聘为即墨区人民政府法律顾问、青岛市和即墨区总工会法律顾问团成员、即墨区纪委社会监督员、即墨区人民法院执法监督员、即墨区重大决策社会稳定风险评估专家库成员；历任青岛市律师协会纪律委员会委员、劳动人事专业委员会委员。

2007年、2012年黄建波连续两届被推选为即墨区政协委员。身为政协委员的法律人，使他有了更强的使命感和责任心。针对2006年至2008年间外资企业欠薪非法撤离的现象，黄建波在区政协十二届二次会议期间提交了《针对外资非法撤离现象，建立跨国追究与诉讼联合工作机制的建议》案，并逐级上报至青岛市政协、山东省政协，时任副省长郭兆信同志看到后做出了重要批示意见。

政协委员应当关注民生，应当成为老百姓的代言人，应当积极向党委政府反映社会发展中出现的问题。黄建波常常这样想，也是这样做的。城市交通拥堵问题已经成为城市发展的一大障碍。经过深入调研和充分准备，2016年初，他在即墨区政协十三届四次会议上做了《多措并举缓解城区交通拥堵的思考和建议》的主题发言，提出的“优先发展公共交通”“建设公共自行车租赁系统”“建设智能交通管理系统”“倡导现代交通理念，开展文明交通志愿活动”等建议得到与会领导和委员们的充分肯定。于是，自2017年3月21日起，0F0、酷骑共享单车开始相继落户即墨。

2016年于布达拉宫广场

注册人数约一百五十万人。共享单车作为新生事物，低碳环保，为市民解决了“最后一公里”短途行程，成为了城市公共交通出行体系的有益补充。

黄建波时常说起的一句话是：“人活着，要么读书，要么旅行，灵魂和身体必须有一样在路上！”

黄建波的读书是手不释卷的，且涉猎的范围很广。记得在我的传记文学《街里旧事》首发现场，面对记者的镜头他是这样说的，“我以前住在东关街，每天上班都要穿过老城区。如今，那些充满历史味道的老城生活消逝了，但对它的感情是抹不掉的。所以一定要好好读读这本书，不忘过去，就是珍惜当下……”我的长篇小说《红月亮》刚一面世，他的书评文章《大美“红月亮”》便接踵而来。只知道他喜欢读书，却不想他还有如此高的阅读能力和写作功底！他能敏感而又细致地探究到作者的内心笔触和小说的编排结构，道出了许多《红月亮》创作过程中的构思和设计。作为读者，这是相当了不起的阅读能力，其实这也正是作者们所期待的，因为这就是共鸣！

黄建波的身心追求从来不曾止步，永远在路上。正如万科企业股份有限公司创始人、中国登顶珠峰年龄纪录保持者王石先生回忆攀登珠峰时的那句话：登顶真正挑战的是自己！

2014年7月，黄建波第一次成功组织了十人的长途自驾游。从青岛沿青银高速进入河西走廊，经武威、张掖、嘉峪关至敦煌从玉门关、阳关进入青海、祁连山、青海湖……行程十二天，7200公里。循着古丝绸之路前行，感受着历史的沧桑与厚重。茫茫戈壁，巍巍祁连，阳关古道，大漠孤烟，河西走廊……他在笔记中写道：在文化和历史的面前，人的一生何其短暂，何其渺小！

纯净湛蓝的天空、雄奇壮美的神山圣湖、淳朴彪悍的民俗民风、神秘虔诚的宗教信仰……这就是西藏的符号；拉萨、布达拉宫、珠穆朗玛、象雄文化……这就是西藏的名片，世界的第三极！2016年7月，他的团队踏上了西藏这片净土。从“川西咽喉”雅安沿318川藏公里一路西行，穿越了大渡河、雅砻江、金沙江、澜沧江、怒江、雅鲁藏布江，翻越十三座海拔超过4000米的高山垭口，历时九天终于抵达拉萨；将车子直接开到了海拔5200米常人难以企及的珠穆朗玛峰大本营！穿越了可可西里500公里无人区；越过昆仑山、唐古拉山垭口、格尔木、青海湖……此次行程二十天，9900公里。

“海到尽头天是岸，山至高处人为峰。”一连串的数字说明：不安于现状，不计较眼前的个人得失，向一切困难挑战，这或许正是生命的意义。正是这些内在的良好品质，决定了黄建波一路走来所取得的成就！用他自己的话来说就是：“只要有信心，有梦想，就有超越一切的可能！”

2017年12月

倾注“一腔热忱”写好“一撇一捺”

对一个人来说，所期望的不是别的，而仅仅是他能全力以赴和献身于一种美好事业。

——爱因斯坦

中国的文字属于象形文字，蕴含着许多奥秘和道理。就像“人”字，最深刻的道理往往蕴含在最简单的形式当中，虽然只是一撇一捺，从书法的角度讲，字的笔画越少越不好写；从社会学角度讲，“人”的这两笔，内涵丰富，哲理深邃，想要做好更是不易。支撑起“人”的这一撇一捺：一撇是扬，一捺是抑；一撇是阳，一捺是阴；一撇是进，一捺是退……人的本性、甚至是中国文化的基因竟然全在这一撇一捺之中了。写好一个“人”，只需两笔；做好一个人，却要付之一生。

书法家吕典强便是一个既会写又很会做的人。

吕典强，1972 年出生在即墨段泊岚镇东章嘉埠村的一个书香门第。他爷爷的出身是远近闻名的私塾先生，旧时的教科书《中外地理地形图》就是出自他的手笔。父亲曾在村里干过“赤脚医生”，也写得一手好字。从小的耳濡目染，让儿时的吕典强酷爱上了书法艺术，祖宅的里里外外无不留下过他写画的痕迹。从小学二年级到高中，学校里的黑板报和宣传栏就成了他施展才华的小天地。并经常协助老师们刻钢板字（蜡纸），印刷试卷资料等，也潜移默化地提高了他的书写水平。他后来总结过那段岁月：那是那一代农村孩子走向书法殿堂的必经之路。

吕典强 2017 年 3 月赴日本参加 书法交流活动

1993 年，吕典强面临了高考失利、参军未能如愿的人生低谷，但他从未放弃追逐书法艺术的梦想。他说：“书法已经融

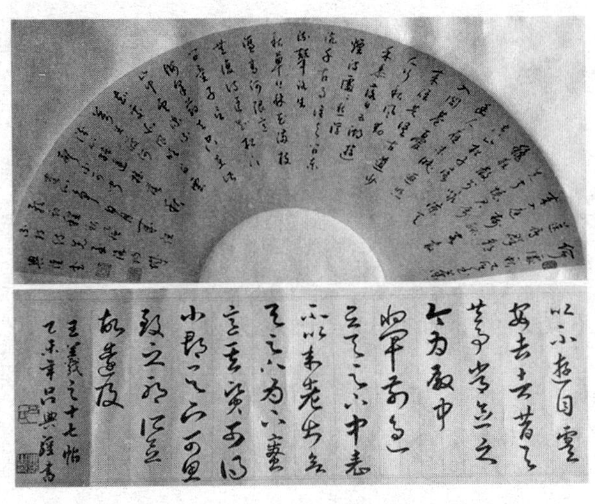

吕典强行草书法

入了我的骨血，一天不练就浑身难受。”从那时起，吕典强越发坚定了自己的练字信念，并在接下来十年的电工生涯中笔耕不辍，遍临诸家法帖；他废寝忘食地在地上写，在墙上写，在门上写，在废旧报纸上写，每天写到凌晨一两点都是常事；为了买到一本心仪的字帖，他曾骑车到六十多里外的书店

功夫不负有心人，数年间他先后获得了第一届“洛阳杯”中韩书画名家作品大奖赛金奖，“兰花杯”第二届全国青少年书画大赛一等奖，“草圣杯”全国书画大赛金奖等二十多个全国性的书法大奖。

当时光进入到2005年，吕典强迎来了他书法人生的重要转折。这一年，他获得了中国电影百年书画大赛最佳创作奖，作品在国家博物馆展出，并被永久收藏。此后，他又陆续获得了山东省书画大赛一等奖、全国书画艺术大赛硬笔书法类一等奖等，逐渐在书法界崭露头角。当时任山东省硬笔书法协会常务副主席姜永春看到吕典强那一摞摞的获奖证书时，吃惊地说道：“真是大树底下埋小草啊，你不能就此满足和埋没自己，应该从事书法教育工作……”一句话，开启了吕典强书法创业的信念和目标！于是，他毅然辞去了原先待遇优厚的工作，把目光投向了社会书法基础教育和教学工作，创办起了即墨硬笔书法教育基地。

最初，办学的条件极为简陋和艰苦，一间狭小的教室、几张破旧的桌凳、一块小黑板就是当时的全部家当。但他依然默默坚守着自己心中对书法、对书法基础教育的那份执着。对于前来学习的学生，他采取因人施教的办法先试学，如果坚持不了，就劝其退学，不收学费；有毅力、能够持之以恒的，他就会不遗余力地手把手教。除了实行鼓励性教学外，他还会定期出资举办书法展，“每月一小展，每年一会展，十年一大展”，充分调动起学生们学书练字的积极性。几年下来，结合书法的教学实际，他整理编写了《行书速成技法》《钢笔速成》等硬笔书法教材，使学生们的习字和书法水平得到了迅速提高。

“让孩子从小接触书法，并不是要培养多少个书法家，而是让传统文化在孩子心中播下无形的种子。"吕典强在阐述自己的教学理念过程中，会有意识地灌输优秀的传统文化。许多家长高兴地说：“孩子以前总是贪玩好动，不爱学习。自从学习书法后，孩子忽然变了个人似的，学习成绩也比以前有了很大提高。”还有一些学校的老师反映，“学习书法的学生自觉性较高，思想素质好，学习成绩普遍不错，在班级和学校里比较受老师和同学们的欢迎”。家长和社会对书法教育的认知接受，为吕典强的培训教学工作带来了莫大的鼓励和支持，他的教学规模和影响力也开始一天天壮大了起来。

致力于书法讲座、授课及学生们的部分书法作品

在书法培训教育的基础上，2009 年 3 月，吕典强在好友们的支持下成立起了即墨市硬笔书法协会。即墨市老领导周怀英原本就热衷社会公益活动，工作十分繁忙，当他了解到协会的创建后，十分赞赏，并主动为协会培训教育工作献策出力；高级教师、省硬笔书协理事孙吉福已是年过七旬的老人，他不顾家人的反对，义务加入到了他的书法教育培训中来，他说：“我对吕典强这个人用心地做了一番了解和观察。我以前从事过教育工作，知道个中辛酸，尤其是个人从事社会教育更是不易！现在像他这样真诚干事的青年人不多见啊，所以我愿意帮他。”众人拾柴火焰高，随着培训基地社会知名度的逐渐提高，吕典强的书法教育进入了发展快车道。他先后又成立了即墨硬笔书协德馨分会、九九花园分会、和平二区分会、经济开发区分会和古城分会。

正是吕典强的这份坚守和执着，正是协会广大会员们的齐心协力和孜孜追求，即墨书法培训教育得到了迅猛的发展，喜报频传。其中，即墨第

三实验小学的周璐璐获得了“泰康人寿杯”青岛市少年儿童书画大赛三等奖；通济小学的徐晓彤获得了山东省书画大赛少年组一等奖；吕瑶瑶在第十五届国际少儿书画大赛中获特别金奖，徐硕、王子林等二十二人分别获金、银、奖，即墨书法教育基地被组委会授予了“先进单位”称号；学员于胜涛、宋吉超、孙飞等十八人获上海首届青少年汉字交流书法大赛金奖。另外，很多早期的优秀学员也是佳绩不断，如胡竞方现已是即墨八里一小学的书画专业老师；徐硕已是武汉理工大学的专业生；宋修教已在北京中科院就读；修丽已就读博士……即墨硬笔书法教育基地被评为全省“书法教育示范基地”，即墨的硬笔书法教育经验在全省交流推广。2013 年又被授予“中国书画等级考试高级培训资质机构”。十三年来，培训基地累计为社会和学校培养了书法学员一万多名，近千人在全国及省市书画大赛中获奖，培养国家、省市级硬笔书协会员二百多人。2016 年，即墨市硬笔书法协会和培训学校荣获了“全国书法教育培训百强学校”称号。这是全国硬笔书法教育的最高荣誉，即墨也成为青岛市唯一获此殊荣的区（市）。

“张弛有度浪淘沙，笔力遒劲得妙法。寒暑星月透纸背，娟秀清丽最潇洒。”中国书法传承了几千年，引无数文人墨客、帝王将相、平民百姓徜徉和沉醉其间，这就是中国书法艺术的魅力。基于“书法学习应该先专而后博”这种认识，吕典强从未停止过与名家和名帖的“对话”。

为了不断丰富自己的书法内涵和修养，他曾先后多次赴济南等地拜师学习。

与中国硬笔书法协会主席张华庆（左）、西日本书道协 会会长师村妙石（右）合影

2013 年 9 月，他报考了清华大学美术学院书画高研班学习书法，其间得到了美院教授、中国硬笔书法协会主席张华庆的亲授和好评一“吕典强现已成为地区性的集书法教育、书法创作为一身的中青年书法艺术家，在清华的进修，让他的学养、涵养、修养得到了全方位的提

升。”

在吕典强看来，书法不仅是展示中国传统文化的载体，也是增进友谊的桥梁和纽带。2015 年 3 月，吕典强随张华庆主席等参加了台湾淡江大学举办的“硬笔书法暨书法艺术展”，担当起了两岸文化交流与合作的使者。此次活动持续了五十天，受到海峡两岸的广泛关注和好评。2016 年 4 月，吕典强又应邀参加了“中国书法艺术作品青岛国际展和中国硬笔书法协会第五届理事会第五次会议”。会上，他做了专题报告，介绍推广了自己多年来从事社会书法培训的经验和做法。2017 年 3 月，为纪念中日建交 45 周年，他随中国书法家代表团一行十七人赴日本出席了“传承有道·大书法艺术日本展”开幕式，结识了日本著名书法篆刻家师村妙石先生，并对日本开展了友好文化交流活动。坚持不忘历史、面向未来的信念，为维护和发展两国人民世代友好做出了积极努力。

书法除了技巧上的打磨，更重要的是完成人格的修炼。热心教育之余，吕典强始终不忘回馈社会，高尚之举令人钦佩。对于一些家庭困难的学员，他始终坚持免收或减收学费，十多年来累计减免学员学费十二多万元。他积极参加社会公益活动，向青岛城阳圣之爱康复中心等单位捐赠书画折合人民币五万余元。2015 年重阳节，他自费一万多元为即墨八十七名百岁老人送去了装裱精美的大“寿”字。每年义务为两所学校免费开展公益书法大讲堂活动，截至目前已在即墨实验四小、通济郭庄、新兴中学、万科小学举办了数场别开生面的电声书法讲座，并向广大师生赠送了他自己编撰的书法教材。

吕典强经常说：“学好汉字、写好汉字，是关系民族自尊、民族自信、民族凝聚力乃至文化安全的大事，作为一名书法家，我有责任将书写了千年的汉字艺术传承下去。”

漫漫三十多年的书法人生，吕典强完美地书写了自己的“一撇一捺”。在努力实现个人社会价值的同时，自己也收获了成功的喜悦和快乐。他现在身兼数职，是青岛市即墨区硬笔书法协会主席（法人）、山东省硬笔书法协会常务副主席、山东省文化艺术研究院青岛分院院长、中国硬笔书法协会教育委员会委员、国家教育部中国书画等级考试高级培训师。

如今在即墨，只要提起了吕典强的名字，人们自然都会把他和书法教育联系在一起。衷心祝愿吕典强和他的书法教育在“一撇一捺”的支撑下阔步前行、越办越好！

2018年1月

初识刘兰芳先生

初识全国著名评书表演艺术家刘兰芳先生，是在参加即墨的一次全国书画艺术名家作品邀请展期间的事情。

可以肯定地说，刘兰芳的评书影响了大江南北数代人。我是听着她的《岳飞传》和《杨家将》长大的。20世纪70年代，那时候生活条件逐渐好了起来。可在那样的年代，人们工作之余的娱乐生活几乎为零。对于小孩子们来说虽然感受不到这些，但凡有点自由的时间，不是在河里摸鱼捉虾，就是三五成群地满街疯跑。那时，无线广播的普及率是很高的，几乎家家都有台大小不一的收音机。这也是那个年代人们了解“上面”消息的唯一途径。报纸却很少、很金贵，也不是哪个人都随便可以看的。得有“身份”的人或是开会传达“精神”时，才可以配着烟卷儿和茶水翻阅学习的。记得那时的广播电台和节目少得可怜，除了那几出耳熟能详的“革命样板戏”夕卜，就是那么几首歌，像《南泥湾》《绣金匾》《我为祖国献石油》等。但人们，特别是孩子们的最爱却是每天晚上六点半的评书节目。记得当年刘兰芳的《岳飞传》刚刚开播的时候，小小的县城里几乎是万人空巷。在农村，许多大队部的高音喇叭也会准时“开讲”。只要到了这个点儿，再顽劣多动的孩子也会安安静静地坐下来津津有味地听刘兰芳的评书。那股聚精会神的劲儿，怕是许多家长和老师们都不敢想象的事情。那时，我们晚上听书，白天就到学校跟同学们交流评书的精彩内容。经常还会有人因为各自的理解不同而争得面红耳赤，甚至是“动武”。记得那时争论最多的一个问题是——这个刘兰芳到底是男的还是女的？就连家长们也不敢妄下结论。怀揣着这个疑问，直到过去了好多年，在我上初中的时候得到了答案。那一次，学校为了满足学生们的评书热，特意邀请了一位年轻的女评书演员来学校表演。她表演的正是刘兰芳《岳飞传》中的一段。让我们惊奇的是，她的音色、语速、韵调竟然跟刘兰芳很像。但她的名字我已经不记得了。最后，在她的自我介绍中得知，她是刘先生的一名学生。而且从她口中得

知，刘兰芳的确是女的。

这也许就是缘分吧！时隔三十多年后的今天，刘兰芳先生担任了中国文联的副主席。而我也进入到了基层文联工作。竟会因为一个艺术展，我跟先生不期而遇了，并有幸亲自感受了先生的人格和艺术魅力。先生是长者、是领导，可她在称谓上更喜欢别人称她刘老师。那天，我跟先生促膝长谈了很久。先生语气温和、举止文雅、幽默风趣，给人一种家人般的自然和随和。所以大家都无所拘束地畅所欲言，话题自然很多，有工作的，也有埋在心头已久的。其间，我将自己刚刚出版发行的新书《紫贝壳》送给了先生，没想到先生认真地双手接过，仔仔细细地翻看了起来。并跟我说了很多褒扬鼓励的话。谈话中得知，先生今年虚岁七十，但仍然每天坚持笔耕不辍，每年都有五十多万字的写作和录播问世。这让我们这些后生们感叹不如啊！

左起：中国文联林立局长，中国文联副主席、著名评书表演艺术家刘兰芳先生，作者

第二天，书画展开幕前，先生突然叫住了我，并从她手包里拿出一辑音像光盘交给了我，说："来而无往非礼也，不能光要你的书。这是我刚刚录制出版的，此次来就带了这一件，人太多送不过来，就单给你吧！"

这是先生最新出版发行的七十八集长篇历史评书《红顶清风》。受宠若惊的我不知说啥是好。灵机一动，我打开了包装盒，拿出一只光盘，想请先生给签上名字。先生一愣，"上面已经有印刷签字了，在这上面签字还是第一次，我试试看"。果不然，光盘上的印刷纸很油滑，不好写，又不吃墨。但先生还是一笔一画、认认真真地签上了自己的名字。开幕仪式结束后，为了赶飞机，先生与我们就匆匆别过了。临行时，先生语重心长地跟我说："要好好努力，祝愿你多出佳作，欢迎去北京做客！"

谢谢刘兰芳先生！匆匆的一面，却像个岁月久远的承诺。推心置腹的话语，令我受益匪浅，终生难忘！如时间允许的话，必当登门拜访，再次聆听先生对艺术、对人生的真诚感悟和教诲！

2013 年 3 月

宫同毓先生

宫同毓先生祖籍即墨环秀街道大韩村，本名宫秀芬。当她还是“为嫚嫚儿”（即墨话，形容尚未婚配的女性）的时候，就已经是即墨师范美术专业老师了。

先生长我四岁，给我任过专业课。我称她为先生，是近些年的事情。

传统的“先生”称谓有向别人学习的意思，达者为先，师者之意。后延伸为对人的一种尊称。现代语境下，“先生”多指男士。其实“先生”的称谓跟“老师”一样，没有性别之分。如李清照先生、宋庆龄先生、张爱玲先生、冰心先生等。同毓先生作为中国书法家协会会员、山东省书法家协会青少年工作委员会副秘书长、青岛市书法家协会副主席、青岛市女书画家协会副主席，多年来已经斩获了许多国家级的书法大奖，是岛城著名的、为数不多的大草书法家，作品业已漂洋过海，被许多国外专业组织和个人收藏。如此了不起的一位知识的、艺术的女性，我当然要尊称她为“先生”了。

宫同毓先生近照

时光回到二十八年前的1989年秋，给我们任课的专业老师中忽然多了一位活力四射的“帅哥”！我们只知道老师姓宫，而且总习惯穿一身藏青色夹克、海军长裤和大头皮鞋，相貌有些像当时的著名歌星张雨生，但嗓音却比张雨生浑厚得多了。所以，无论从年纪、身高、发型、衣着上判断，我们猜测宫老师应该是个刚毕业参加工作不久的小伙子。但很快我们就知道错了。宫秀芬老师1986年毕业于泰山学院美术教育专业。她为人洒脱豪情，言谈举止很“爷们儿”，自然更容易跟我们一帮男生打成一片。如果形容当年的她是个假小子并不为过，虽然这么说有些不礼貌了。但当年我们跟她就是这么愉快地、融洽地、肆无忌惮地相处了有一年的美好时光。

宫老师喜欢给我们美术专业班上课，教过我们一段时间的彩画。说实话，我并不喜欢“学院派”绘画，更喜欢宫老师的印象派风格。印象派绘画提倡走出画室，深入原野、街头等写生。力求真实地刻画自然，直接描绘阳光下的风景和日常生活。画面新鲜生动，追求光与色彩的瞬息变化。印象派与学院派的区别类似于中国画的写意与工笔；类似于写作中的散文与公文；但又不完全是。不管怎样，反正我是喜欢宫老师的绘画风格，单是她直接用笔在画面上调色铺毫，就已经很是沉着痛快了。记得第一次的户外水粉写生，为了给我们做示范，她借过一个同学的画具边讲边画。笔在她的手中游刃有余、干湿结合，不觉已用光了那位同学颜料盒中的颜料，不得已又借用了别人的一些。

“画画不是绣花，不要怕浪费，不要怕画坏，要大气。以后不要用这个颜料盒了，直接把颜料挤到调色板上就行了。”宫老师说。

事后，那位同学虽然得到了宫老师的那幅示范粉彩，但还是不无感慨地戏谑道：“本以为那些颜料够用一天的，原来画一幅画都不够。”

宫老师的课余时间喜欢练习书法，偏爱钟鼎文和怀素的《自叙帖》。这在其他美术教师中是不多见的，即便是擅长中国画的人也往往会忽视了对书法的日常修为，况且宫老师还是教学西画的。为此，我们曾就一些书法的问题请教过她，她只是谦虚地一笑而过，“我也是个书法初学者，论功底甚至还不如你们呢，其实最好的办法就是专注临帖吧！”

人若收获，必当付出；人若专注，必当有为。其实，作为学生来说，就怕把老师潜移默化的说教当成了耳旁风。半年后，当我们全身心应对毕业和择业时，宫老师的书法水平早已甩开我们好几条街了。毕业以后，从一位学弟口中得知宫老师的“草书”作品开始频频在即墨和青岛教育系统展赛中获奖，已经小有名气了。当时，我就预测到将来宫老师的书法成就一定会超越她的美术绘画。另外，还得知了一则关于宫老师仗义救学生的故事。后来在与宫老师见面时，这件事情得到了完整的印证！不妨捻来一叙：

一天中午，宫老师下班途中，发现路边有几个学生和路人在围观什么。近前后才发现有几个社会青年正在殴打一名自己的学生。不由分说，宫

老师一个箭步冲了上去，一把将被打倒的学生拽到了自己的身后。

“为什么打人？！”宫老师厉声质问道。

几个小混混模样的人立即聚拢了过来，“他骑车撞到了我们，就该打！”

宫老师这才注意到地上有几辆自行车胡乱地倒在一边。

“他一个人怎么能撞倒你们几个？！”

“你是谁？不用你管！”几个人撸袖子瞪眼地回道。

“他是我学生，我就管定了！”宫老师环视着，一圈学生和路人只是默默地低首不语，“我是即墨师范的老师！”

“老师怎么了，照打不误！”一个年轻人站到宫老师面前挑衅道。他的个子明显比宫老师高出了不少。

“小样儿！就你们几个？不服就一起上！”宫老师抬手指了指几个人，掷地有声地说：“告诉你们，我宫秀芬行不改名，坐不改姓！敢跟我试试，你们还嫩了点！识趣的话趁早滚蛋！”

几个小混混一下子怔住了！显然是被眼前这位威风凛凛、个子不太高的“大哥”给镇住了！几个人暗暗相觑了几眼，然后扶起自行车悻悻地离开了。

这就是事情的来龙去脉，一点儿没有夸张，这的确就是宫老师的“风格”！

都说婚姻可以改变一个人，可在宫老师的身上似乎收效甚微，只是多了一份为人妻的贤惠和为人母的慈爱。另外，头发似乎也留得长了那么一点点。但一成不变的还是那豪爽的性情和那身夹克、长裤。从宫老师那里得知，年逾半百的她总共穿过两次裙子和高跟鞋。一次是她怀孕即将当妈妈的那些日子，一次是她调任青岛第一天的上班。按理说，结婚的女人最该穿裙装，但宫老师结婚的那个年代即墨还不时兴“婚纱”，所以她穿的是一身红色呢料制服。直到要当妈妈了，她才穿上了宽大的孕妇裙。这就是宫老师的第一次穿裙子。可第二次的画面感似乎让人有些忍俊不禁了。那是在2000年，宫老师因书法的突出成就被组织上调去了青岛群艺馆，任专职书法创作员。可能是为了一改往常的着装形象，宫老师特意为自己购置了一身职业女性的裙装，还配了一双精致的高跟鞋。可这身行头正式启用了才一天，她的脚上就磨起了泡，裙摆也裂开了线。当晚，一气之下，宫老师将它们统统处理掉了！第二天上班，依旧还是她习惯的那身装扮——多口袋的工装，能够迈开腿的长裤，走路更稳健的宽底大头鞋！

书法是中华民族的一门传统艺术。汉字结构和毛笔特性形成的独特的笔法体系，“易经的阴阳学”“道家的天人合一论”使书法的“白纸黑字”达到了对立统一和融会贯通，构建了书法完整的创作标准和审美情趣。“骨气相合”“形神兼备”“自然天趣”是书法的命题；“知行合一”“书外求书”“通变求新”则是书家的命题。中国的大草书法是从章草、小草演化而来，用笔狂放不羁、跌宕纵逸，又谓“狂草”。八方“出笔”“使转”“方圆”“快慢”成为大草的基本笔法；用墨的“枯焦”“涨润”“浓淡”似烟霞漫卷；结字“疏密”“大小”“俯仰起倒”如腾龙舞凤、变幻莫测，甚至将几个字变成一个结字单位；章法则更强调黑白的关系和浑然一体。大草线条的刚性、弹性、质感、气韵、流美等是集书法之用笔、章法和艺术之大成者。它严谨而又规范地摆脱、打破了汉字的笔画、符号的约束，完全由点和线审美组合，成为书法艺术中最自由、最自我、最奔放、最力量、最能荡气回肠的一种表现形式。如果说诗歌是文学的灵魂，那么大草就是书法的灵魂！

纵观大草的这些基本特点，孰可驾驭？唯有与之秉性契合者然！而恰恰宫老师的骨子里就是这样性情的人。不是唯心地讲，她应该就是为大草书法而生，大草书法的殿堂该有她的一席之地！

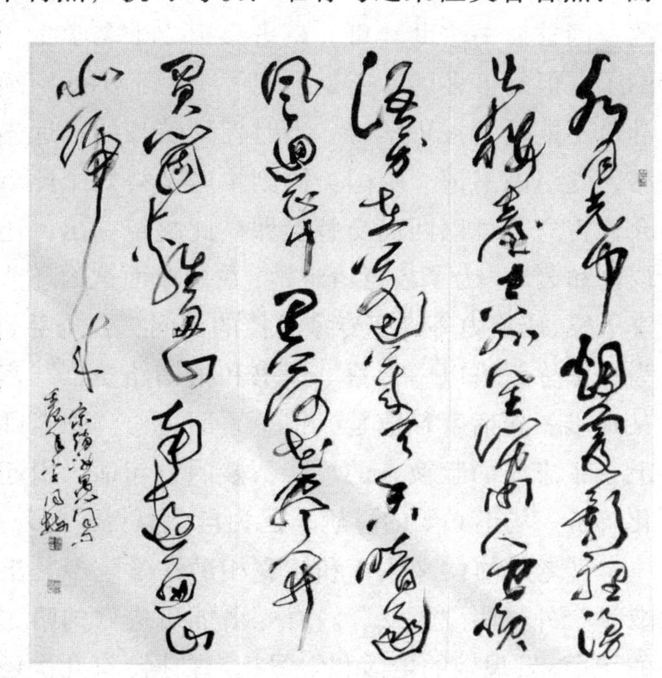

草书《宋·赵汝愚词》

“学书未有不从规矩而入，亦未有不从规矩而出，及乎书道既成，则画沙、印泥，从心所欲，无往不通。”（清·朱履贞《书学捷要》）为了深入学习书法艺术，1995年9月，宫老师自学考入了中国美术学院成人书法大专班，并取得了本科学历。那段时间，她有幸结识了蒋进、汪永江、金铮、来一石等诸师，更是得到了中国美术学院教授、博士生导师、中国当代书法大家王冬龄先生的心授真传。王冬龄教授是林散之、陆维钊、沙孟海20世纪传统书法大师们的弟子，在中国草书艺术上独树一帜，占有极其重要的地位。

先生的人品、性格和对草书的先天悟性得到了王冬龄教授的器重与厚爱，只有她可以随便出入王教授的工作室。因此，宫老师主动承担起了为教授研墨、裁纸等许多辅助性的工作。正是这些看似不起眼的日常，成了宫老师可以直接学习追摩大师的良好契机。在教授的精心指导下，宫老师进步很快。草书作品很难获奖，但在1998年2月全国第七届中青年书法家书法篆刻作品展中一举斩获了银奖，成为青岛市书法历史上的第一个最高奖。宫老师也因此在全国的书法界崭露头角。因为她，王冬龄教授记住了青岛、记住了即墨，以后凡是遇到青岛人，王教授总是会操着浓浓的吴语说：“你们青岛有个宫秀芬，宫秀芬那大草写得好哎！”

1997年1月，中国美术学院成人书法大专班还未毕业，宫老师又报考了该院陈振濂（中国文联副主席，现任中国书法家协会副主席）导师的全国首届书法助教班。该班只招收十名学生，宫老师以优异的成绩入围了。但好事多磨，还是出现了一个不小的麻烦。因为根据院方要求，学员不能重复报班学习。当时任副院长的冯远先生（现任中国文联副主席、党组副书记、中国美协副主席）得知了此事后，立即做出了特批，允许宫秀芬可以两面交替上课！此决定一出，还是在学院里引起不小的议论和轰动。为了故意刁难她，在录取面试的环节中，陈振濂当着童中焘、李子厚、唐勇力等许多专家教授的面问:“宫秀芬,作为唯一的一名女学生，为什么你就可以‘带薪’读书和报销路费？”宫老师被问得措手不及，又很难一句话解释清楚，情急下回道：“陈老师，这是我十年的工作加上一张忠厚的脸换来的！”精妙的一句话，引起了满场人的哄堂大笑！化解了一场不必要的尴尬，还为自己赢得了额外的加分。

宫老师的仗义执言和倾囊相助在学院中是出了名的，师生们还给她取了个外号叫“大侠”。有一名插班进修的哈尔滨女教师引起了宫老师的注意，发现她的生活和学习相当拮据，有几次还会一整天不吃饭。为此，宫老师专门请她吃了一顿，还给了她一百元生活费。从此，宫老师每个月都会从自己五百元的工资中抽出一百元来接济她，直到最后毕业。贵州铜仁的一位男学员因为交女友不慎，被西湖公安分局刑拘了。得知消息的宫老师坚信这位同学是被对方诬陷的，于是她主动多方联系，最终还了这位同学的清白，无罪释放。

草书对联

“心不厌精，手不忘熟。若运用尽于精熟，规矩谙于胸襟，自然容与徘徊，意先笔后，潇洒流落，翰逸神飞。亦犹弘羊之心，预乎无际；庖丁之目，不见全牛。”（唐·孙过庭《书谱》）观宫老师作大草，高捉笔端，凝神屏气，成竹在胸，凌空回锋，落笔无滞，牵丝巧妙，似断还连。字及字组中贯穿其笔画间的笔势往来，时有无形牵丝隐其中，不着丝毫痕迹。令观者不知其从何处起笔，又于何处终。她的行笔多为绞转之势，线条遒劲有力，极富弹性和张力。陈振濂曾在他的《尺牍书法面面观》一文里写道：“1997 年中国美院办学院派书法助教班，宫秀芬的《丧乱帖》，作业要求是放大原帖技巧，重新组合，效果很好，冲击力很强……”书法家杨乃瑞先生为她赋诗赞曰：“尔来八尺丈二匹，落纸云烟旭黄气。龙潜鱼翔不见底，风狂雨骤披所靡。笔意纵横千万字，勇士挡关拦不住。嘘看女侠笔端嘶，管他南北与东西。”

成名后的同毓先生为人甚为低调，总是会积极参加各项社会公益活动，对于一些慕名求字者，也会尽量满足。“学书不过一技耳，然立品是第一关头。”（清·朱和羹《临池心解》）是先生的座右铭。用她自己的话说：“咱不就会写几个字吗？如果能为更多的人服务，人家又是真心喜欢，我们何乐不为呢？”所以宫老师十分热衷于“文化下乡”等社会志愿活动，每年的拥军、春节等活动都会有她的身影和笔墨，丝毫不会吝啬。

我身居过文艺的圈子，十分体谅书画家们的创作和成名不易，所以我从来不向同毓先生或其他书画家索要作品。自己也深知“嘴大了容易丢脸”的道理，别人给是情分，不给自然是公道。另外，林子大了本就良莠不齐，有些所谓的艺术品，收藏了不会“发家致富”；即便是没有，也不会影响自己半点儿的生活日常。可我手上有五件同毓先生不同时期的书法作品，都是先生在不同场合赠送给我的，这多少让我有些受宠若惊了。

还有一则旧事，不得不提—魏世仪是即墨籍的一位老作家、老领导，2009 年的一次公差日本，拜会了他的一位作家朋友渡边浅田。没想到在他家的会客厅里见到了同毓先生的巨幅长篇！魏先生与宫先生是有交集的，但这是在异国他乡的偶遇，的确有些意外了！交谈中，渡边指着这幅作品动情地说：“这是我的宝贝哦，去年我去过青岛……你们看，看那笔墨的苍劲，那意境的抽象，那笔锋透露出的雷电般的力量……真的让人如痴如醉……我每一次看这幅作品，就像是在看一场演出……”回国后，魏先生在报纸上发表了一篇《舞蹈的狂草》，专门记述了此事。他在文章中还这样写道：“我接触过许多书法作品，但很少看到一幅让人如此激动的作品，特别是让一位外国朋友如此激动！……我久久凝视着宫秀芬的书法,那鲜活而遒劲的线条似乎渐渐地运动了起来,愈来愈快,分明就是一场狂舞。”

如今，五十出头的同毓先生已经取得了诸多骄人的书法成就。2002 年 12 月作品荣获全国第十二届“群星奖”书法金奖；2003 年 8 月作品荣获全国第二届行草书书法作品展铜奖；2004 年 2 月山东省文化厅通报嘉奖；2004 年 12 月被评为“青岛市文艺精品创作贡献个人”；2005 年 1 月山东省书法家协会授予“山东省书法创作贡献奖”；2012 年 12 月荣获群星璀璨——全国美术书法摄影作品展铜奖；2014 年随“东亚文化之都”交流团到访日本和韩国，所到之处受到了爱好中国书法的外国朋友们的热烈欢迎和追捧；2016 年，先生的一个书法小“册页”在青岛市的一场慈善拍卖会中拍得了一万八千元，支持了地方慈善事业的发展；2017 年 12 月 31 日，先生在即墨成功举办了“线舞墨水河”书法展，实现了多年来为家乡书法教育薪火相传、回馈社会的美好夙愿。

传统的书法艺术非同吃“青春饭”的演艺圈，成长的道路是寂寞而远涉的。相信不远的将来，作为一名凤毛麟角的女性大草书法家，必将为中国的书法艺术写下浓重辉煌的一笔！

2017 年 12 月

董安荣先生

董安荣先生与我是老同乡，又同属相，但比我大了整整两旬。他的年岁与我的父母差不多，该是我正经八百的长辈。又因先生是从即墨文联主席的岗位上退下来的，所以自然又是我的老领导。因此，我习惯尊称董安荣先生一声——董老。

董安荣先生 2009 年在鹤山

董老年长我二十四岁，今年恰恰又是我认识董老的第二十四个年头。时光退回到《即墨时报》社的成时，四十多岁的董安荣先生离开市委研究室，担任第一任报社总编兼社长的 1993 年。当时，我还是一名普通的机关秘书，所以经常会向报社寄送一些工作性的新闻稿件和散文随笔。时间久了，自己还混上了一个报社“优秀通讯员”的称号。我就是在那段时间认识的董老，但当时的董老并不认识我。实事求是地讲，作为一名报社的社长、总编，可能会对一些通讯员的名字有所印象，但要做到人人见面相识却也是件不太可能的事情。

真正与董老的接触和交往是在 2008 年，源于即墨文联组织撰写的一本《决战 2008——即墨市援川救灾、奥运安保、处置浒苔纪实》。众所周知，2008 年是极不平凡的一年一“5・12”汶川大地震、北京奥运会开幕、青岛浒苔泛滥告急。智慧果敢的即墨人民在困难、压力面前表现出了坚强的品质和顽强的斗志，提交了一份份合格的历史答卷。为了争取图书出版的时效性，所以该书文稿的采写无论从时间和文量上来说都是非常有压力的。撰稿期间，为确保纪实文学的真实性，作为市文联原主席的董安荣先生、即墨文坛泰斗肖冰先生身先士卒，与我们年轻人一道广泛深入所涉及的单位采写挖掘一手材料。董老文思敏捷、出手极快，一点也不像是个六十多岁的人，而且自己的文稿全部由自己电脑打印，这让我们年轻人更是刮目相看了！成书期间，董老又帮着逐篇“把脉”，给予了大家很多建设性的意见，为该书的如期出版发挥了重要作用。全书共十六篇，其中的《大爱无疆》和《生命洗礼》是我写的；《守卫光明》《不辱使命》《恪尽职守》和书的《序言》《后记》都是出自董老的文笔。这的确是老当益壮，为人楷模啊！最终，该书的出版跟预期的一样，在全市上下引起了不小的轰动和共鸣，获得了极大成功！

与董老的密切交集该是从2010年我调任即墨文联副主席开始的。那时，我才知道董老原来还是个鼎鼎有名的大孝子。父母的长寿是做儿女们的一大幸事儿，但总避免不了老人伺候老人的尴尬现实与力不从心。但在董老的身上丝毫没有体现出这些，反而倒成了他返老还童的一桩乐事儿。多少个花开花落，多少个夜以继日，董老忙里忙外地亲手伺候走了八十八岁的父亲，又开始精心照料起九十多岁的母亲。母亲年事已高，不方便住城里的楼房，只好住在乡下的祖宅里。于是，董老就把照看外孙女的“工作”托付给了老伴儿，自己搬回老家专心照料起了老母亲。

文人的情愫和胸怀真挚而又博大，祖宅里的一草一木，连同老母亲都是董老的“无上至宝”。董老祖宅院门外有一棵古老的大槐树，又名“将军树”。古树饱经风霜和岁月的磨砺早已变得苍劲古拙、铁杆虬枝。这棵大树伴随了董老全部的儿时记忆和成长历程。董老在文章中曾多次提及到这棵树。其中，在他的文集《山雨》中有一篇《古槐》，就是专写这棵大槐树的——“爷爷辈的老人们说爷爷们小的时候这老槐树就长在这里，没人知道它的年龄，当然也就没有人知道它是谁种植的了。在马山周围方圆百八十里内，除了那躺着的木化石，恐怕再也没有比它更老的树了……与那些小楼相比，我更偏爱这老树。因为，楼房会越来越多，而这老槐树，永远永远只有这一棵了！”因此，董老还给这栋老屋取了个雅号——“槐荫堂”。于是，屋内是卧床不起的老母亲、自己的书房桌案，屋外是整齐的菜畦和花果藤架，一切都被打理得井

董老“槐荫堂”门前的大槐树及院中硕果压枝的石榴

然有序、生机勃勃。累了，沏一壶浓茶、捧一本“芬芳”。日子就在这样的“反哺”“忙碌”“收获”“感悟”中变得愈加殷实起来，直到老母亲九十六岁仙去。如今，这栋老屋依然保留了往昔的那份安详与宁静，处处充满了古朴与生机。

董老处事低调，为人谦和，又很乐于帮助和提携年轻人，所以与他相处得久了，根本就体会不到有什么代沟、年龄和身份上的区别差异。记得2008年我的第一本长篇小说《真爱烹得云水长》刚出版不久，董老的书评文章《行云流水自然来》就刊发于报端了。洒洒洋洋数千言，给予了我莫大的鼓励和支持。作为老领导、老作家、老前辈，我并没有主动开口向他索要过这样的书评文章，但董老已经悄然做好了一切，这让我无比地惊讶和感激。2012年，当我的第二部长篇小说《紫贝壳》面世时，董老的《那片海、那些人……》跟读者又如期见面了。“得寸容易进尺”，2014年我的传记文学《街里旧事》即将付梓之际，书的《序言》自然就想到了董老。董老果然好求，很快，那篇著名的《我们拥有两座同样可爱的即墨城！》便成了该书的点睛之笔。2017年，我的首部散文集《说说即墨话》文稿整理成型后，我自然又想到了董老。结果还是一如既往的心想事成。谢谢董老中肯的点评与不吝赐教！学生必当感激不尽和牢记于胸！

正如这个金秋时节，董老的文学创作已经进入到了一个全面成熟和丰收的阶段。二十二年来，董老已先后出版了《槐木镢楔》《山雨》《满月儿》《董安荣戏剧选》《大海之歌》《即墨名胜》《画眉舌头》《赵克志在即墨》等数百万字的文学作品。其中，包含了散文随笔、报告文学、诗歌、杂文、小说、传记、戏剧、曲艺、小品、通讯、电视脚本、影视剧本等几乎所有的文学体裁。直叫我们这些后生们望洋兴叹！

董老是快乐的、充实的、榜样的和与时俱进的，七十多岁的他玩起电脑和智能手机来丝毫不输给年轻人。偶尔，他还会与文友们小酌几杯，但从不过量。幽默、智慧就在他爽朗和憨憨的笑语中自然流转，让人肃然起敬，又令人受益匪浅。他像一座峰峦雄伟的大山和灿若繁星、琳琅满目的艺术宝库，既叫人难以望其项背，又可以取之不尽、用之不竭！

董安荣先生是受人爱慕和尊敬的！衷心祝愿他文艺的青春不老，天天笑口常开！

2017年11月

肖冰先生

我手上有一套《肖冰文集》(共七卷)和一本刚刚再版的《肖冰自传》,均是肖冰老先生亲手签赠给我的。我如获至宝,总是放在书橱中随手可取的位置上。

肖老先生今年八十一耄寿了,是公认的即墨文坛泰斗级的作家。肖老是即墨北安街道萧家疃人,本名萧毓田,“肖冰”是他的笔名。老先生历经的时代多,笔耕不辍,文学创作丰厚,即便在中国的文坛上,“肖冰”的名字也是占有一席之地的。年代久了,用得多了,大家就误将这个笔名认为是老先生的本名了。作为晚辈,我不好冒昧地与先生细探笔名的由来,所以只是猜测,大概是取“冰雪消融”之意的吧!

肖冰先生2009年4月在我的《真爱烹得云 水长》作品研讨会上发言

20世纪五六十年代,新中国的文学创作达到了空前繁荣。理论和创作实践上都努力追求文学的民族化与群众化,批判地吸收与借鉴中国传统文学艺术的精华,致力于反映中国人民的历史与现实生活,并且取得了可观的成绩。柳青的《创业史》,梁斌的《红旗谱》,姚雪垠的《李自成》(第一部),老舍的《茶馆》,田汉的《关汉卿》,以及贺敬之、郭小川等的诗歌,巴金、杨朔等的散文,彰显了人民艺术家为创造鲜明的中国社会主义文艺所达到的水平。

肖老先生得益于那个时代,也奉献于那个时代。从20世纪60年代年代初开始,先生具体负责即墨全县业余作者的文艺创作辅导工作。当时,各项工作的条件都很差,但他不辞辛劳,常年徒步或骑车穿行于城乡之间,迅速在全县拉起了一支三百多人的文创队伍,并带领重点作者深入基层体验生活。那些年,在他的积极努力和争取下,培养了一批批优秀的文化人才,并创作出了一大批优秀的文艺作品。为此,他曾多次在烟台地区、青岛市、

山东省介绍过即墨业余文艺创作的经验和做法。时至今日，当年的青春热血化为了两鬓斑白，有许多当年的业余作者早已成为了社会各行各业中的长者，但他们依然不忘师恩的提携与教诲，时常登门造访，与肖老先生结下了终生的友情。

我是从 20 世纪 90 年代初开始对先生有所了解的。1992 年 5 月，先生的长篇小说《女性的河》出版发行，当时先生五十多岁，正值文学创作的成熟期。该书是肖老文创作品中极其重要的一部作品，小说以即墨大沽河流域为故事背景，描写了农村彩凤、秋月、金花、秋芳几位处于不同时期的女性追求爱情自由的不同结局，展现了一幅生动的、历史的场景画卷。当年，该书的出版在一定范围内引起了不小轰动，同年秋青岛市文联、作协等单位还共同举办了该作品的研讨会。所以，对于刚刚参加工作不久的我来说，“肖冰”的名字自然是响当当的！

认识肖老也是从撰写《决战 2008——即墨市援川救灾、奥运安保、处置浒苔纪实》开始的。撰稿期间，行文严谨、雷厉风行的七十多岁的肖老丝毫不输给年轻人，用“老当益壮、一马当先”来形容一点不为过，给我和其他文创人员留下了深刻的印象。2009 年 4 月，即墨市文联为我的首部长篇小说《真爱烹得云水长》举办了作品研讨会，山东省作协副主席赵德发，青岛市作协主席郑建华，副主席许志强、曹安娜，秘书长张璋，即墨市政协副主席孙公瑞及即墨市文联、作协、红纺集团、鹤山风景区管委的领导朋友们出席了活动。其中，肖老也应邀参加了研讨会，并给予了该书许多中肯的建议和评价。没想到自己的书，肖老只字不落地早就认真看完了，而且对于书中的有些章节关系都过目不忘、如数家珍。这的确让我有些始料不及和受宠若惊了。可见老先生对于传统文学把控能力的举重若轻，对于初出茅庐的年轻作者不遗余力的殷殷关爱和谆谆教诲。

真正与肖老的接触还是要从我调至即墨文联工作开始。肖老为人开朗耿直，原则立场分明，且说话幽默、喜欢直来直去，所以更容易与年轻人打成一片。一开始，我总是习惯尊称他一声“肖老师”或“肖老”，时间久了，我就干脆称他为“老爷子”了。

文学人的形象似乎一直跟吸烟密切地结合在一起。如鲁迅先生，无论影像资料中还是那些塑像，手总是不离烟卷儿的。肖老当然也不例外。不过，我是从来没有见过先生抽烟的，因为他已经戒烟多年了。《肖冰自传》中有一篇《戒烟》就是专写他的吸烟的，从中不难看出老先生与吸烟、戒烟、复吸、复戒所做的一番精神“斗争”。文章的起首便是“戒烟是毅力和欲望的搏斗”，然后是自己以往吸烟的种种逸闻趣事。中段单起一行“总之是不想戒烟”。可见，戒烟对于当年的肖老来说也绝非易事！文章的后半部主要写了“戒烟”和“劝诫”，既风趣幽默，又体现了戒烟的决心和效果。另外，通过文章发现，原来董安荣先生早些年也是吸烟的。后来之所以戒了烟，也是因为受了肖老的影响。肖老爷子年长董老九岁，有师生之谊，彼此交往了已有四十多个年头。直到今天，半生的友谊早已化为两位长者生活的一部分，有事没事，只要一有时间，大家还是会经常见面的。

肖老对酒的会饮、善饮不是秘密。但随着年龄的增长，老人对酒的自控力丝毫不亚于当年的“戒烟”，只是偶尔会少喝一点，绝不过量。肖老习惯通称白酒为“白干”，这自然让我想起了青岛已过世的姑父，因为他也长得高高壮壮的，也戴一副宽边眼镜，也风趣幽默，也会饮、善饮，也习惯称白酒为“白干”。求证后得知，原来在半个世纪前，人们喝的最多的一种白酒是用地瓜干酿造的，俗称“白干”，又叫“三二七”。后来叫顺了嘴，就把所有的白酒都叫作了“白干”。例如，在许多老青岛人的记忆里，都知道20世纪50年代青岛有个特产——“栈桥白干”，反而它的本名“栈桥牌白酒”却鲜有人知道了。也正是因为这一句“白干”，让我对肖老就更多了一份尊敬和亲近！每每与肖老爷子把盏，感受着他诙谐幽默的话语和爽朗的笑，总会不由自主地多喝好几杯的！

肖冰先生从1957年开始文艺创作，至今已经走过了六十一个春秋！2008年获得了“即墨市文化艺术突出贡献个人奖”。先后出版有传记文学《陈潢治黄》《查赈大员之死》、诗集《花的梦》、长篇小说《女性的河》、十二集电视连续剧《镇淮楼钟声》《肖冰中短篇小说选》《肖冰剧作选》《肖冰散文选》《肖冰文集》《听竹斋诗词选》《肖冰自传》等。

2008年与肖冰先生合影

八十多岁的老人，生活中依旧充满了阳光和风趣。一次，在与他通电话中又提到了那本《肖冰自传》，他却戏谑道：

“这是最后一本了，不写了，再也不写了！哈哈……”

我说：“哪能呢？巴金先生九十一岁时还出版了《再思录》呢！”

肖老却连声道：“这个不能比，不敢比……”

“恁的思维不减，身子骨硬朗，只要想到了什么就一直写下去。我们真的期待恁有更多源源不断的作品，为即墨、为即墨文坛标树起一面鲜明的、恒久的文学旗帜啊！”

2017 年 11 月

第三辑 月色如洗

月色如洗

可能昨晚睡得早的缘故，所以凌晨三点的时候居然醒了，再也没了睡意。

我被落地窗前的一地银色的月光吸引。于是，索性翻身下床，半裸着身子，抬头望向了浩渺的秋的夜空。

月亮已偏西，是个下弦月，所以不是很圆。它离我却好远好远，似乎想要挣脱着什么，奋力飞向广阔无边的天际。但这月光却出奇的明净透亮，我好像好久没有见过这样的月色了。

月亮缺少了太阳的那份炽热和光彩，似乎总有一层神秘的面纱笼罩，但它是可以长久直视和遥望的。水一般的月光一股脑地倾泻下来，如雪、如霜、如银……洒进窗外的那条小溪月色。大地明净如洗，到处一片银色的世界。这是梦的颜色，童话的世界。

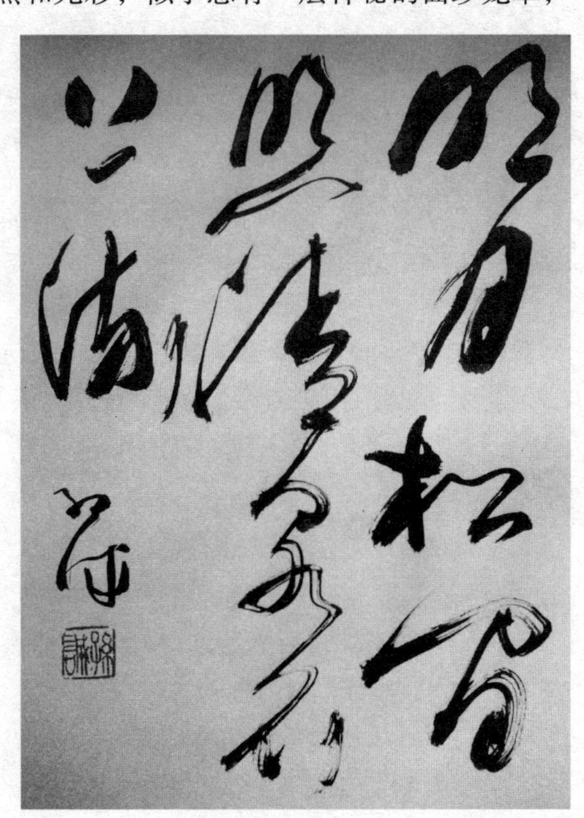

王维《山居秋暝》句

黎明前的夜，出奇的宁静。秋虫们高低短长地交织“吟诵”，把这夜的宁静装扮得更为幽深和辽远。这是它们的世界，谁都不会、也不能打扰它们。听着这密密的“吟诵”，心底蓦地生起了丝丝的欣慰。呵，欢快地唱吧！生机盎然的精灵们，我为你们礼赞！

远处隐隐地传来几声犬吠，听来有些慵懒，似乎是漫

无目的的“空吠”。不知是这皎洁的月色还是这些精灵们打扰了它，不得而知。唉！

由它去吧！反而给这宁静的银色世界增添了一些空旷和遐想。

毕竟是秋了，周遭早已褪去了闷湿和燥热。久立窗前，披着这样的一身银色，浑身都感到了无比的舒爽和惬意。

2008 年 10 月

走出城市

久居市井，整日穿梭在钢筋水泥丛林中，早已熟识并接受那些车水马龙的喧嚣，人头攒动的拥挤。人们仿佛都是行色匆匆的过客，追随着一只上紧了发条的钟表，在嘀嗒声中周而复始地重复着、重复着……

即墨马山石林，摄于2015年春

偶尔，走出城市，又踏上了那片富饶芬芳的土地。天空在这里变得高旷明亮，大地在这里显示出勃勃生机。禁不住令人嗟叹：久违了，大自然，又回到了您的怀抱！

尽力地抛弃，抛弃所有的一切！只剩下一颗滚烫而虔诚的心，随着大地稳健而又熟悉的脉搏跳动不息。只在此刻，发现自己终于寻到了生命之源，读懂了生命的真谛！

在这里，“捌唰”的林涛淹没了一切喧嚣；泛着银光的点点的绿，代替了耀眼的霓虹。葱绿中，掩映着片片红瓦农舍，一切都那么的自然，那么的和谐。陌生而又熟悉的面孔，浓重而又朴实的乡音，如一坛陈年老酒，打骨子里透着醉人的甘美。令人自然地、毫无顾忌地融入这天、这地和这所有的一切。

走出城市，感受自然，拥抱淳朴，让心灵得以净化和升华；走出去，走出城市，你会找回曾不经意间的遗失；你会发现天地广阔，生命正在无穷地伸延。

1996年5月

雨夜

今晚又是雨夜。

还是这间陋室，还是那盏老台灯。能够这般听一场雨，倒也十分庆幸这属于自己的一方宁静和一份悠闲。自己平生也算经过无数的雨了，却从未如此专注过一场雨。于是，便沏了一壶清淡的“叶子”，静静地品味起这雨了。

日间的雨，容易使人郁闷。但夜间的雨，却能赋予人更多的空灵和感悟。昔日嘈杂的院落，蓦地安静下来，安然地沉浸在这绵绵不绝的“交响曲”之中了。远处不时传来一阵隐隐的雷声，犹如一曲如泣如诉、荡气回肠的《梁祝》；又像是约翰·施特劳斯的那曲多情的《蓝色的多瑙河》，不时地响彻耳畔。聆听着神奇美妙的天籁之音，不觉令人产生无限的遐想和神往。迷蒙的灯光透过窗户，映着地上的雨水闪着晶莹的光。院中的那株芙蓉树，低垂着羞叶，惨败的落花，勾画出一副悲凉残缺的美，但却都在这无私的洗礼中赋予了新的生命。

我的书房一角，摄于2018年

雨，不过是大自然极其平常的一种天气现象。正是因为它的平常，所以又会有那么多的熟视无睹。其实，生活又何尝不是这样。人们总是习惯把雨和人的悲伤、泪水联系在一起，但那只不过是一种借喻罢了。能够欣赏感悟一场雨，特别是在这样的雨夜，如是故友重逢，总有一番不同的感慨。

不觉夜已深了，雨还在不徐不疾地下着。但透过窗户的这盏灯，一直亮着。

1999年7月

秋夜细雨

今夜，远处的天空蓦地传来一阵阵沉闷的雷响，不一会儿便下起了细雨。这突如其来的细雨，使这旷日持久的高温得以缓解，干涸龟裂的大地得到滋润，带来了秋夜里的第一丝的凉。呵，终熬过了燥热郁闷的夏，久违的灵感油然而生，便欣然地拿起了笔。

这是一场突如其来的秋雨。淅淅沥沥，飘飘洒洒，不徐不疾，又那么不折不扣，颇具一番空灵和神秘。平生也算见过和经过了无数的雨。大雨滂沱，惊心动魄；淫雨连绵，郁闷无常。可谓是几多风雨，几多感畅。这晚，本又是百无聊赖，可偏偏这突来的细雨，打破这墨守的宁静，显得那样的亲切和与众不同。

夜已深，万籁俱静，凉风习习，周遭院落早已酣然入梦。透过窗子昏弱的灯光，密密如织的细雨闪着晶莹的银光，肆意洗刷着日间的尘土与浮躁，荡涤着日久的伤痕和印记。虽显得有点渺小无助，但是那样执着不息、无拘无束。秋虫早已收住了单调乏味的呢喃，不知躲到了何处，倒是远处的小水塘，偶有几声蛙鸣隐隐传来，声声入耳。就连那蛊惑鬼魅的星星和月亮，也早已不见了踪影，任天空层云舒卷、大地烟雨蒙蒙。

细雨润物，好雨夜来。“唰唰”细雨，丝丝甘凉，静立窗前，像是故友重逢，又如同新朋聚首，倒真是情有独钟这秋夜细雨了。好一场及时的甘露呵！随风潜来，日出而息。须明日，人们纵情放眼，必将是满目一片清新明亮、硕果累累的景象了。

2007 年 9 月

秋日丝语

最后的一声蝉鸣，不知不觉地淹没在阵阵爽惬的秋风中，消失匿迹了。取而代之的便是各种精灵蛊惑的秋虫，隐在它的世界里，专心倾情地弹奏着它的“曼陀铃”了。忙碌的紫燕更是不敢有丝毫的懈怠，携儿带女早翱翔在了南下的旅程之中。昔日热闹的天地似乎突然间安静了许多，留给了原本就属于它们的喜鹊、麻雀等生于斯、眠于斯的留鸟们，独守着秋日，从金黄渐到银白。

秋日，经过了整整的一个炎夏，开始变得懒散自私起来，不断收敛着自己的那份炽热和倾情，令周遭的世界开始降温、开始冷静。雪的使者——秋雨不约而至，传达着冰的消息，带来了丝丝凉意。尽放眼，一泓碧水无边无际，融长天一体，共长天一色，愈加地清澈和透明起来。无力的百花骤然间失去了妩媚的光彩，徒留一地的残枝败叶，在瑟瑟的秋风中蜷缩着、摇曳着。倒是那一簇簇的青翠间，正着无以数计的傲霜之菊竞相开放，装点打扮着秋，填补着那些无力的苍白。

秋，无疑是令人肃然起敬的。这毕竟是一个成熟和收获的季节。春华秋实，一年的希冀最后总是在这秋中沉淀、收获和积累。她储备接踵而来的冬，更酝酿着来年的春，以特有的方式承载着如此漫长的冬去春来。想必志存高远的鸿鹄，任山川河流、大江南北飞遍，恐终也未曾解读这金黄充盈之秋，更不消说那银装素裹、分外妖娆的世界了。

为陈志鸽兄题写的斋号“悟闲堂”

不几日，林间也变得疏朗寂寥起来。踏着沾满露水的落叶，嗅着淡淡的独特的清新，游历于秋的世界，感受着秋的品质。心旷神怡之余，蓦地多了些许的惘然和无奈，秋毕竟也拥有着萧瑟与凄楚。这所有的一切，只等在冰封的日子里慢慢回忆和品咂了。

2007 年 9 月

感受阳光

虽至晚秋，但连日来明媚的天空、暖暖的阳光竟然像个春日，照在身上倦倦的、困困的。

忙碌了一段时日，这两天有些空闲，并无杂乱烦琐的人和事情打扰，心情自然轻松慵懒起来。于是，冲一杯滚烫的咖啡，独自坐在高高的落地窗前，闭起眼，闻着淡淡的幽香，尽情享受着难得的午后暖阳。Bodi是一只纯种的道格拉斯犬，此时也安静地俯卧在脚边，用它长长的下颚紧紧贴着地面一动不动，偶尔也会懒懒得抬眼看看我。但我并不去搭理它，它也就安心地合上眼小寐了起来。我的目光却飘向了悠远的窗外。

只知道春日易逝，谁知这秋意也易衰。窗外，连火色的枫叶也开始凋落了，地上红红的一片。蓦然发现，原来时光竟是有脚的，匆匆地来，匆匆地去。我们可以无偿地拥有它、消磨它，可谁又能挽留、阻挡它这匆匆的脚步呢？懵懂年少似乎还是昨天的事情，今天竟可以这样独坐着释怀，伤感着岁月的匆匆无奈。人哪，在时间的面前注定了永远是个过客。

我家“皮皮”生于2017年农历十一月初五，属鸡，是一只漂亮的灰色小型贵宾犬。
摄于2018年春

时间又是公平的，它眷顾着每一个人。每天，谁也不多一点儿，谁也不少一点儿。只不过每个人打发它的方式不同罢了。也曾空虚过，甚至空虚得有些迷惘和恐惧。现在，竟又为那些无聊的空虚而愈加窘迫了。掠过自己眼前的那些光景，不管是好的还是坏的，早已烟消云散，一点一滴地贮藏在记忆深处了。

皮皮一周岁生日

暖暖的阳光，身子像裹在了柔软爽滑的丝绒里。Bodi通体金黄色的毛，反射笼罩着一层朦胧的光晕，鼻子里正发出均匀细细的鼾声。

盯着地上自己的影子，忽然想到，以后的日子还会有这样的心情和懒散吗？我不知道，也不想知道。但有一点是肯定的，那就是明天太阳还会升起，不管天气、心情如何，毕竟谁又能阻挡住它的脚步呢？

感觉到阳光正从我的胸前向脚上慢慢滑去，暖暖的，痒痒的。而手中的咖啡，温度刚好。

2007年10月

平淡如水

置身于静静的午夜，捧一杯凉白开，才发现剔除了咖啡、茶叶和酒精的水原本是如此的清冽甘爽。

人活着总会有所追求。然而，生活并不总是如我们想象中的那样一帆风顺和海阔天空。当刺猬不得不拔掉身上最后的一根刺，西装革履地变得世故起来时，才会发现其实最重要的已经不在了。就像飞蛾扑火，投向光明的一瞬是付出了生命的代价，但终成就不了涅槃的凤凰。

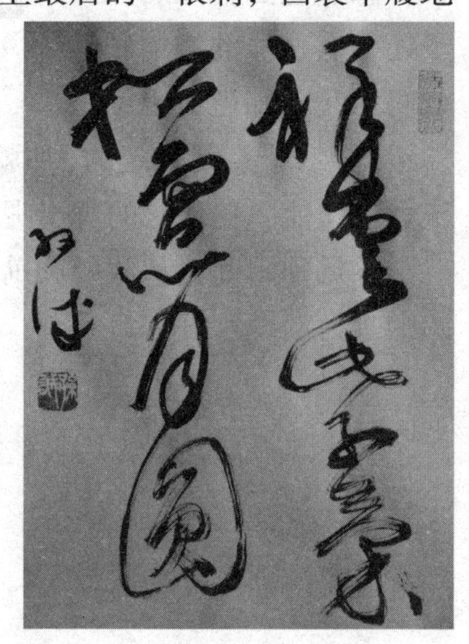

祥云紫气，松窗月圆

平淡如水，正因为水的平淡才融合了百味。于人而言，平淡更多的时候是一种心态。善于平淡是一种技能，而敢于平淡则是一种境界。但平淡不是平庸。

人生如一叶逆行的扁舟，只要远方的灯塔在望，只要桨舵牢牢在手，任那些风吹浪打和暗流涌动，终也是枉然。

窗外繁星点点，杯内水光盈盈。

2009 年 1 月

匆匆复匆匆

这几日，秋的味道越发浓郁了。而我的心情却忽然有些低迷到了极点，甚至于什么事情都提不起兴致来。平日里最喜欢读的几本书，也只好懒散地撂在一边，静静地守望着那些昼夜的轮回交替。

漫然翻卷，竟看到了那本已经尘封了好些个时日的《朱自清散文集》，不觉心头一颤，捧了起来。这是数年前的偶遇，出自时代文艺出版社的一版二次印刷。扉页上自己的题笺还清晰可辨，甚至是连当时购书的心境刹那间都历历在目。

映入眼帘的第一篇便是《匆匆》——

“太阳有他的脚啊，轻轻悄悄地挪移了；我也茫茫然跟着旋转。于是——洗手的时候，日子从水盆里过去；吃饭的时候，日子从饭碗里过去；默默时，便从凝然的双眼前过去。我觉察他去的匆匆了，伸出手遮挽时，他又从遮挽着的手边过去；天黑时，我躺在床上，他便伶伶俐俐地从我身上跨过，从我脚边飞去了。等我睁开眼和太阳再见，这算又溜走了一日。我掩着面叹息。但是新来的日子的影儿又开始在叹息里闪过了……”

唉！这可诅咒的时光匆匆、匆匆时光！

此刻，这竟也是我的心境。先前，寒来暑往，四季更替，对于我都是那么平淡无奇。但这个秋来得着实有些突兀，似乎昨天还是阳光明媚的春，怎忽地就秋风凉了呢？春有春的遐思，秋有秋的感悟，初秋总归还是美丽的。但我开始惶恐这秋、这匆匆了，竟丝毫找不到先前那种度日如年的感受，更别说这秋意盎然了。

记得早些时候，自己有事没事总爱盯着窗外的天空发呆。感觉时间像个老人，在慢慢吞吞地蹒跚着。那个二十四小时是漫长和令人等待的，即便那时同样读着这篇《匆匆》。总以为，花落可以花开，秋去还会春来，有些事情还不着急，慢慢来或以后再说吧。但不消几个交替，我却变得如此惶恐起来，并感到了时间像刀子般的锋利和无情！

人终非圣贤，圣贤终归是人，又有谁能挣脱这时间的磨砺啊！当然，时间并无坏处，充实总会令人感受到时间的快乐，毕竟我也有过这种体会。

而此刻的我，竟是如此的消沉和低迷。这匆匆……

2010 年 5 月

于平淡细微处

久居一隅，即便是身边再美的环境和风景也终会习以为常、熟视无睹了。所以现在每逢节假日，人们大都喜欢走出去游历各地的名胜大川。浩浩荡荡的人流扎堆似的往一处挤，直到人满为患，景点告急。当衍生的问题开始层出不穷时，人们又开始抱怨起来：怎么这么多人？！自己的每张照片都成了合影！每条公路都成了停车场！其实想过没有，当别人堵了你的时候，你不是也正堵了别人吗？

我不好热闹，更喜欢清静自在，所以这些烦恼与我无缘。上班，下班，写写文章、理理文稿，每天的日子倒也快乐充实。从家徒步经过一个闹市区和一个菜市场，四十分钟就到了单位。车水马龙、摩肩接踵，看似单调乏味，却也是人生百态。城里的私家车越来越多、越来越高档了，可国产的自主品牌并不多见。每天上下班的高峰期，大多数车子都能遵守交通规则，偶有几辆“霸道”的，也都是那些高档的进口货。一脚油门、一脚刹车、一句“国骂”、一顿拳脚，“土豪”们无时无刻不在精彩演绎着时代赋予他们目空一切的气派和张扬。这个菜市场不过是几条社区街道多年自发形成的而已。菜市场里的货品极为丰富，时令果蔬、活宰鸡羊、干鲜海货、煎饼果子、袜子内衣等一应俱全。搭一个棚子，摆一辆手推车、几个架子就是一家买卖，所以从早到晚这里总是堵得水泄不通、污水横流。执法人员不得不起早贪黑地蹲守在这里。可面对占道经营、随意摆放和“措袖子瞪眼”，如果不是他们身上那特有的、醒目的制服，怕是早就淹没在嘈杂的人流和口水之中了。忙忙碌碌、利来利往、纷纷扰扰，日子就在那些圆滚滚的腰包和肚子中渐长。

窗外，不同于室内，总有一片或大或小的天地。它不属于你，但你可以无时无刻地拥有着它。单位位于振华街和朝阳路的交会处，办公室在顶层，所以窗外就有一片绝佳的风景。其实也没什么，不过是河岸边的两条路和几棵树而已。墨水河、横河在这里汇流南下，因为没有余地，所以这里的视野十分开阔。窗户的三分之二是天空，三分之一是树冠与河

水，从而还附带了满屋子的阳光。早晨，暖暖的阳光伏在办公室西墙的书橱上，然后开始悄悄东移；中午，阳光就完全照在办公桌上了；下午，则又缓缓移向了东墙，直到渐渐隐去。光影相随，又似乎是一对难分难舍的冤家；阳光总想捕捉到那些影像，影像又竭力地躲避着；黑白交替，最终谁也战不胜谁，谁也离不开谁。可时光每天就是这样在我的眼前不经意地交替往复，从不懈怠。

春去秋来，窗外绿了又黄，黄了又绿，所不变的永远是那片开阔的天地。视野中有水杉、雪松、杨树和法桐等颜色不一、高低错落的树木。其中，最为高大的是那棵杨树，几乎有四层楼高。粗壮的枝干、繁茂的树冠，像一个巨人守护在桥头边上，枝丫间隐隐地还有许多大大小小的鸟窝。穿过城区的河坝修砌得十分整齐，岸边浓密的垂柳婀娜地舒展着腰身。雨水充沛的时候，细细的柳条儿可以触摸到河面，将整段河道映衬得碧绿一片。早些时候，河流的上游有工业污水排放，所以整条河道臭气熏天，成了名副其实的“墨水河”，周围的居民也怨声载道。好在通过这些年的减排治污，河水又重见了清澈，甚至偶尔还会看到野鸭和鹭鸟的身影。城西桥连接了城市东西两端，每天的车流量很大，噪音不绝，“尾气”自然不少。真是“按下葫芦浮起瓢”，好不容易掐断了污水的源头，空气又出了问题。雾霾和 PM2.5 像个隐形的杀手正随意游走在我们的体内，原来赋予“同呼吸、共命运”的真谛竟是这样的。

最热闹、最好看的是傍晚时分，数百只喜鹊和八哥鸟会集聚在这里，落满了枝头、线杆和楼顶，欢快清脆的鸣叫不亚于一场盛大的狂欢派对！以前见过的八哥都是关在鸟笼子里的，没想到这里竟然有一个野生的族群。八哥通体呈黑色，展开双翅有白羽，颜色虽然一般，但形体十分特别。在它的上喙与眼睛之间有一簇高翘耸立的羽额，形成羽帻，煞是好看和精神。偶尔落在窗户附近的几只，可以看得非常清楚。与此同时，它们也可以观察到我，但它们似乎一点儿都不怕人，只

《岁月当歌》书赠建政兄

是高扬着尖喙、目空一切地纵情欢唱着。又似乎是在跟双脚一刻也离不开地面的我炫耀着什么。每每这时，我从不去打扰它们，只是出神地注视着它们。直到夜色渐浓，看它们陆续散去后，我也匆匆地踏上了回家的路。

日历每天就是这样翻捻着，光景每天就是这样重复着。而正是因为这些太多的熟识，让人们习惯了这些平常的无睹。静心想一想，只要平平安安、心平气和的，每天的生活总能于平淡中赋予我们更多的启迪和感悟。正如姜育恒的那首经典老歌《再回首》——

曾经在幽幽暗暗反反复复中追问
才知道平平淡淡从从容容才是真
再回首恍然如梦
再回首我心依旧
只有那无尽的长路伴着我
……

2012 年 11 月

玉米祭

秋风乍起，昨日满眼翻飞的燕子便已悄然离去，大地已是一片丰收喜悦的景象。不几日，秋风一阵紧似一阵，天地开始呈现出一派沉寂和萧瑟。田野上空旷无垠，只有片片刚刚抽芽的冬麦，于凛冽的北风中透着淡淡的凄绿。

原野深处的坟头便稀稀落落地愈发清晰起来。那是故人长眠的地方，毕竟也是每个人的归宿。砍倒的枯黄的玉米秸，一捆一捆地堆放在地头，形成了一个个硕大的圆锥体，恰如那一座座的坟，与那些新旧不一的坟傍依着、遥望着。这便是玉米的“坟”。

从播下的一粒籽开始，到收后的颗粒满仓，玉米用其短短的几个月，便演绎诠释了世间一个最平凡而又最神圣的自然法则——生命的延续。为了这一执着，于风雨中尽显了生命的顽强。但当这一切成为往事，失去生命迹象的秸秆，带着所有的记忆一股脑儿地埋入了自己的“坟”。最后，在时光的催化剂中慢慢腐败，或于熊熊野火中焚化得干干净净，终不留一丝痕迹和叹息。

这是何等的慷慨无私，何等的义不容辞！尽管此刻显得那么黯然和悲怆。

蓦地，罗中立的那幅著名的油画一《父亲》浮现于脑海。画中年迈的农夫，烈日下端碗喝水的那一瞬被作者永远定格。岁月的沧桑深深刻满了脸庞，微微张着的干渴的嘴，似乎想要或是正在说着什么。特别是那双深邃善良的眼睛，让人久久不能释怀。苍老无奈的目光里，折射出他一生的执着和迷茫，透析着所有的欢欣和哀伤。手里的那只粗瓷大碗格外夺目，而且显得愈加沉重，直压得让人有些透不过气来。不觉心头一紧，便赶紧带住了自己的这些思绪。相信看过此画，绝大多数人都会有一种心灵的震颤。哪怕只看过一眼，也永远不会忘却老者的那脸、那眼神和那端着大碗的粗糙的手。

秸秆堆上凌乱残败的枝叶和着坟头上的枯草，在寒风中“喇喇”地响着，并无一丝的生息。但那都曾是鲜活的生命，都曾有着悲欢离合、曲折动人的故事。逝者无论是否从容洒脱，还是无助无奈，现在大抵总该会入土为安了吧？但留给生者的总归是一种永远难以割舍抚慰的追忆和伤痛。或思，或泣，或是更大的欢娱……

逝去的玉米，曾经划出过最完美的生命轨迹。它所孕育的新生定会传承着优良的品质，世代繁衍，生生不息。有生命就会有坟，我的心情豁然开朗，安息吧！这些坟。

2005 年 11 月

一杯新绿

以前，我是没有喝茶的这个习惯。有时候想起来了，不管是什么茶，随手抓上一把都能对付，总比一杯白开水来得有味道吧！

不喝茶，也就不懂茶。但身边并不乏一些习茶高手。他们对各种茶叶研究得头头是道，就连喝什么茶配什么茶具都十分讲究。可在我看来，那些闲情雅趣有些烦琐和无趣。

一次，从朋友那里得到了一只大玻璃杯，样子再简单不过了，就是上下一般粗，杯底很厚实的那种。但杯身通透明净，很像水晶。临了，朋友还随手附赠了一盒“鳌福”，说：“这可是明前茶，用这只杯子喝绿茶吧！”可自己并没在意，也就随手搁置在了一边。

毕竟这是个容易迷失自我的时代，有时就连城市里的鸟雀也会困顿和不安。闲下来时，睹物思人，于是烧一壶热水，决定一改这平淡无奇的口味。

当一注热水冲入了那只玻璃杯子，却有了些意外的惊喜和收获。

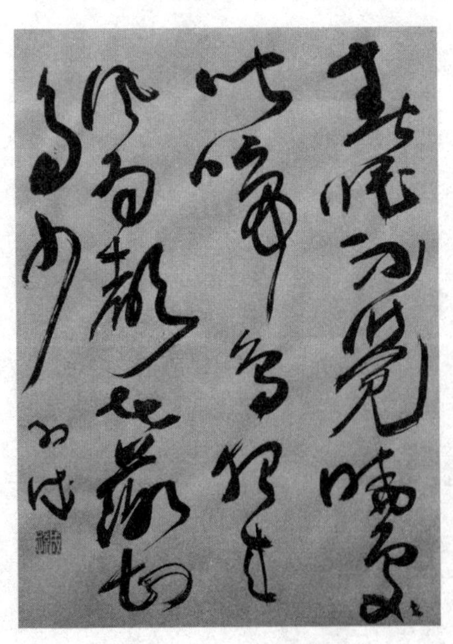

孟浩然（唐）《春晓》

瞬间，蜷缩干瘪的茶叶如同打了一针强心剂，在杯中上下飞旋开来。很快，又安静地复归于杯底。但“演出”只是刚刚开始。茶叶们似乎是从睡梦中醒来，纷纷扭动舒展着困倦的腰身。“绿”也在一点点还原、呈现，一切是那么宁静与安详。只是杯口处弥漫着婀娜的热气，正袅袅上升，像烟、像雾……渐渐地，一片片嫩绿的叶子长在了杯子中，杯子变得通体绿润起来。

静静地看着杯中的奇迹，我在想：这些青翠嫩黄的生命此刻会是怎样的感慨，是在伤感着昨日的旧梦？还是在为今天的重生而欢愉呢？我不得而知。但我分明看到了眼前的“舞蹈”和析出的“翠绿”。

水的温度在慢慢降低，茶汤越发厚重清亮起来。小心捧在手中，温润似玉，青翠可人，一股清新浓郁的茶香扑面而来。细细呷一口，清爽绵厚、沁人心脾，还隐隐透着一丝淡淡的苦。但这苦并不涩，瞬间于唇齿间消融，很快就幻化得满嘴生津了。

一杯通透清香的绿茶，竟多少让人有些感动。不用喝，单是看着眼前的这场短暂的演出，就能给人以无限的回味和遐想。这何尝不是一场生命的礼赞与诠释！

捧一杯新绿，与春天拥吻。

2010年3月

注：此文在2018年“茶交所杯”全国征文比赛中获优秀奖。

“迷彩”体验

出生在军人家庭的我，孩提时代便钟情于绿军装，特别是在那段特殊的岁月和年代。记得那时自己最大的心愿便是有朝一日能踏入绿色军营，拥有一套属于自己的绿军装。即便是当时玩的各种游戏，都不外乎是“枪战”“攻碉堡”“抓特务”等。谁知这个打小的夙愿阴差阳错地直到现在也没能实现，权作是少年美好的幻想了。但父亲年轻时戎装挎枪的那些照片，却一直让我自豪和羡慕。

1962年4月1日，父亲离开青岛警备区司令部下连队之前，于青岛万年青照相馆留影。时年20岁

值得庆幸的是，今年在参加市第四期中青年干部培训班的学习中，根据培训计划的安排，参加了为期一周的军事训练。终于三十好几的人第一次穿上了部队作训迷彩服。这虽算不上什么正规的军装，但也足以令人兴奋一阵子了。本来就缺乏体育锻炼，再加上多年的机关工作，许多学员也包括自己的腰腹间平添了一道“救生圈”，使穿上的迷彩服看起来并不宽绰，尽显“臃肿”本色。但人立马还是精神了许多。这恐怕就是迷彩服自身的魅力所在吧！

在参观了留村部队营房，观摩了部队军事课目训练之后，四名部队教官便加入到了我们的训练生活中来，我们的军训生活也随之拉开了帷幕。入秋的季节，天高云淡、烈阳如火，炙烤着水泥地反射着阵阵热浪，使周围的空气也变得稀薄起来。此时的我们，严格按照军容军姿的标准，扣紧了袖扣和领扣，戴上了统一的作训帽，全身心地投入到了军训之中。“稍息”“立正”“停止间转法”“看齐”“报数”“齐步走”“跑步走”“正步走”，外加晨操，样样齐全，一丝不苟。天呐！五天下来，全身酸痛，感觉人都快散架了。那些天里，就连以往正常的行走、上楼梯、弯腰、抬腿等都感觉有些吃力了。但只要留心，不难发现每个人的脸上总是漾着恬恬的笑容，爽朗的谈笑淹没了那些无谓的龇牙咧嘴。崭新黄胶鞋的底纹磨平了，斑斓的“迷彩”上又增添了一道道白色的汗渍。

“迷彩”军装终不是时装，它是果敢、刚毅、奉献的化身，它只属于热血和激情，威武和庄严，恐怕谁也不会同气馁、邋遢、金迷纸醉联系在一起，这便又是“迷彩”的价值之所在。短短几天的军训结束后，以亲身的体验和感受，令自己对军装、军人多了一层了解和认识。说来也怪，最近几天《咱当兵的人》《什么也不说》等这些优美铿锵的军旅歌曲旋律，总是不由自主地在脑海中隐隐响起。想必这“迷彩”和军训已经在我们的身上起到了作用，它会自始至终地贯穿于我们这三个月的培训学习之中，甚至还要更长、更远。

2003 年 9 月

2003 年 9 月至 12 月，参加了为期三个月的“即墨市第四期中青年干部培训班”学习，这是我所在的第六班组军训时的照片。队列左起：作者、于敦欣、蓝信东、吴科业、于晓京、蓝传强、李建华（女）

离家琐谈

人毕竟是有腿的，为了理想、为了生计，为了一切的为了，难免要奔波忙碌、苦心经营。所以，往往天涯各处，又朝思暮想。对于阅历不深的我来说，大小也算有过那么几次离家在外的经历，印象颇深，捡来聊慰。

最早的一次是在 1988 年。那年我正在校就读，刚好放了暑假。舅父因生意场上的事，顺便带我坐上了北上的列车，来到了祖国的首都——北京。列车从晚上一直开到了第二天才抵达。一出西站，才真正体会到刘姥姥进了大观园的那份感受，自我的渺小感，竟压得自己透不过气来。舅父需要打理自己的事情，无暇陪我，便把我交给了旅游团，偌大的首都就任我游了。我登上了万里长城，当了一回“好汉”；下到了定陵地宫，感受了一下帝王的“落寞”；站到了天安门的城楼上，“雄视”了一遍“天下”……北京人的那份得天独厚的优越感全国无二，这令天生满口“即墨地瓜话”的我相形见细。即便是自己用娴熟的普通话交流，也总觉得十分别扭。

这时才发觉满眼的繁华竟是如此的陌生，“母语”交流上的不便和压抑，令自己倍感孤寂和惶恐，想家的心情便油然而生。好在，最令我兴奋、记忆最深刻的是返程前的那顿北京烤鸭。那是在一位现已故的前国家领导人的护士长家里品尝的，听说那只烤鸭是大会堂的专供品。

1997 年，女儿六个月大，摄于墨河公园

平生第一次吃烤鸭竟有如此的口福，这成了我那次北京之行的最好印象。而带回家真空

包装的烤鸭则全然无味，如同嚼蜡。七八天没有见面的母亲，既无信函又无电话，看到突然站在面前的我，竟不知所措地满眼泪花。后来我才明白，那就是“儿行千里母担忧”啊！

1998 年，女儿一周岁

时光进入到了 1998 年，我的两人世界变成了三口之家，那年女儿不满两周岁，能与人做简单的语言交流了。根据工作需要和安排，我参加了市里的扶贫工作组，入驻了温泉镇南小峨村，还荣幸地挂任了该村的党支部副书记。这次离家虽不过百里，但时间上要求很严，特别是首期入村一个月内不准回家。这是我离家时间最长、生活最为艰苦的一次，也是第一次。

南小峨村因山而得名。整个村子依坡势而错落，属典型的小山村，所以交通闭塞，自然经济条件差、基础薄弱，与现如今城区周围的村庄相比差距很大。但贫瘠的土地哺育了当地人朴实无华的品质，人们热情好客、开朗率直。回想起来，不敢自负，驻村期间确也做过一些力所能及、有益于群众的工作和尝试。充分发挥了主观能动性，与其他同志一道多方协调，调运化肥、外销花生、铺路架桥，还引进了庭院养殖和缝纫加工等小项目。一时间的小山村倒也热闹了起来。流血流汗，权作满足了自己暂且的成就感。记得那年秋种前，在运送化肥过程中，自己不慎从载重十余吨的大货车上摔下来，硬生生地用自己的腿略碎了裤子，皮肉之苦也就在所难免了。

山村的生活是艰苦的。挑水几乎是每天的必修“课程”，不会挑就用手提。这还不算什么，最难办的就是那一日三餐。不管吃好吃歹，凡是要吃的任何东西都得等到集日，徒步八里山路之外打点。一次购买的东西还不能太多，因为一是提不动，二是没有保鲜措施。一早赶集，中午才能返回，一身的疲惫，只想躺在床上一动不动。所以往往赶集回来的这顿午饭就免了，再好的牙祭也只能留到晚饭时享用了。那一个月的时间是短暂而又漫长的。记得“足月”回家时，刚一进门，女儿蹒跚的样子、

女儿于即墨鳌山湾

摄于即墨东部新居

稚嫩的喊声，令我足足洗了三回脸，嗓子似乎被什么哽住，竟不能说出一个字、一句话，更没敢去碰孩子一下，直到自己的情绪慢慢稳定下来。

离家是远航，家就是港湾。无论航程多远，家的灯塔永远为你守望、为你起航。离家是一种挑战、一种思念、一种无奈；回家是一种责任、一种休憩、一种幸福。离家是每个人不可避免的现实。漫漫人生之路，想必总会有许多离家在外的时候和缘由，但即便再长、再多，或是走得再远，牵伴着的心路总是要回家的。

准备好了吗？为下一次的离家远行。

2003年10月

闲侃“嚼舌与咬耳”

这里所讲的“嚼舌”，并非吃饭时嚼到了舌头；“咬耳”，也不是像泰森那样咬到了霍利菲尔德的耳朵，而是对世间有些人丑行劣态的一种比喻。书曰：诽谤；俗称：背后诋毁和破坏他人名誉；即墨方言则叫“差呀话儿，烂嘴巴儿”。

人类在大自然的进化中创造了文明，但也滋生了愚昧和凶恶。这“嚼舌与咬耳”便是这后者中的一种。“嚼舌”，就是信口胡说，无中生有地搬弄是非，以造谣生事来达到自己的目的；“咬耳”，则是私下背人处，将嚼过的舌根子送进他人的耳朵，同样也是为了达到自己的目的。很可笑的是，这“嚼舌”者永远只能嚼自己的舌头，不能嚼他人的舌头。但又咬不到自己的耳朵，所以就只好咬他人的耳朵，令他人再嚼他自己的舌头，或采取行动而最终达到“理想”的目的。可谓凶险恶毒；更可气的是那被“咬耳”者，任凭那三寸不烂之舌和伶牙俐齿的缠磨撕咬，非但不觉得痛，反而愈加舒适酥软，宁为舌所动，任其信口雌黄。一对怪胎的孪生！

就其“嚼咬”的形式和内容来看，可谓灵活多样、涉猎极广。可以用嘴、用手，甚至动用一切现代通信工具；内容包括更广，工作、学习、家庭、人际关系无所不涉，特别是生活中的个人隐私或两性关系更是嚼咬的“永恒话题”。但凡“嚼咬”者，其目的无非是损人利己。但又知其力不能，便通过“咬耳”合力他人，或“借刀杀人”。此为其一。其二，即便目的不达，来个“癞蛤蟆跳到脚背上，小咬",鸡毛蒜皮、蝇头小利之事不足为怪，但可祸起萧墙；“大嚼大咬”，则足以祸国殃民、撼动山河。综观古今中外的历史，创一代“嚼咬宗师”者不乏其人。如一统中国

《厚德载福》书赠宝林兄

的秦之名相李斯，史上功不可没，但其秉性卑劣，也是标准的“小人”一个。当同窗好友韩非（韩非子）才智名望过于己时，妒忌、阴险、残酷的本性暴露无遗。秦王政被李斯的花言巧语和献媚求宠迷惑，终使韩非蒙冤死于非命。还是这个李斯，最终在同朝宦官赵高的“舌簧”和二世的“软耳”下，被具五刑、灭三族，腰斩于咸阳，加速了秦的灭亡。

大千世界，形形色色，同为一物，智者见智，仁者见仁。再者，人无完人，也不能苛求于“千篇一律”。因此，那些“垛垛个肩膀儿，沁沁个头儿，抒抒着嘴儿”的“嚼咬”之辈的基因还会传承，更不会销声匿迹。但是，事物总归有着固有的发展规律和变化，即便“嚼咬”者图谋痛快一时，总不会痛快一世吧！

独此己见，纯属闲谈漠论。

2005 年 6 月

眼见亦不能为实

俗话说：“耳听为虚，眼见为实。”但现实中也并非如此，儿时就听父亲讲过一则有关孔子犯过此类错误的故事。

孔子行教，一日，徒弟做饭。当开启锅盖时，不料上升的热气将梁上的一块儿烟灰冲下，刚好落入了锅内，徒弟便赶紧将沾有烟灰的饭挖出。此时，徒弟好生为难，弃之可惜，不弃恐对师不敬。情急下，徒弟便一口把带烟灰的饭给吃了。但恰好此时，孔子看到了这一幕。孔子便以为弟子嘴馋先行进餐，便大为不悦，诸如目无尊长、不懂礼教之言，把弟子给说教了一番。徒弟明知委屈，但只能一一应答称是。后来，孔子从其他弟子口中得知了事情的真相，后悔不迭：只知耳听为虚，眼见为实，却哪知眼见也不能为实啊！

非常简单的一个故事，但寓意深刻。这说明了一个道理，凡事如不加思索和翔实的调查，单凭个人直觉的好恶而武断行事，便会影响自己正确的判断和行为，从而酿成错误。毛泽东同志曾在《反对本本主义》一文将这个问题剖析论辩得清晰透彻。说到底，也就是个如何处理“个人主观主义”，克服“教条主义思想”的问题。在这个问题上，我们曾有过深刻的历史教训。

现实生活中，事事处处、方方面面错综复杂，很难说我们的所见所闻都是正确的，或都是错误的。即便是你的身份地位再高、阅历知识再丰富，也不能对所有事物的是是非非妄下结论而独断专行。如上述徒弟的行为明明是尊敬师长、爱惜粮食，却被孔子的眼见“主观”而曲解，其结果就大相径庭。所以，我们在日常的工作和学习中，必须要以严谨科学的态度和实事求是的原则对待一切事物，包括人、事、物。凡事要经过再三的深思熟虑和调查方可定论，万万不可以因自己的“眼见”或“主观”而草草行事。正如毛主席所讲：调查就像“十月怀胎”，解决问题就像“一朝分娩”。

2003年7月

一把香椿

明代程登吉《幼学琼林》第二卷：“口尚乳臭，谓世人年少无知……”对于这个“年少无知”，即便是圣人，也是摆脱不了的基本事实。圣人自有过人之处，凡人不可望其项背。但凡人也该随着年龄和认知度而成熟成长，最起码做人的“廉耻”和“诚信”还是应该具备的。

人活一辈子，事业可以不成功、不成名，但人一定要活个“明白”。人活明白了，也就不白活了。当下，一句网络语“不是老人变坏了，而是坏人变老了”使用率很高，虽然有其偏颇的一面，但也不能全盘否定。朋友亲身经历的一件小事可见一斑：

一日路边的早市，忽听有人在喊自己：“嫚儿，嫚儿……”

朋友回头发现是一位白发苍苍的老妇蹲在旮旯里朝自己招手，于是赶紧移步上前，见她面前摆着几把香椿芽在卖。

“嫚儿，这是我早上刚掰的香椿芽，超嫩。”银发老妇小心地摆弄着地上的几把香椿芽说，“五块钱一把，就剩这三把了，给你算十块就行了。”

朋友本不喜欢吃这个，却见她的年迈和迫切眼神，而且最近刚好看到了“关于照顾老人地摊菜”的微信帖子，便蹲下来想仔细看看。

“你看，这么短，全都是嫩芽儿。”老妇抓起那三把香椿芽在朋友的面前晃了晃，然后麻利地装进了塑料袋，“赶快卖了，我好回家歇歇！”

朋友不再犹豫，赶紧掏钱接过了塑料袋。那老妇遂起身，头也不回急匆匆地向公交站点走去。

等回到了家，朋友却发现了香椿芽的问题。原来，每一把只是外面一层是短短的香椿芽，里面包裹着的全都是对折起来的长长的香椿枝条，连叶子都老得拽不动！于是，朋友大呼倒霉上当！发狠以后再不去买老人的地摊菜了。想必当时公交车上的那位老妇，正有年轻人起身给她让座哩！

常言道：人，活到老学到老。对于上面的那位朋友是适用的，可对于那个表面上可怜兮兮的银发老妇，难道只是香椿变老了？

明代张居正在《答两广殷石汀论平古田事》中说：“近来人心不古，

好生异议。”意为人的气质变坏，有失淳朴善良而流于谪诈虚伪，心地不再像古人那么淳朴。唉！从明代到现在又隔多久了，世风又变了多少遍？好也罢，鬻也罢，人心自有一杆秤，几斤几两？你知、我知、他知，足矣！

2017 年 5 月

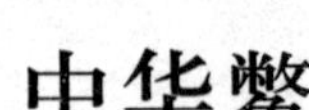

中华鳖

鳖，又称甲鱼、团鱼、“王八”。野生中华鳖在中国、日本、越南北部、韩国、俄罗斯东部的河流、湖泊中都有广泛分布。鳖与龟属近亲，最大的区别在于外甲。鳖的外甲包裹着一层肉质外膜和“裙边”；而龟无论是海洋、淡水中的，还是陆地上的完全是角质化的硬壳，且多伴有规则的纹路。

《淮南子》曰：“鳖无耳而守神。神守之名以此。陆佃云：‘鱼满三千六百，则蛟龙引之而飞，纳鳖守之则免。故鳖名神守。’”可能正是源于这些，鳖在中国传统文化里就拥有了许多民间的神话故事和传说，但大都以“反面”的居多，“正面”的似乎很少。其中，较为常见又广为流传的是：大鳖可以在河中兴风作浪害人。如《西游记》中驮师徒过河的“老鼋（yuán）”就是一种大鳖，当其得知唐僧忘记替他问佛祖“何时化为人形”时，老鼋恼羞成怒，一下子把师徒四人翻进了通天河里，才有了这“九九归一”的最后一“难”！

鳖生性警觉、凶猛，可以同类残食，对周围环境反应极其灵敏，只要稍有风吹草动，即可迅速潜入水底藏身。所以人们就将“言行相诡”“狡诈奸猾”等这类“符号”赋予了它。因此，在即墨的方言里，“鳖”虽然具有某种神秘的敬畏感，但绝对不是一个什么光彩的“好东西”！时常在老百姓的口中成了骂人的脏话，如“王八蛋（坏蛋）”“鳖羔子”“鳖窝子”“鳖精”等。如形容一个诡诈不可信的人，一般会说：“那个人鳖精鳖精的，都能隔水望人，千万败（别）叫他叉吧了（算计、愚弄）咬着。”

人们对于鳖的憎恶和恐惧还多源于它的“咬”和“吃相”！鳄鱼虽然嘴大齿尖，但上天“剥夺”了它的咀嚼，所以鳄鱼只能靠吞咽进食。一旦猎物太大吞不下，它就会将猎物拖入水中淹死，再靠强大的上下颚钳住猎物，通过身体的猛烈翻转将猎物撕碎吞下。鳖的上下颚长着一对完整锋利的牙齿，跟鳄鱼一样，也是靠吞咽进食。遇到稍大的猎物，鳖会先一口咬住猎物，再靠头的后缩和两只前爪的用力拉扯将皮肉撕下来。貌似比鳄鱼的吃相“优雅”了不少，但其“生吞活咽”的本质是一样的。所以，人们又会将“贪婪成性”“穷凶极恶”等词汇“送”给它。鳖一般不会主动去咬人的。即便是防御性的“伺机而动”，鳖也不会选择从正面进攻，而是趁其不备发起突然袭击，一招制胜！鳖一旦“得口”，鳖口会随着鳖头的后缩越咬越紧，绝不会轻易松口。饲养过鳖的人如是说：此时千万不可硬拉猛拽，否则会加剧伤害。可将鳖连同被咬住的部位一起放回水中，鳖就会顺势松口而逃；或用小草秆刺激鳖的鼻孔，鳖就会打喷嚏而松口；或用烟火灼烫他的尾巴屁股，它也会试着松口逃走。

一种生物的生存和习性是天生固有的，并不能随着人们的“好恶”而改变。“鸦反哺”“羊跪乳”“狗湿草”“马垂僵”的经典佳话与“狼狈为奸”“蛇鼠一窝”“狐假虎威”“一丘之貉”等形成了巨大的、鲜明的对比。好也罢、坏也罢，其实这都是人类数千年文明中“借物拟人”的手法，无非是要达到以文化人的目的罢了。“尊重别人，尊重自己，愉快生活”是做人的三个基本原则。一个人不管多聪明，多能干，背景条件多好，如果不懂得如何去做人做事，最终结局肯定也是枉然。表面上看，做人做事似乎很简单，其实不然。有些人活了一辈子却只知道尊重自己，时时处处总是以自我为中心，从而忽视了或根本就不会尊重别人，甚至是恩将仇地反咬一口，所以就不知道正确的为人处世，因此就一定不会愉快生活。恪守做人原则的人，行为有节制，办事有规矩，说话有涵养，交往有诚信，因而这样的人才是最受人欢迎和尊重的。

“鳖”也非一无是处。中华鳖就是一种珍贵的、经济价值很高的水陆两栖动物。在我国，无论南北，普遍把中华鳖列为食用的上选珍品，食鳖的历史可以追溯到周代甚至更早。中华鳖的味道鲜美，营养丰富，蛋白质含量高，尤其“裙边”更是脍炙人口的美味佳肴。其肉质富含丰富的钙、磷、铁、硫胺素、核黄素、尼克酸、维生素A等多种营养成分和微量元素，是天然的滋补佳品，亦可入药。《本草纲目》中就有“鳖可补痈伤，壮阳气，大补阴之不足”的论述。

20世纪90年代初，一种名为“中华鳖精”的营养保健品曾经卖得十分红火，盛极一时。后经媒体曝光，所谓的“鳖精”基本都是用糖精、色素合成的。厂家从来没有采购过任何中华鳖或与鳖相关的原材料，而且全厂就养了一只鳖。所以，风靡一时的“神药”就成了“一只王八养活一个厂”的“神话”！而代言人的那句“我们常喝中华鳖精”的自信豪迈却记忆犹新；“造人”“造鳖”“造犬”的“英雄”壮举亦曾“鼋鸣鳖应”。虽然最后

都是一场场“援鳖失龟”的闹剧，但“瓮中之鳖”的名分还是被牢牢坐实了的。

2017年12月

如火似烧的“红高粱”

2012年10月11日，北京时间19点，2012年“诺贝尔文学奖”揭晓——中国作家莫言获奖。一夜间，“莫言”这个“不说话”的名字铺天盖地地响彻了大江南北和世界各地。

平心而论，以莫言的文学成就而言，莫言该拿这个奖。他需要这个世界级的文学头衔，中国则更需要这个大奖。不过，莫言本人对于这次的获奖显得较为理智和低调。他说：“当代文坛没有出现大作家，才使我这样的人得以成名。这一点必须非常清楚。一些人比我有才华，个人经验比我丰富，但是没能在文学上获得太大的名声，是机遇的原因。从这一点来讲我非常幸运。所以要经常向别人学习，不要忘本……”

但相较于莫言，一些媒体大众却有些骚动和不安起来。对于这些持续不断的关注和升温，莫言曾表示很感动，但希望它很快过去。可显然，这只是莫言的个人所愿。有媒体爆料，高密已经开始大张旗鼓地计划利用“莫言效应”，将莫言旧居附近打造成“莫言文化体验区，红高粱文化休闲区，红高粱影视作品展示区，胶河沿岸景观带，以及乡村度假区和爱国主义教育基地”。尽管现在种植高粱已经是完全亏本的行当，他们仍计划一年补贴一千万元要种出万亩高粱地，以实现其旅游功能。后经核实，这只是当地一些人的“个人的想法”和“尚未经过任何的科学论证”。但在高密市门户网站上，“第三届红高粱文化节”筹备情况的新闻介绍，高密要在把握好基调的前提下，“把莫言荣获诺贝尔文学奖这件大喜事宣传足，宣传到位”，特别强调要打造和利用好“莫言牌”，突出“莫言效应”。而莫言本人却表示，“很多消息风风雨雨，我都没听过，不可当真了。有的是真的，有的是假的，有的是误传，有的是开玩笑，各种情况都存在”。

笔者日前亲赴莫言的老家高密平安庄。怀着一颗虔诚而平常的心拜谒了莫言旧居。的确，这是一栋简陋的百年“民居”，是旧中国普普通通老百姓司空见惯的土坯房。但它就是近代中国的见证，就是一代文学大家的摇篮！它那么真实地、静静地驻守在那里，似乎要告诉你的有很多很多。

但人们，特别是80后、90后的“时代宠儿”们又能读懂多少？据莫言的二哥管谟欣介绍说，这处老屋自20世纪90年代就不住人了。市里曾提出过翻修意向，但莫言没有同意。他老父亲管贻范原本在院子里种了些大葱和胡萝卜，现今已被每天来来往往的游客都拔光带走了，认为那是一些有“灵性”的东西。原本坑洼的泥土小院也已被踩磨得光溜溜的了。而且，老屋旁边的一栋房子现在已经被一名北京籍的女士高价盘下，里面挂满了莫言不同时期的照片，俨然布置成了一个展室。还经营着大量的高密民间工艺品。这个能在第一时间抢占有利商机有头脑的人着实令人赞叹和敬佩！

现在除了游客，摆在平安庄人面前也有个不争的现实—“莫言现在出了这么大的名，对咱村里怎能没有好处呢？”这是莫言获奖以来大部分村民在谈论的话题。而这个疑问恰恰反映了当下莫言家乡人的最大、最迫切的心愿。在他们眼里，“诺奖”与“致富”是个千载难逢的商机。不管怎样，围绕莫言的经济开发已经在涌动。据当地介绍，省旅游局考察人员认为，由于莫言老宅破旧，久无人居住，随着探访的人越来越多，必要的修缮和加固是必要的。而对高密当地的旅游行业来讲，“莫言故里”的意义更为重大。纳入这个旅游线路的还有离旧居十公里处的一座明代石桥，电影《红高粱》里伏击日本鬼子处，据说这里就是当年游击战的旧址。

莫言会写毛笔字。于是，代理莫言小说版权的企业也有意深度包装和开发莫言书法。莫言现在的书法出现了“洛阳纸贵”的现象。其签名小说身价也翻了数十倍，签名版《檀香刑》和《蛙》网上售价从一千元到二千元不等。在北京“纸上云烟近现代文人墨迹”拍卖会上，莫言的一封信札和两件书法作品成为全场亮点之一，总成交价达到十一万七千三百元。拍卖现场，台下的人疯狂举牌，每件作品都经过几十轮的竞拍才最终落槌。

在这番狂热的中国式崇拜浪潮中，央视老大也不能置若罔闻。当主持人追问莫言：“你幸福吗？”莫言干脆地回道：“我不知道，我从来不考虑这个问题。我压力很大，忧虑重重，能幸福么？我要说不幸福，那也太装了吧，刚得诺贝尔奖能说不幸福吗？”

随着中国经济的快速发展，汉语在世界的影响力越来越大。莫言的获奖，不仅是对莫言个人的高度评价和认可，更是对中国文化的认可。真不可思议，仅仅一个诺贝尔文学奖就在中国激起了汹涌澎湃的千层浪，真不知道莫言先生现在还能不能静下心来搞创作，这个如火似烧的“红高粱”还会引发多少真真假假、虚虚实实、利来利往的匪夷所思的新闻和故事呢？

2013 年 3 月

也谈“赠书”这件事儿

我是个懒散的人，做任何事情并不执着，属于那种随性而发、随遇而安的类型。上学时所学的是美术绘画专业，可我偏爱书法；工作后从事的是公文写作，自己却更喜欢散文随笔。就拿文学写作这事儿来说，这既不是我的科班专业，也不想以此为名，更不敢以此谋生。所以，自己在工作之余，偶尔把别人打牌喝酒、串门聊天的时间用在了写作思考上。如此三天打鱼两天晒网，几年下来，也有了几本文学专著。屈指算来，平均两年一本，速度还算是蛮快的。

书的出版自然是要给人读的，看书的渠道或买，或借，或赠。第一本长篇小说《真爱烹得云水长》是自己的处女作，记得刚出版时，自己着实兴奋了好长时间，恨不能把书送给每一个自己认识的人。第二本长篇小说《紫贝壳》，各大书店的销量不错，直到现在网上还有销售。按照合同规定，公开出版发行的书，作者得到了出版社的稿酬，不管是几次印刷，书就归出版社所有了，作者仅享有十本或二十本的样书。即便是自费出版的书，虽然图书都在作者自己的手里，可毕竟那也是作者的“真金白银”不是吗？没办法，自己只好搭上全部的稿酬向出版社订购了三百册。可最终还是不够分，仍然还有朋友不断索取。一次，自己实在无力继续这样“大派送”，只好委婉地跟一个多年失去联系的同学说：“真对不起，这是公开出版发行的书，如果你真是喜欢，就去书店买一本吧。不贵，回来我给你补签个名字如何？”谁知这位同学竟理直气壮地回了句，“要买你去买，买回来还要再签个名送我！”

2009 年月 4 月在即墨鹤山举办的作品研讨会

2014 年 10 月《街里旧事》首发签售会现场

我只能苦笑一声，“那好，你等着吧！”可想而知，这本书最终并没有赠出，还可能把他给彻底得罪了。以这个人当时的表情和语气来看，他的心里一定是这么想的——“哼！不就是一本书嘛，跟你要是看得起你，别拿自己太当回事儿！”

呵呵，无论那些所谓的“看得起”和“看不起”，书是我写的，但不是我印刷出版的。高兴也罢，得罪也罢，尽由他去吧！四十多万字的书，即便是我抄别人的，那也不是一朝一夕的事情。埋头创作的个中滋味只有作者最清楚，或许在某些人的眼里不过是些“神经病”的行径罢了。朋友多了是好事，但要保证每个人的手里都有作者的赠书，那是根本做不到的。对于你来说，不过区区一本书而已，但对于作者来说那绝对不是一个单纯的、小小的“数字”。自己也十分了解，现在的国人基本都是“低头族”，QQ、微信玩得都很溜，有几个是真正读书的呢？一年读几本？可以花个百八十块买包烟、吃顿猪头肉，但要让他去买本书或许真的会“疼”

出眼珠子来！所以，即便是自己赠出去的书再多，总有不及之处。如果遇上个从来不看书的，直接把书跟旧报纸打包论斤卖了也不得而知。

如果真是这样，还不如把书扔在大街上，相信弯腰捡到的人一定会仔细看看。

2017 年 4 月 16 日长篇小说《红月亮》首发签售现场接受即墨电视台记者的采访

在中国，但凡与书籍、书画沾上了边儿，似乎一切都会瞬间变得高雅了起来。先说一个题外话一“窃书不算偷”的典故出自鲁迅先生的《孔乙己》一文：“孔乙己便涨红了脸，额上的青筋条条绽出，争辩道”窃书不能算偷……窃

书！……读书人的事，能算偷么……’”孔乙己之所以用一个“窃”字来表述，是他觉得自己是个读书人，用“偷”这个字眼把他跟小偷混为一谈，降低了他的身份。可不管他怎么辩争，其实质都是一样的。这其实是鲁迅通过描写“孔乙己”这个特型的人物来表达当时社会上的一些风气浊流，是对社会的一种剖析和抨击。文学艺术创作，跟书画艺术创作一样，都是一种智能和技能的劳动体现。抛开特定的前提和故事背景，如果说“窃书不算偷”可以成立的话，那是因为“窃”得还不够多而已，不信去窃一车、窃一库试试？所以说，玩“高雅”的不见得就是“高雅”。如果“廉者不受嗟来之食”是一种真性情、硬骨气的话，那么“叶公好龙”“愚人食盐”就是“东施效颦”的愚痴“假斯文”。

赠书与人，是作者与“知音”沟通的一种方式，既增进了彼此友谊，又收获了读者的宝贵意见。人是感情动物，迎来送往本无可厚非，情理之中，在所难免，似乎这也是一种中国历来的“传统”。向作者索要书籍、书画、篆刻等艺术作品，有些说得好听一点的叫“求”，但其本质跟“窃”也没什么区别。细究之下，有些“理直气壮”的索取实则是对艺术创作者辛苦劳动的一种莫大的羞辱和不屑！且看三百六十行，搞金融的、搞建筑的、杀猪卖肉的、开店纳客的……哪行不是通过劳动来实现价值的？好了，您的大手一摊：“你的房子盖得不错，送我一套！原始股、干股来两把！我就爱吃猪蹄子，免费来两个！还有那个猪耳朵，统统打包送我……难道真的就可以这么做吗？”

《孙犁文集》中有篇文章就谈到了赠书的烦恼。说他自己年轻时出了书，也爱郑重其事地签名送人，年老以后却不再赠书了。可当《白洋淀纪事》重印出版时，他的一位老战友得知了这一消息，让孙犁给他在北京的

左起：作者、即墨区潮海街道人大工委主任陈志鸰、区文联主席蓝英杰、区政协秘书长王璞、青岛晨之晖信息服务有限公司总经理王富伍、青岛群力商贸有限公司总经理肖群

小姨子寄一本，自己也要了一本。但他却在外出住招待所时随手将书送给了服务员。

2017 年 12 月 7 日与到访即墨的日本书法篆刻家、西日本书道会会长师村妙石先生互赠个人作品

后来他造访孙犁时又要了一本，临走时，忽感尿急，就把书暂放于孙犁所在机关的传达室，如厕后竟扬长而去了。门卫提醒他时，他却把手一挥，“你们看吧！”更叫人不可理喻的是，这人后来竟把此事当作了笑话逢人便讲，还直言不讳地告诉了孙犁。这是个笑话吗？这分明是孙犁哪辈子欠了这个“大爷”的！这是对孙犁文学创作的极大的亵渎和侮辱！

孙犁的作品毕竟被战友送了人，下场不算很惨。早年的贾平凹却在废品收购店发现了他自己刚刚赠出去的新书。他在《笑口常开》一文的开篇中这样写道：“著作得以出版，殷切切送某人一册，扉页上恭正题写：‘赠 ××× 先生存正。’一月过罢，偶尔去废旧书报收购店见到此册，遂折价买回，于扉页上那条题款又恭正题写‘再赠 ××× 先生存正’。写毕邮走，踅进一家酒馆坐喝，不禁乐而开笑。"

已经出版的个人文学作品

真是令人哭笑不得，前辈大家们尚有如此境遇，自己的那些个经历和不快瞬间都不算什么了。一日，闲来无事，自己随手在网上浏览“书店”，竟意外发现了有卖我的“签赠本”的！赶紧戳图，真是亮瞎了眼！自己当初给某君题赠的过程还历历在目，现在那本书居然堂而皇之地挂在了“二手书店”上叫卖！且此君的“大名”也赫

然在目。显然，这不是此君本意所为，一定是有人从废品堆里挑拣出来，然后挂到网上去卖的。这是大部分传统纸质图书作者的悲哀！就连小作者竟也摆脱不了的“尴尬”现实！

写书不易。出版不易。赠书不易。仅此而已。

2015 年 7 月

为缘而来

——写在即墨二十四中学八七届初三（四）班三十年同学会

有一种幸福叫“知遇”，有一种世故叫“缘分”。

人世间，来来往往，彼此擦肩，彼此相识，彼此交际，彼此爱怜，彼此生恨……可这一切为什么会发生？又为什么不是跟他，而是与你？

佛家语：世事如棋，人海茫茫，人与人之间能够相遇相知，甚至相亲相爱，其中玄机于一个“缘”字。同学、同事、邻居，甚至是素不相识的路人，大家能彼此相聚、相遇，都是一个“缘”字。亲缘关系就更不必说了。

道家云：“积善之家，必有余庆；积不善之家，必有余殃。”人与人之间能够相遇相知，是必然也是偶然。“甘露不润无根之草，道不度无缘之人”说的也是这个道理。

张爱玲在她的文学作品中是这样描写“缘”的：“于千百人中，遇到你所要遇到的人。”可见，两性、两人之缘如此，一生经过、见过和血亲养育的人更是如此。缘，是以偶然形式表现出来的必然结果，没有偶然就不能相遇，没有必然就失之交臂。所以，在中国人的骨子根髓里有一种恒久的东西就是“缘分”。

在这个时空中，一切都不是永恒。昨天已逝，明天未知，就连今天也仅仅是个概念化的东西，因为此时此刻就过去了一秒。可以说，活着的人永远都是活在此时此刻的。但人是有记忆和感知的，无力留住时光，但可以牢牢把握岁月。时光的流逝恰恰是那些“缘起缘灭”的堆积和沉淀。人生前行，昨天虽已成为了今天的记忆和感慨，但行囊中自然装下了许许多多；未来似乎还有许多遥遥无知，但都可以期许、可以展望。慧定细想，这还是因了“缘”的玄机和造化。

大千世界，茫茫人海，人与人之间最大的区别不在于距离、不在于职业、不在于收入、不在于社会地位，而在于那一颗朴素无华的心灵和心态。无论世态冷暖变迁，不管人生沉浮难料，任时光流转飞逝，世间

总有一点是永恒不变的—我们都是“为缘而来”，所以必当好好把握现在！

2017年7月7日

1987年即墨二十四中学初三（四）班毕业班师生合影

并肩走过三十年

——《即墨师范首届美术班三十年回眸》序

光阴似箭，日月如梭。三十年，在人的一生中不算长，也不算短；似乎还是昨天的光景，一转眼却已人生过半了。

回首经年，往事如烟。心存的那一段永恒的记忆和无限的思绪，点点滴滴的总会让人心思泉涌、感慨万千。

时光回溯到 1987 年，十二名男生和八名女生怀揣着青春的激情和梦想，相聚相识在即墨师范学校，组成了“八七·五美术班”。三年里，我们经历了人生最青春灿烂的时光，别致的运动装、自我定制的班服、美术生的所有特质、全新的专业领域……操场上、教室里、宿舍间的欢声笑语犹响耳畔，历历在目。这是一生永不磨灭的记忆，是生命的机缘让我们拥有了这份共同的荣耀和共有的财富，值得我们用一生的时光去呵护、去收藏、去珍惜。

三十年，多少次风霜雪雨，多少个春夏秋冬，岁月的磨砺让我们褪去了青春的困惑与忧伤。当我们用自己的智慧和汗水，在创造生活和实现自我价值的过程中，体味了人生百味、经历了世事沧桑后发现：最难让我们割舍忘怀的依旧是那份浓浓的同窗友谊。这份友谊不曾因岁月的流逝、境遇的变迁而褪色淡漠，如同一首深情老歌，悠远绵长；又如一坛陈年老酒，历久弥香

“流水不因石阻，友谊不因远疏。”三十年春秋横跨世纪，三十年风雨霜染鬓发。从少年到青年到中年，转眼我们跨越了三个人生转折。它不仅铭刻了我们曾经的岁月，更承载了我们无限的牵挂和感念。人立于世，无论业绩大小、人生得失与境遇顺逆，我们的心始终紧紧连接在一起——并肩走过三十年，因为曾经，所以拥有！

2018 年 9 月

1990年即墨师范学校首届美术班毕业师生与学校领导合影

忽然想到

在这个世间，生死法则是不可逆的。

佛曰“不生不灭”是形容佛性的。证得圆满佛性，就会远离生死而入涅槃，通俗来讲就是永生不死。这个“灭”是指不入生死烦恼流，完完全全做佛性的本我，而非指肉身。佛、道谓之“了生死”，就是告诫人们要放下生死的包袱，珍惜生命，好生做人。这样，人人就可顿悟成佛，得道成仙了。

《道德经》云：“载营魄抱一，能无离乎？专气致柔，能如婴儿乎？……”从呱呱坠地到蹒跚学步，这个时期是人生的全部起点，也是人最完美、最纯真的时期。此时，人所需的不过是“吃、穿”二字，别无他求，绝对符合道家“真人”的标准和境界。当人一旦有了你我他的区别，有了以强调自我为中心的思维意识和欲望私心后，人就开始变得“唯利是图”“背道而驰”了。挖空心思的、不遗余力的、溜须拍马的、金迷纸醉的、利欲熏心的、厚颜无耻的、道貌岸然的、装腔作势的、趾高气扬的、盛气凌人的、口蜜腹剑的、落井下石的、背信弃义的、为虎作伥的、助纣为虐的、丧心病狂的、敲骨吸髓的、离经叛道的、欺世盗名的、为所欲为的种种，到头来只不过是一个“土馒头”而已。

虽不至像皇帝那样，从一登基就开始为自己筹划建造陵寝，但人的所作所为又何尝不是这样？看看那些形态各异的坟。古代帝王的陵寝堪称地下皇宫，可终逃脱不了盗挖和考古结局。秦始皇的墓虽然因技术原因一直迟迟没有发掘，但将来一定是会重见天日的。再看看今人的：有长眠陵园的；有葬身公墓的；有寿终正寝的；有死于非命的；有就地正法的；有跳楼悬梁的；有暴尸荒野的；有丧身鱼腹的；还有“被自杀”的等等，不胜枚举。似乎又被佛的“因果报应”给言中了。道亦云：“夫物芸芸，各归其根。归根曰静，静曰复命。复命曰常，知常曰明。不知常，妄作凶……”

确是好笑！人，究其一生不过是在为自己挖掘一个怎样的坟墓罢了！

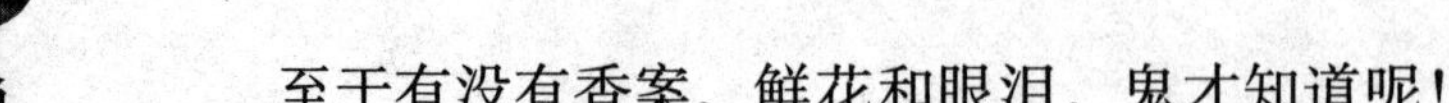

至于有没有香案、鲜花和眼泪，鬼才知道呢！

2008 年 10 月

后来

很喜欢歌手刘若英演唱的那首《后来》。歌词大意是人们对爱情、对命运的感叹和无可奈何。歌曲的旋律，酸楚中有一份坚强，咏叹中有一份幽怨与怀旧。编曲打破了常规，起首便进入了曲子的主旋律，类似于写作的倒叙手法，令人耳目一新，广为传唱。

于我而言，记住这首歌并不因歌曲的本身，而是因“后来”二字。

顾名思义，没有“以前”就没有“后来”。说白了，“后来”就是“现在”。那么“以前”呢？“以前”何尝不是“现在”，“现在”又何尝不会成为“以前”呢？

时间如流水，过去了就是过去了。人可以记得住过去，期盼着未来，可永远地活在当下，活在当下的每一分每一秒。但这个每一分每一秒又瞬间成为了“过去”。以生命为例，生命的孕育似乎是个“开始”，然后从出生到长成、到衰亡。其实，从那个以前的“开始”就已经注定了后来的“结束”。所以佛云：即生即灭，不生不灭。时机不到，因缘不生，因不受缘，有缘无分。

但凡是人，就有摆脱不了的七情六欲之困，就有排他利己的意识行为。为此，就要争取，就要拼争，甚至是争斗。俯仰环视，钩心斗角，尔虞我诈；当面君子，背后小人；小争，鸡飞狗跳，人仰马翻；大斗，伤财害命，战争云起，血流成河……“二桃杀三士”的典故虽已远去，但留给后人们可以借鉴的反思有多少？各种争斗都平息不再了吗？

老子云：“夫唯不争，故天下莫能与之争。是以圣人处上而民不重，处前而民不害。是以天下乐推而不厌，以其不争，故天下莫能与之争。天之道，利而不害；圣人之道，为

《鱼游》，自题书屋“鱼游轩”

而不争……”

老子的“无为不争”不是要让人人变成泥菩萨和行尸走肉，而是告诫人们要后天加持自己的素质和修养，知道什么是控制，要控制什么；什么是“分寸”，应该如何“拿捏”；什么可以做，什么不可以做。这些修养来源于自然之道，也就是“道法自然”。如同上善若水，水善利万物而不争。因为不争，所以水从来就不会多一点，亦不会少一点。又如徐志摩的“悄悄的我走了，正如我悄悄的来；我挥一挥衣袖，不带走一片云彩”。这是一种大境界、大道焉。

天下熙熙，皆为利来；天下攘攘，皆为利往。可终也带不走半片“云彩”。以前种下了什么“因”，后来就一定收获什么“果”。“以前”已经不复存在，之所以存在，那是因为记忆；“以后”是未知和没有发生的，之所以期许，那是因为活着；只有“后来”的“现在”，才是牢牢把握在自己手心里的一切！

2017 年 5 月

假如地球没有人类

我不是反人类、反社会、反科学的。作为一个命题，作为一种假设，作为赖以地球生长的每个人难道不可以扪心自问一句——“假如地球没有人类，会是个什么样子呢？”

我想：没有人类的地球照样公转、自转；太阳依旧东升；四季自然交替往复；月相还会圆缺变化；海水依然潮涨潮落；鸟翱长空，鱼翔浅底，密林丛生……这自然是好的一面。不好的一面：地震还会发生，火山还会爆发，江河照样泛滥改道；洪涝、干旱、飞蝗、瘟疫、飓风、骤雨、冰雹等自然灾害还会时有发生。

但以上的这些“好”与“坏”的区分，只不过是以人类的观点和喜好标准，对不同事物做出的不同评判罢了。其实，无论哪个“好”还是“坏”，对于地球而言，那都是正常的自然现象。因为地球原本就应该是那个样子的。

老子在二千五百多年前就提出了“道生一，一生二，二生三，三生万物”的哲学思想，明确指出了事物的发展过程是由少到多，由弱到强，由量变到质变的往复过程。道家思想的构建，并没有盲从于“盘古开天地”“女娲补天”等神话传说，而是以“道”为名，推演出天地、生命的形成是由一个基因裂变开始的，即“其致之，一也”，再从一个至两个，三个……对于人类的起源，始终是个不解之谜，学术争论也很多，像进化说、次元说、能量说、基因说、细胞说、神话说、外星说，等等。而老子用《道德经》的核心论点——“人法地，地法天，天法道，道法自然”告诉我们，天地万物是由“道”，即自然法则和规律演化而来的。换言之，人类的出现，包括世间万物，应该是宇宙的自然造化和选择后的必然产物，跟“神”没有丝毫关系。

《道法自然》

既然人类是地球和大自然中的一部分，就理应顺应敬畏自然的法则，与自然紧密、和谐相处。可匪夷所思的是，自然选择了我们，我们又为这个蔚蓝色的生命的“家园”做了些，或正在做着些什么呢？远的不说，单看这近一百多年来人类的表现吧！现代人的聪明才智似乎是找到了科学的精髓，点燃并爆发了人类的现代文明。从20世纪前半叶开始，世界大工业的出现和崛起，城市的扩张，耕地的锐减，摩天大厦的攀比林立，地下能源的枯竭，森林海洋资源的掠夺，环境的污染，水土的流失，物种的灭绝，生态的失衡，转基因和生物克隆技术……人类正沾沾自喜地创造着自己的“文明”，享受着文明所带来的幸福和快感。但却并没能想到，这些所谓的进步和文明，哪一点不是以改变、破坏地球和大自然的代价来实现的？！

人，总习惯于以自己的立场和行为准则来衡量一切事物。殊不知，地球也是有生命的，因为所有的星球都存在着生灭。地球如果可以说话，它该会作何感想——

“我原本不是这个样子啊！我的‘肌肤’应该是青翠的山岭、蜿蜒的碧水、茂密的森林、连绵起伏的沙丘……‘皮肉’之下该是暗河、地下水、石油、天然气、煤炭……现在，整个吴淞地区不堪重负，导致那里的骨骼和肌肤开始逐年下沉；山西境域的‘皮下脂肪’也快被掏空了，一旦失去了承重力该咋办？北极上空的臭氧层变薄了，还出现了‘破洞’，炽热的阳光和紫外线正融化着我亿万年的‘积蓄’，导致海平面抬升、洋流逆转、全球变暖……”

地球的这些“话”，我们已经“聆听”和感受到了。虽然人们保护环境的意识逐年有所提高，但似乎关心的只是环境下的人类生存问题，而对于人类影响下的环境问题真正考虑又有多少？我们是不是太过自私？我们的认知是否太过片面？由此可见，许多地质和自然灾害的始作俑者正是我们人类自己。可不可以这样认为，人类正在给自己挖了一个很大的“墓穴”，而且还毁坏了地球！其实，自然的运行规律不是以人的意志为转移的。“天地长久。天地所以能长且久者，以其不滋生，故能长生……上善若水，水善利万物而不争，处众人之所恶，故几于道。”老子这段话的意思是：天道有度，世间的万事万物只要超过了天道所容之度，就要受到大自然的惩罚。

我们应当很好地反思，人类生存繁衍至今，除了向地球索取、再索取、还是索取之外，给予了地球什么？给地球带来了什么？人类的现代文明和科学究竟是建立在什么之上？地球人应该如何发展自己的地球文明？怎样才能做到跟大自然的真正和谐？

目前，被誉为“地球之肺”的世界上最大的、也是最后的一块处女地——亚马逊热带雨林，自从有了人类的活动后，每年都有二三百万公顷的树木被采伐，植被正在一天天减少，多久，它完全为人类开发利用，不远了。

“天下有始，以为天下母。既得其母，以知其子；既知其子，复守其母，没身不殆。”人与自然的关系是附庸的，就像是母子关系。既然能知道这层关系，做子女的就有责任去守护好母亲。那么应该怎样去守护呢？唯顺其“道”。反之，损道害己！

2009 年 9 月

关于老子的“道”

《道德经》又名《老子》，是春秋时代道家创始人老子的著作，被后人尊为“道家思想”或“老子学说”，是中国古代先秦诸子“分家”前的一部著作。原著分上下两篇，上篇《德经》，下篇《道经》，无标点，不分章。后人句读（dou）后，将《道经》前置，《德经》在后，全篇分为八十一章，是中国历史上首部完整的哲学著作。

据统计，清代之前《道德经》的版本有一百多种。古书在数千年的传抄、刻印过程中难免出现避讳和纰漏，迄今校订本共有三千多种。目前，学术界较为重视的版本有王弼版本和长沙马王堆出土的两个抄本（帛书甲本、乙本）。帛书本早王弼本四百余年，但甲本缺一千四百字，乙本缺六百字。我们今天所能见到的最早的、最完整的《道德经》版本，是在湖北荆门郭店楚墓中出土的战国竹简本。

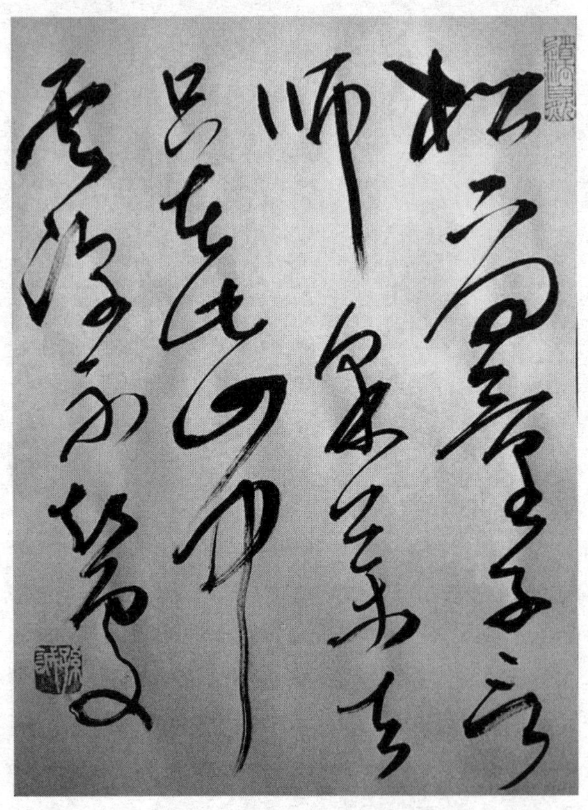

贾岛（唐）《寻隐者不遇》

老子姓李，名耳，字聃。静思好学，知识渊博。他的老师商容曰：“实乃老夫之学有尽”，便推荐老子入周都深造。“老子入周，拜见博士，入太学，天文、地理、人伦，无所不学，《诗》《书》《易》《历》《礼》《乐》无所不览，文物、典章、史书无所不习，学业大有长进。博士又荐其入守藏室为吏。

守藏室是周朝典籍收藏之所，集天下之文，收天下之书，汗牛充栋，无所不有。”所以，老子积累了丰富的学识，声名远播。据史推算，老子年长释迦牟尼五岁，年长孔子十九岁，他们虽然不是一个国度，但均属同一个时代的人。孔子入周拜见老子后感叹曰：“鸟，吾知其能飞；鱼，吾知其能游；兽，吾知其能走。走者可以为罔，游者可以为纶，飞者可以为矰。至于龙，吾不能知？龙乘风云而上也！吾今日见老子，其犹龙邪？学识渊深而莫测，志趣高邈而难知；如蛇之随时屈伸，如龙之应时变化。”

“道可道，非常道。名可名，非常名”是《道德经》的开篇句。大意是：“道”是宇宙万物的根源和本体，人们可以试着去说去学，但又无法用言语来详述，因为它并不是平常的、一般性的、已被人们熟知的道理。

“名”则是说万事万物是可以去命名的，但却不是永恒的名。《道德经》第二十五章曰：“吾不知其名，字之曰道。”“道”根本就没有名字，只是为了方便说“道”、习“道”，勉强给它取个名字叫作“道”。名与不名，“道”都是恒久存在的。“道”代表抽象的法则、规律，以及实际的规矩，也可以说是学理上或理论上不可变易的原则性的东西。故老子又说“道常无为而无不为”“道常无名”及“道法自然”等观念。先有物质存在就是“道”，后有意识产生就是“名”。其实道和名，都出自同一个事物，一个是客观存在，一个是对存在的认识。认识是在否定的过程中不断发展的，不断地否定、肯定，再否定、再肯定，事物的本来面目就揭示出来了。这就是老子所说的“玄之又玄，众妙之门”的深刻内涵所在，是两千多年前老子提出的唯物论观点。这与佛祖释迦牟尼当年证得的“如来说是世界，即非世界；所谓佛法者，即非佛法”的说法如出一辙（佛教的传入和发展大约在汉明帝时期，约公元67年）。更是与马克思的“物质第一性、意识第二性”的唯物论观点不谋而合。

“道”既然是《道德经》的核心概念，那么“道”究竟为何物？

“道”主要有三层意思：一是指形而上的实存者，即构成宇宙万物的最初本原，可感而不可道和不可见；二是指宇宙万物发生、存在、发展、运动的规律；三是指人类社会的一种准则、标准。为了充分论述、说明这个“道”，老子在《道德经》里多次提到了“水”，如：“上善若水。水善利万物而不争，处众人之所恶，故几于道”“孰能浊以静之徐清？孰能安以动之徐生”“曲则全，枉则直，洼则盈，敝则新，少则得，多则惑……夫唯不争，故天下莫能与之争”“譬道之在天下，犹川谷之于江海”“江

海所以能为百谷王者，以其善下之，故能为百谷王”“天下莫柔弱于水，而攻坚强者莫之能胜”等。老子认为水的德行最接近于“道”，但毕竟还不是“道”。只要通过“水”，我们应该就可以对“道”窥探一二了。

水（h2o）无形无色无味，形态可以是液态、可以是固态、可以是气态，可以呈七彩，可以容百味，可以清静自在，可以奔腾汹涌，可以纯净至极，可以荡涤污浊；水生养万物，总是给予，却从不与万物争。人体内水分约占体重的65%，血液含水83%，肌肉含水76%，骨骼含水22%。没有水，食物中的养分不能被吸收，废物不能被排出，药物不能到达病灶……水自始至终参与“往复”了所有的生命活动和过程，但其“总量”上从来不会多一点，也从来不会少一点。

古代西方提出的“四元素说”中就有水；佛教中的“四大”也有水；在中国古代的“五行学说”中，“水”则代表了所有具有流动、润湿、阴：柔性质的事物。江海湖泊之所以能够成为水的归宿，是因为它善于处在下游的位置，所以成为“有容乃大”的“百谷王”；世界上最柔的东西莫过于水，然而它却能“滴水穿石”；现代高压水枪、水刀技术已经被广泛应用，无可替代。水的“无为”和“利他”，让水可以千变万化，无所不利。所以，“道”无处不在，无所不为，无所不能。

为张道杰师弟题写的斋号“道杰斋”

由此，可以帮助我们更深层地理解这个“道”。“道”，自然也。自然即是道。“道”不是口头空谈，不是宗教迷信，而是实际存在。一切事物非事物自身所然，如日月无人燃而明，星辰无人列而序，风无人扇而动，水无人推而流等皆属自然。“道”揭示了宇宙的终极真理。还是借用老子的话来说：“人法地，地法天，天法道，道法自然……道生一，一生二，二生三，三生万物。”

老子对学术思想方面的影响，最早是先秦诸子，其次是魏晋文学，再次是中国佛学，最后是宋代理学。所以鲁迅说：“中国文化的根底，大抵在道家”；胡适说：“老子是中国哲学的鼻祖，是中国哲学史上第一位真正的哲学家。”无疑，《道德经》对后世的影响是巨大的。自先秦以来，研究《道德经》的各类著作超过三千余种，具代表性的有一千多种。它内容涵盖哲学、伦理学、政治学、军事学等诸多学科，被后人尊奉为治国、齐家、修身、为学的宝典，对中国的哲学、科学、政治、宗教等均产生了深远的影响。另外，《道德经》也衍生出了一些道术、符咒、厚黑学等封建迷信的糟粕，但这并非《道德经》之过，却是后人对“道”的曲解与“绑架”。

“道者，万物之奥。善人之宝，不善人之所保。善言可以市尊，美行可以加人。人之不善，何弃之有？故立天子，置三公，虽有拱璧，先以驷马，不如坐进此道。古之所以贵此道者何？不曰：以求得，有罪以免邪？故为天下贵。”老聃留下这洋洋五千言，便骑青牛西出函谷关，后莫知其终。古今学者有考：老子的不士出关，只是他毕生事业的开始。晚年的老子应该是在甘肃临沸养生修道，后在超然台“得道”，化身为“太上老君”。其实，老子的“所终”并不重要，关键是他在二千五百多年前尚无科学而言的时代便从大自然中启迪参悟到、并留给了后世这部玄妙而又严谨的“天书”。

道理，道理，我们总是习惯挂在嘴边的各种大道理、小道理，何谓“道理”？岂不正是因“道”而“理”。于今天的你我，又作何感何悟呢？

2017 年 11 月

第四辑 他乡如故

他乡如故

即墨地处胶东半岛的黄海之滨，当地的餐饮特点属于鲁菜中的胶东菜系。即墨最初的吃火锅，该是北方涮羊肉的一脉，只不过逐渐地域化地加入了许多“海货”，成为了现在的“即墨海鲜锅”。而四川火锅在即墨的兴盛，只是近一二十年的事情。

追根溯源，怀揣着对古蜀国文化的崇敬和对四川火锅“麻、辣、鲜、香”的垂涎，2017年终于来到了“天府之国”的都城——成都。

成都地处全川中心，幅员辽阔，民族众多，文化根基深远，经济实力雄厚，是四川省政治、经济、文化的核心。这是一座古老而又神秘的都城，因其全川独大，所以坊间又有了一个“成都省四川市”的“戏称”。可见成都在中国西南部的作用和实力之强大。据发掘出土的金沙遗址，成都建城史可以追溯到三千二百多年前。数千年来，成都从未更改过名字，也不曾迁移城址，它平静而祥和地屹立于“天府之国”的腹地，是一座让当年马可·波罗都惊叹不已的“锦绣之城”；是一座被联合国教科文组织创意城市网络授予的“美食之都”；是一座“来了就不想离开的城市”。

金沙遗址分布约四平方公里，是21世纪中国第一个重大的考古发现，位于成都市西郊苏坡乡金沙村，是继广汉三星堆之后又一重大考古发现，再现了商代晚期至西周时期古蜀文化的辉煌。

“太阳神鸟”和有“宇航服”之称的青铜饰品

金沙遗址博物馆2007年在金沙遗址上建成开馆，展示了神秘的古蜀文化和独特的青铜文明。其标志性的金箔“太阳神鸟”绚丽夺目。整器图案采用镂空方式表现，分内外两层。内层等距分布着十二条呈

旋转形的齿状光芒；外层由四只飞鸟首足相接，与内层旋涡旋转方向呈逆时针排列。2005 年 8 月 16 日，“太阳神鸟”正式成为了中国文化遗产标志。有关外星文明的假想，大都因出土的一件人形的青铜饰品和一面金面具而起。这件人形饰品并无头部，更像一件“宇航服”；金面具的形制、图案和造型与三星堆的人面无异。还有一件小指甲大小的玉饰件，两端竟然各有一个发丝细的钻孔，用于穿线固定，其工艺水平就是今天的技术都不可以想象。古人究竟是怎么做到的？用了什么样的工具？无疑，金沙遗址与三星堆同属一脉，但均是无源无踪，又无文字记载和出土证据。似乎是发于恍然，又止于忽然，难怪令人产生了许多地外文明的猜测和假想。

岷江出自岷山山脉，上游流经崇山峻岭，到了成都平原水速开始变缓，因而夹带的大量泥沙和岩石沉积下来，经年就变成了成都平原上的“悬河”。古时，每当岷江洪水泛滥，成都平原就会汪洋一片。李白在《蜀道难》中写道：“危乎高哉！蜀道之难，难于上青天！蚕丛及鱼凫，开国何茫然……”这就是那个时候对蜀的真实写照。

都江堰

都江堰就是建立在流经成都平原岷江上的一个伟大的、千年不衰的水利工程。从宋代开始，把整个都江堰水利系统概括起来叫都江堰，一直沿用至今。它始建于秦昭王末年（约公元前 256—公元前 251），是蜀郡太守李冰父子在前人鳖灵开凿的基础上组织修建的大型水利工程，由分水鱼嘴、飞沙堰、宝瓶口等部分组成。劈山造岛，“驯服”江水，都江堰的工程总量就是在今天也是庞大的。都江堰的工作原理是复杂和巧妙的，简单说，它完全是依照了“水性”来设计的。盛水期，自然分流；枯水期，则可以清淤节流。

都江堰是当今世界唯一留存的年代久远的“无坝引水”的庞大水利工程。都江堰的创建，以不破坏自然资源、充分利用自然资源为人类服务为前提，使人、地、水三者高度结合统一，也是全世界迄今为止了不起的一项伟大的“生态工程”。两千多年来，它一直发挥着防洪灌溉的作用，使成都平原成为“水旱从人，不知饥 ”的沃野千里的“天府之国”。

蜀锦，起源于战国时期，有中国四大名锦之首的美誉。因为汉朝时成都蜀锦织造业便已经十分发达，朝廷在成都设有专管织锦的官员，因此成都还被称为“锦官城”，简称“锦城”和“蓉”。历史上，成都不仅是南方丝绸之路的地理源头，同时也是北方丝绸之路的产品源头，为中西交通和文化交流传播做出了重大贡献。千百年来，造就了成都天府文化的灵魂，成为这座城市在历史长河中积累沉淀的文化底蕴。

花椒原产于中国，先秦时代便有了花椒的使用记载。而四川、贵州盛产的麻椒是花椒的一个品种，其味更麻。辣椒是在16世纪末经海上传入中国，又经关中入川，所以四川人也把辣椒叫“海椒”或“秦椒”。徐心余《蜀游闻见录》云：“惟川人食椒，须择其极辣者，且每饭每菜，非辣不可。”川人无辣不欢，想必大概就是从那个时候开始的吧！史料证明，汉晋蜀人“尚滋味，好辛香”。这里的“辛”多指茱萸和花椒；唐宋时期蜀人“物无定味，适口者珍”。现代科学解释，“麻辣”不是“味”，而是口腔的一种灼热感。单纯的“麻”，似乎过于“干”；单纯的“辣”，又似乎过于“烈”。川人的先祖却将这“麻辣”给予了恰到好处的融合，且一发不可收，最终造就了今天川菜的“魂”。

麻辣是川菜的典型特色，最具麻辣代表的当属四川火锅”了。四川火锅的雏形，大约是在清道光年间泸州的小米滩上形成的。当时，江边的船工们常宿于小米滩，以瓦罐加辣椒、花椒和各类蔬菜乱炖，以达果腹和驱寒的目的。当这种食俗传至重庆码头后，又有了一番新的面貌。一些苦力的“棒棒”专捡一些被杀牛场丢掉的内脏切块煮食，十分美味。再后来就有人挑担专门做此生意了。炉子上放一只有分格的“大铁盆”，盆内沸腾着又麻又辣的卤汁和牛杂毛肚等，每天走街串巷地叫卖。直到民国时期，才有人把它搬进了小饭店的餐桌上。

锦里琳琅满目的各色小吃

只是将分了格的铁盆换成了小铜锅，卤汁、蘸汁由食客自行搭配。这就成了“重庆毛肚火锅”的起源。史归史，锅归锅，无论是“泸州火锅”“重庆火锅”还是“成都火锅”，统统都是“麻辣火锅”的代表。时至今日，即便是远在数千里之遥的山东即墨，各式麻辣火锅和川菜也是比比皆是。麻辣鲜香的味道挑动着人们日益挑剔的味蕾，早已遍布了大江南北。

四川火锅与北京的涮羊肉、即墨的海鲜锅除了食材和锅底的不同，最大的区别在于蘸料。涮羊肉和海鲜的蘸料一般是用调和了韭花酱和腐乳的“麻汁”。而四川火锅的调料是用葱、蒜、香菜末和香油调和的。这种专用香油为易拉罐包装，一般每罐有 80 毫升，倒出来足足有小半碗之多。而当地人吃火锅的香油用量之大叫人咋舌，能吃的每餐可用两罐之多！火锅的食材除了牛肉、毛肚、鸭肠外，还有一种叫“菌肝”的肉品十分独特。它其实就是鸭胗（胃），细细改刀切花后，如一片片鲜艳的花朵，煞是好看。入锅后的菌肝要多烫一会儿才会弹牙脆口，似乎少吃一口都不能。麻辣究竟是什么？应该是一种有滋有味的酣畅！

敢吃，属于广州人；会吃，属于成都人。吃，是成都人“忙里偷闲”的一个缩影。旧时，成都的许多小吃都是起早贪黑、走街串巷的挑夫发明的，例如夫妻肺片、麻辣烫等。一挑担，一风灯，一吆喝，令匆忙的路人不得不驻足暖胃。其中，也包含了一丝浓浓的游子乡愁。

成都的小吃多得叫人眼花缭乱。如双流老妈兔头、夫妻肺片、担担面、龙抄手、三大炮、赖汤圆、军屯锅盔、九尺板鸭、各式牛肉制品等，不胜枚举。这些都可以在锦里古街和宽窄巷子里一饱口福。锦里曾是西蜀历史上最古老、最具有商业气息的街道之一。今天的锦里古街依托武侯祠，浓缩了成都人生活的精华：有茶楼、客栈、酒楼、酒吧、戏台、风味小吃、土特产，充分展现了三国文化和四川民风民俗的独特魅力。宽窄巷子是清朝古街道，与大慈寺、文殊院一并成为成都三大巴蜀文化商业街。其中，锦里将川内各地著名小吃悉数集会于此，并现场制作售卖，生生将一道道小吃变成了一门门行为艺术。如，“三大炮”的名声是响当当的，名字就缘于它的“响”：一张木板上分排着十二个铜盘。一个强壮的汉子从打好糯米糍粑上迅速揪下三个剂子，然后均匀地用力掷出去。糍粑从铜盘中弹跳进装有黄豆粉的簸箕内，连续发出了“砰、砰、砰”三声响，如雷贯耳。最后，将这三个滋粑团入盘撒上红糖、芝麻即成。

这是一座融现代和古代文明为一体的繁华都市。其独特的地理位置、人文历史和自然气候，把这里的一切都被渲染得悠闲舒适、洒脱热烈和从容淡定。

成都人所谓的“慢生活”其实就是一种从容淡定的品位，而不是慵懒成性。成都是道教的发源地，“自然”和“无为”的道家思想影响深刻，诸多行为准则和养生思想早已成为一种“基因”而被成都人永久复制。日常生活中的路边摊头，小杯品茶，大碗喝酒，就连麻辣浓烈的味道都变得那么平淡无奇。这岂不正是“以其不争，故天下莫能与之争”的大境界吗？

中国最早的茶馆起源于四川。据《成都通览》载，清末成都街巷计五百一十六条，而茶馆即有四百五十四家。1935 年成都报载，成都共有茶馆五百九十九家，每天茶客达十二万人之多，而当时全市人口还不到六十万。去掉不大可能进茶馆的妇女儿童，成都人茶客的比例无疑是一个相当惊人的数字。如今的数据显示，成都仅三环路以内不到一百平方公里的主城区，就有大大小小几千家茶馆。这在全国，甚至是全世界也很难找到第二个这样的城市。究竟是成都的悠闲生活催生了遍地茶馆，还是遍地茶馆催生了成都的悠闲生活？答案无从查起。但这种舒缓的节奏，其实就是成都人对生活的一种通达和乐观的体现。

杜甫草堂

最具川西民居风格的观音阁老茶馆坐落于成都市双流区的彭镇，俗称“彭家场”。镇上的人好喝茶，却不愿窝在家里喝，都偏爱去这个老茶馆。老茶馆十分简单，最具特色的是盖碗、铜壶、土灶、竹编靠椅和小方桌。茶客们一边品茶，一边拉些家长里短，或海阔天空的漫无边际。其实，谈什么并不重要，人们向往的是一种自在、一种平静和一份悠闲。一碗茶，往往就能坐上半天。困了，甚至还可以坐在靠椅上打个盹儿，店家从来都不会下逐客令的。

一碗茶，在不断地续水冲泡中由浓渐淡、由精彩趋于了无味，但这个过程是令人期待和回味的。茶水里浓缩了天地的精华，还赋予了人生更多的哲理真谛，时光就是在这谈笑和杯盏中悄然划过。

成都，一个多么令人神往和迷恋的地方，流美舒缓的时空似乎被无限延伸和纵情放大，竟唤起了我儿时生活在即墨老城里的许多回忆！置身于武侯区的玉林路，耳边隐隐又传来了赵雷的那首脍炙人口的歌曲一《成都》：

你会挽着我的衣袖
我会把手揣进裤兜
走到玉林路的尽头
坐在小酒馆的门口
和我在成都的街头走一走喔哦
直到所有的灯都熄灭了也不停留
……

2017 年 10 月

成都市区一瞥

一株茉莉

客居他乡数日，便已思乡心切，加上苏州城连日的蒙蒙细雨，更感百无聊赖。于是，撑一把伞游历于苏州河畔了。无暇浏览南国名郡细雨中的婀娜，只好暂时让这陌生的音容和熙攘的闹市打发这久蓄的寂寥了。

无意中，被不远处的一个鲜花店吸引。并不是因为那些摆放在店门外的名贵花草，而是店门旁边的一个临时的小花摊儿。这是一个很不起眼的小花摊儿，大概总共有十几盆花吧。卖花的人打着一把小花伞蹲在地上，是个小女孩。一辆带筐的黄色小轮车就停在她的身后。

街上行色匆匆，进出花店的人也不少。但几乎没人留意或驻足于那个小花摊儿。出于好奇和无聊，我信步走了过去。

“叔叔，买花吗？”小女孩扬了扬手中的小花伞，忽闪着水汪汪的眼睛主动开口问我。

我没有回答，只是看清楚了地上摆着的这几盆花，都是小小的茉莉。这些盆栽的茉莉花谈不上什么造型，只是淡绿的叶子间隐隐地看到了花芽。细细的雨水打在花叶上，显得更加青莹和淡雅。

“这是茉莉花，是我自己栽种的。这种花看起来不怎么好看，可花一开可香呢，而且不比别的花那样娇贵难养护。”小女孩自言自语道。

我这才注意起眼前的这个卖花的小女孩。她有十岁左右的样子，穿一身红色运动服，扎了个马尾辫，干净利索，倒也不像是个家境贫困的孩子。我便随口问道：“你没去上学吗？”

“今天是星期天，不用上课。”小女孩说。

“你家里等钱用吗？”我又问。

“噢，叔叔你是误会了吧！”小女孩略加思索地笑了，“我家里不缺钱用，我是从电视上看到汶川发生了大地震，死了好多人，还有许多孩子正无家可归，不能复课，面临辍学的危险。国家和解放军叔叔正在奋力救援着他们。我想凭自己的力量也为他们做点什么。等我把这些花卖了，凑点钱通过‘希望工程’转给那些需要读书的小朋友们。”

孩子的话语不多，但足以让一个成年人为之感动。我禁不住又问："那你父母知道这件事吗？"

"知道，他们虽然不太放心我一个人出来卖花，但还是同意鼓励我这么做，说这是应该的！"

"对，对！"我自语着，并随手掏出五十元钱递给了她，"我买一盆吧。"

太好啦……这是找您的钱。"说着，小女孩从衣服口袋里找出四十元钱交给了我。

"算了，不用找了，剩下的算是我与你一起捐的吧！"我一边说，一边拎起了一盆茉莉花。

"那怎么行呢？该多少就多少，公平交易。"小女孩执意不肯收，跟我争执着。

"小姑娘，你卖花是为了献爱心，我买花不也是献爱心吗？"我问。小女孩一愣，想了想，指着地上的盆花说："既然是这样，您就多拿几盆吧。"

我一手举着伞，一手拎着花，冲她笑了笑，"呵呵，你看，我还拿得了吗？"

"……"小女孩缄默了。

忽然，她抬起头来盯着我信誓旦旦地说："那好吧！叔叔，您放心，这些多余的钱我一定会替您捐上。我先替灾区的小朋友们谢谢您啦！"

我笑着点了点头。

此时，一个手捧玫瑰花的年轻人兴冲冲地从花店里走了出来，恰好从这个小花摊前经过。我忍不住冲他问道："买盆花吧。

年轻人一愣，斜眼看了看，丢了句"切！什么啊！"转身匆匆离开了。

我一脸的尴尬和茫然。

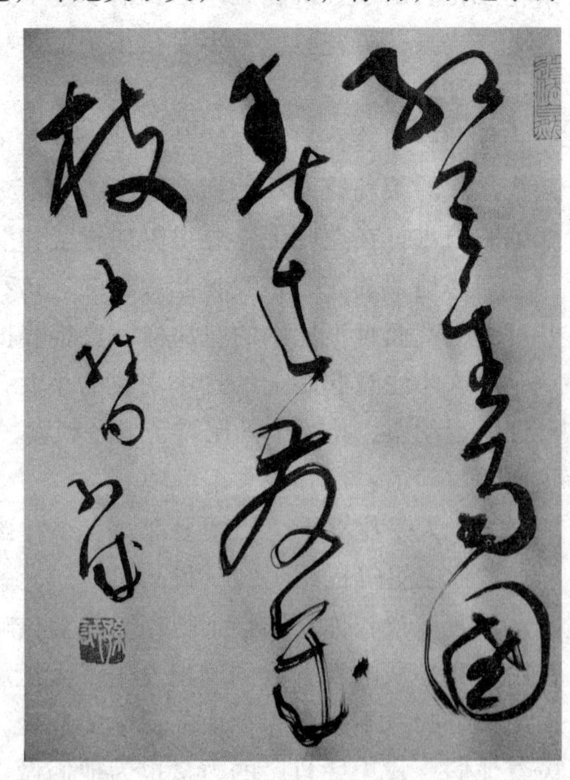

王维句"红豆生南国，春来发几枝。"

“叔叔，我这些花是很好养护的，只要别忘了给它浇水，很快就会开花，很香的花。”小女孩自豪地说。

回过神儿来的我点点头，跟小女孩别过了。

抱着一盆小小的不起眼的茉莉花走过那个花店，自觉与那些手捧鲜花的人们相形见细。但久蓄心底的那些无聊和乏味早已消逝得无影无踪，却又多了一份感慨与惆怅。

他乡的这一抹红装和绿意，在淡淡的烟雨中隐隐地透着茉莉花那独特的芳香。于是，抱着花盆的手就更紧了。

2008 年 9 月

“上池书屋”的早晨

偌大的苏州，承载着二千五百多年的文化和历史，更是吴文化的发祥地。时至今日，还无处不折射着江南的儒雅和灵秀。“小桥、流水、人家”，“青砖、飞檐、黛瓦”，无不集中浓缩在了苏州园林化的城市之中。这次，随即墨市中青年干部培训班赴苏州大学学习之便，切身领略了苏州园林的风米和魅力。

世人云：“江南园林甲天下，苏州园林甲江南。”由此可见苏州园林的独特和地位。苏州园林的代表有拙政园、怡园、留园、曲园、狮子林等。虽处处景致各异，但细品之下，其品质、风韵是相同和相通的。特别是在浏览了“中国园林之母”——拙政园后，由衷地赞叹苏州人借景生景、融自然和文化的别具匠心了。

我们住宿在十全街苏州大学的东吴饭店，这里现在主要是外国留学生的起居处。虽居热闹繁华的苏州古城区，但纵深的楼院十分宁静有序。人们进进出出、来来往往却并不嘈杂。是一处学习、休憩的绝佳境地。想不到的是，在院子西首竟有一处面积不大、“微缩”了的园林景致，由楼台的匾额得知此处谓“上池书屋”。这可极大地方便了我，每天早晨可以悠闲地游历这个免费的园林景致了。

东吴大学，1900 年（清·光绪二十六年）成立于苏州，是苏州大学的前身，中国的第一所私立大学 摄于 2003 年 11 月

初冬的季节，北方已是寒风刺骨、皑皑白雪了。但苏州还是一派浓浓的秋意，时不时还会秋雨连绵。天刚放亮，园内便引来许多不知名的鸟雀欢唱于枝头和丛林之中，洪亮清脆的鸣叫声透过园墙，越发增添了园中的恬静与幽雅。跨入黛瓦白墙的方形园门，迎面跃入眼帘的是一块一人多高的灰白色的太湖瘦石。太湖石是造景观赏石中的上品，讲究“瘦、漏、透、皱”。赏石爱石之人多以太湖石为钟情，宋米南宫就曾留下过“拜石为师”的佳话。眼前的这块虽算不上精品至极，但亦具备了这四个特点。瘦处纤细婀娜，造型怪异，夸张地偏移又平衡了自身的重心；通体四五个圆滑不规则的孔洞，多处的洞与洞间都是前后上下贯通的；突出夸张部分或棱角分明，或光滑润手，细微转折处形成许多褶皱。伫立凝视，不同视角形态迥异，愈久愈会察觉到它的灵性所在。

绕过太湖石，上池书屋的景致几乎尽收眼底，这正体现了苏州园林的——“妙在小”。这处小景的历史我不得而知，据说解放前，这里曾是一大户人家的私人花园，后几经辗转，现归属于苏州大学。这还可以从它池水周围的古树、亭榭得到见证。它是以池水为中心，四周点缀着各样花木，建筑物全部集中在池水西畔和南面。从北向南依次是主建筑——两层江南楼阁式的“上池书屋”；接下来便是轩亭、回廊、曲桥和亭台等。园景的构置虚实相生、高低起伏、疏密掩映，高高翘起的长檐与曲折蜿转的回廊，将各处的景致巧妙地贯穿为一体，使苏州园林的内涵和特点在这里充分凸显。

这一切攒立水中，倒映在水面上。白的墙、绿的树、红的雕栏檐柱，隐隐地被一层薄薄的雾霭笼罩环绕着，或明或暗。霎时，人若置身于太虚，被这奇妙的幻化所迷，不自觉地融入这无声的诗和立体的画卷之中。这又是苏州园林的——“精在景”。

池水宁静如镜，显得些许的清凉，但不寂寞。睡莲的花期已过，墨绿的叶子片片点点躺在水面上，周围可觅见大小不等的锦鲤悠闲翔过，或凫到水面。偶有片只秋叶落入水池，也会惊起层层涟漪，但很快又恢复了平静。水池的四周与建筑物间生长着许多高矮不同的竹子和树木，及四季常青的花灌丛。有的枝叶依池伸向了水面，似从池中生出来的。青翠的“兰贵人”一簇簇、一丛丛环绕着水池，洗浴过晨露的肥硕修长的叶子更加一尘不染、葱郁可人。园中树木的种类很多，尤以香樟、银杏、白皮松为最。还有一部分是棕榈、天竺、芭蕉和枫树等。其中最大的香樟和银杏树一人

合抱不过来，皲裂的树干上生满了藓等蕨类植物，越发苍老遒劲，已被列入苏州市的古树名木。老树扶疏、参差有序，丝毫不见一点儿人为的踪迹。特别是在这个季节，火红的枫树、金黄的银杏、苍翠的香樟点缀和拉大了园内的视觉空间，极好地丰富和增添了园内色彩的层次。

踱过一地的金黄，经过上池书屋来到轩亭的靠栏前，眼前豁然开朗，园内景致随着视觉的变化重新组合，赋予了新的内涵。这便又是苏州园林的一“贵在变”。

回廊临水向南曲折，开口处，一座小石板曲桥浮在水面上，连接着一条蜿蜒幽径向林中隐去。桥面刚好与水面齐平，人立桥上，却好似直接站在了水面上，身轻如燕，大有“微波凌步”之妙。自此，水池被一分为二。桥北面水池的面积大些，南面仅是狭窄的一段，半环着小土山及上面的亭台。这里的花草树木生长得最为密实，亭台几乎被遮去了一半。近处小池一泓，花木蓊郁，高挺的松树直刺苍穹；纵深处，茂林修竹掩映着亭台高翘出的飞檐。细品之，竟有宋代刘松年的《四景山水图》和元代倪瓒笔下《渔庄秋霁图》之意。登亭拾阶而上，依石几环顾，自然又是一派不同的景象。

这只不过是东吴饭店的一处小景，算不上是真正的苏州园林，甚至在当地人的眼中是司空见惯和微不足道的。但在我这个北方人的眼里，这些看似不经意间的构置，却处处闪现着别具匠心的安排与灵动。置身这恬情雅兴之处，满目的葱郁苍翠、柔和素淡，听着身边鸟儿清脆悠远地鸣唱，人会有一种超凡脱俗的感觉。那段时日，我喜欢独自漫步在这个“上池书屋”的院子里，不知不觉地，迎来了一个又一个的旭日东升。

2003 年 12 月

印象“刘三姐”

2012年8月的一次举家旅行，源于女儿的中考成绩不错。之所以选择了广西桂林，却是因为老电影《刘三姐》。

长春电影制片厂1960年拍摄的影片《刘三姐》长我十岁，小时候随大人们看过多场。但实话实说，对于看惯了战斗故事片的我来说，根本听不懂片中的那些“咿呀”唱段，剧情也不感兴趣。但后来的印象深刻，多半是因为母亲经常会哼唱里面的一些经典选段吧！

网络和电视的迅猛发展，让许多在过去不敢想的事情都变成了可能，一些经典的老电影甚至可以随时观看。女儿的这个暑假很是清闲，打算带她外出轻松一下，正在酝酿行程时，恰巧央视的电影频道又在播放老电影《刘三姐》了。于是，“我想去桂林”的冲动立马就变为了一次“说走就走的旅行”。

桂林地处南岭山系西南部，广西壮族自治区东北部，湘桂走廊南端，属典型的“喀斯特”岩溶地貌。境内分布着壮族、瑶族、回族、苗族等十几个少数民族，少数民族人口达七十多万。“桂林山水甲天下”，独特的地理环境和岩溶地貌，形成了桂林千峰环立、一水抱城、山清水秀的自然景观。其中最具有代表性的景点有漓江蓝湾、象鼻山、独秀峰、七星岩、明代王城、靖江王陵、榕湖等。

古东瀑布

桂花是桂林的市花，所以市区内几乎尽是桂树。桂树品种的繁多，让整个城市到处弥漫着一种淡淡的、优雅的桂花香。桂树，只有在长江流域及以南地区才是名副其实的树，到了黄河下游及以北，只能称之为桂花，或灌木，或盆栽，或嫁接，已难成参天大树了。

到了桂林，不游漓江是一种遗憾。

晨曦中的漓江

盛夏季节，天刚蒙蒙亮，我们便乘车到达了磨盘山码头，准备去阳朔。游船尚未开工纳客，船工们的身影早已迎着天光和灯光忙碌多时了。等船的这段时间，导游特意提醒我们要备好一张二十元面额的钞票。所为何来？答曰："暂时保密！"女儿撇撇嘴，"怕是作小费用的！"妻子翻了翻自己包里的零钱，也就默不作声了。

"上船咯——"

随着船家的一声吆喝，游客们陆续登上了游船。这是一艘中等单层的游船，舱顶是一个带围栏的观光平台。我们找了处靠近大舷窗的位置坐了下来。游船缓缓地驶离了码头。

从桂林至阳朔的这段江水，依山而转，有险滩激流、有静水深渊。两岸是典型的岩溶峰林地貌，是漓江最美丽的一段风景。两岸临水茂密的凤尾竹，一簇簇、一层层，将仙女般的漓江装扮得越发风情万种、婀娜多姿。桂林的山似乎都是平地拔起，像一个个出土的竹笋，又像是蜗居不动的青螺，簇立于江中或两岸，波光倒影，千姿百态。远处婀娜秀丽的群峰笼罩着一片天青色的雾霭，隐约可见，又那么神秘莫测。

天光终于越来越亮了，忽然，一道霞光破云而出！霎时，山头和江面就染上了一层金黄的光亮！舱内的气氛也开始高涨了起来。海上日出是从海面升腾，漓江日出则是从山峦中闪现。泛舟漓江，橘红色的太阳在青山间与游客们玩起了"捉迷藏"。江面上一会儿霞光万道，一会儿又雾霭沉沉；又似乎是船头在"追赶"，而"羞答答"的太阳总是在"躲避"。

漓江的水，蜿蜒曲折，鱼翔浅底，清澈可鉴。河床覆盖着厚厚的白砂、赤砂和鹅卵石，并常年生长着各种水草随江水摇曳。船的舷窗离江面很近，稍一探身，手便可以触摸到清凉的江水，感觉整个人是坐在水中前行的。由远及近，船头前方渐渐出现了一块巨大的色彩斑斓的崖壁，这就是著名的漓江九马画山！它由不多见的五峰相连，鬼斧神工般地只将绝壁临江，且呈现出青绿黄白等各种颜色的自然组合，构成了一只只神态各异的骏马姿态，或立、或卧，或奔、或跃，或俯饮，或仰嘶。整个涯壁宛如一幅天成的锦绣，更像是一幅精心绘制的神骏全图。清代诗人徐云赞曰：“自古山如画，而今画似山。马图呈九首，奇物在人间。”

古有“桂林山水甲天下”，今有“阳朔山水甲桂林”。当游船行至阳朔境内，漓江的水开始趋于了平缓。奇峰环绕，景色秀丽，江面上的视野面的图，就是这里，大家比比看！”

我们恍然大悟！妻子赶紧找出了两张钞票！

“哇！真的，真的就是这里！”女凡比对着钞票兴奋地站了起来，“我们到平台上面去看吧！”

晨游漓江，于人民币二十元面额背面风景处

于是，我们通过一个旋转楼梯就站到了视野更为开阔的观光平台上。漓江在此绕了一个大弯，形成了一条美丽的“玉带”。水绕山，山绕水，青山绿水，人间仙境，成就了集桂林山水精华于一处的风景胜地——“黄布倒影”。现在流通着的第五套人民币二十元背面的图案就出自这里，成为驰名世界的“中国名片”。正如唐代韩愈的“苍苍森八桂，兹地在湘南。江作青罗带，山如碧玉簪。”

到了阳朔，不玩遇龙河更是可惜。

遇龙河是漓江在阳朔境内最长的一条支流，别名“小漓江”，古称“安乐水”。传说东海有龙巡游至此，由于迷恋此处胜境，便潜居了下来。晚上，龙浮出水面游玩，后来忍不住干脆白天也经常现身河面。终被依山傍水的村民发现。“安乐水”遂改名为“遇龙河”。

如果把漓江比喻为“大家闺秀”，那么遇龙河就是“小家碧玉”。遇龙河常年水质清澈，水流舒缓，周围一切都完好保留了其原始、自然、古朴的风貌。两岸山峰清秀迤逦，连绵起伏；河边植被繁茂，翠竹葱郁。河面如一大块抛了光的翡翠，温润透亮，还有竹筏轻轻漂过……遇龙河流域是“精缩版”的漓江山水，其间散落着古色古香的村落，将阳朔的自然风

光装点得淋漓尽致，又恰到好处。

遇龙河漂流

遇龙河竹筏漂流始于2001年，当时有几位渔民为了配合摄影师的创作，从遇龙桥撑竹筏至古榕公园。之后，这种“美”促生了旅游创意，形成了风靡今天的遇龙河漂流盛景。

遇龙河漂流，一个竹筏可以并排坐两个人，一名河工立于筏尾撑篙。竹筏漂流是人与水、与大自然的一次“亲密接触”。可能遇龙人感觉还不够尽兴，所以又增加了竹筏上的“戏水”环节。这些都是游客在登筏之前就已经知晓和跃跃欲试的了。怕水的鞋、相机等随身物品要提前裹好塑料袋，雨衣、水瓢、水枪可以自由租赁。为了方便给妻子、女儿拍摄，所以她们俩就坐到了一个竹筏上，我便与另一名游客坐在了一起。

此段的河水不深，阳光透过水面直达河床，清澈见底，长满了各种水草。竹筏紧紧贴在水面上，水随时随处可以漫上来和消下去。假如此刻，河面只有一筏缓缓漂过，融进这青山绿水、白云蓝天和鸟鸣鱼翔，画面感必然会直达古人的胸怀和诗情画意！

这种感受可以任凭想象，而此刻却只是水和欢腾的世界。每个漂流的人都是湿的，“落汤鸡”式的，就连撑篙的河“混战”中的一员。担心相机淋水，所以赶紧抓拍了几张就包裹起来，然后被迫地加入到遇龙河的“水上大战”之中了。

身着苗族盛装的女儿

桂林聚居着众多少数民族，如今却依然保持着各自的民俗特色和生活习惯，如服饰、饮食、节庆、宗教信仰，甚至是语言文字等。

壮族善歌。传说古时，有位壮族老人的闺女长得十分美丽，又很会唱山歌，老人便希望挑选一位歌才出众的青年为婿。于是各地青年纷纷赶来赛歌求婚，从而形成了今天的“赛歌集会”。关于刘三姐的原型身世说法颇多。其中，传说她生于唐中宗年代，本名叫刘三妹，广西壮族人，年幼聪颖过人，被视为“神女”。十二岁能通经传，指物索歌，开口立就。自编自唱，歌如泉涌，故有“歌仙”之誉。唐开元十年（722），为抗拒林氏逼婚，她与恋人张伟望出奔，不知所终。现在的广西河池市宜州区被国家命名为“刘三姐故乡”。

对于我和许多人来说，认识“刘三姐”主要还是通过那部老电影。有数据显示，当年影片上映后，以惊人的影响力风靡了全国乃至整个东南亚，堪称是中国20世纪50–70年代的经典影视和文艺作品。同时，黄婉秋饰演的“刘三姐”以清纯、坚强、自然的美征服了广大电影观众，成为那个时代的银幕偶像和梦中情人。影片的曲调原汁原味地保留了广西民歌的一些特点，也获得了极大的成功。其中的主题曲《山歌好比春江水》更是家喻户晓，广为传唱。

此行中有一场被誉为全球最大的山水实景剧“印象·刘三姐”，总导演为张艺谋。晚上七点，我们如期坐进了观众席，第一次亲身感受了这场久演不衰、“幕天席地”的大型户外演出。

演出的置景设计大胆而巧妙地利用了漓江的自然山水，以方圆两公里的阳朔十二峰为背景，天穹作顶，漓江为台，构建了这台迄今为止世界上最大的人与自然、声光与自然的山水剧场。青山隐隐、江水粼粼、烟雾缭绕、竹林轻舞、月光曼妙都变成了演出的一部分，将经典山歌、民族风情、漓江渔火等元素重新组合演绎，诠释了人与自然的和谐关系，呈现了一场天人合一、叹为观止的视听盛宴。

最令人开心和意想不到的是行程尾声的那场歌舞晚会。影片刘三姐的扮演者黄婉秋三代“刘三姐”同台献艺，为我们的桂林之行画上了一个圆满的句号。

可坐在剧场里的我，思绪和心情是复杂的。母亲转眼离开我们已经快两年了。母亲在她的姊妹中排行数三，所以排在后面的都习惯称她一声“三姐”。我不知道究竟是不是这个原因让母亲喜欢“刘三姐”这个银幕形象的，但母亲年轻

与黄婉秋和她的外孙女（第三代刘三姐）合影

的时候的确会唱、喜欢唱《刘三姐》的许多歌曲片段。黄婉秋比我的母亲小一岁，如今依然风采如初地活跃在大众舞台上。对于现在许多中年以上的人，刘三姐和黄婉秋已经成了一个不可分割的形象。这于喜欢她的电影观众、于广西“刘三姐”文化事业的发展传承来说，无疑都是一件令人高兴和值得庆幸的事情啊！我的视线有些模糊了，但掌声依旧热烈不减！

演出结束后，我们一家三口特意与老艺术家黄婉秋拍了张合影。那一刻，我暗自长舒了口气，并由衷地祝福黄婉秋前辈青春永驻、艺术长青！祝愿“刘三姐”的歌声生生不息、千古流芳！

2012 年 10 月

草原明珠

在我的旅行手册中，几乎囊括了大江南北的山山水水，却唯独还没有塞外的草原。2014 年 7 月的一天，我和家人终于如愿以偿地站到了被誉为“草原明珠”的内蒙古克什克腾旗这片辽阔的大草原上。

从赤峰机场乘车，三个多小时的夜路，凌晨时分便到了克什克腾旗热水塘的集通宾馆。一路劳顿，四周漆黑，失去了方向感的一家人倒头便睡。第二天一觉醒来，发现窗外已是湛蓝的天空，自己便悄悄起身，拿着相机来到了大街上。

晴空万里，洁白的云朵似乎也低矮了许多，炽热的阳光透过云缝倾洒下来，呈现出一道道耀眼的金光。空气很清新，似乎比内陆沿海的要干爽了些。这里是克旗的一个镇，但规划建设得更像一个现代化的中等城市。蒙古人尊崇和喜欢的基本颜色是白、蓝（青）、红，常用的纹饰有“山纹、水纹、火纹、云纹”。这些都是蒙古族所特有的民族元素，而且充分地体现在他们的服饰、日常生活和建筑装饰之中。环视着这个群山环绕的现代化的蒙古族城镇，会让人不由自主地联想到了“元青花”。

克什克腾旗水塘集通宾馆

街对面是一个设计考究的广场，大理石铺面，汉白玉砌栏。远处尽是连绵起伏、层峦叠嶂的青峰。想必那就是大兴安岭或是燕山的一端吧！拾阶而下进入广场，最为明显的是一方一圆两个水池。其中圆的这个刻有“康熙浴井”四个字。热水塘，顾名思义，这里有着位居全国第二大的甲级温泉，开发利用已有千年的历史了，被誉为“东方神泉圣水”。据史载，公元 1690 年，大清康熙皇帝亲征噶尔丹，取得乌兰布通之战的

胜利后，曾来到此地沐浴，所用浴井就是眼前的这口圆井了。天下之大莫非王土，斯人已去，但历史还是真实地记录保存了下来。还是这片苍茫大地，却已经发生了日新月异的变化，令人感慨万千啊！

大青山，第四纪冰川期保存完好、特征明显的古冰川遗 迹。素有塞外桂林之誉

“呜—”汽笛长鸣，一串串薄薄的烟雾从远处的山腰处喷出，一列老式的蒸汽机车驶了过去，那里正是穿过热水塘的集通铁路线。由于这里地形特殊，铁路路基高架，隧道密集，“小火车”被原样保存了下来。秉承着这份“怀旧”的情愫，让人仿佛又一次穿越了历史。

我们此行的正式旅程是从阿斯哈图石林开始的。阿斯哈图石林，位于赤峰市克什克腾旗北。“阿斯哈图”为蒙古语，是“险峻的岩石”之意。

阿斯哈图石林是世界上罕见的花岗岩石林，为第四纪冰川遗迹，被称为世界地质奇观，与云南的路南石林有着本质的区别。云南石林石头的纹理是上下垂直的，似刀劈斧削；而阿斯哈图石林石头的纹理则是横向的，一层一层像饼干、像千层饼。这些石林一般高五米至二十米，呈方形或条形分布，峥嵘险峻，千姿百态，或如宝塔古堡，或如灵禽神兽，栩栩如生，浑然天成，使人惊叹大自然的鬼斧神工。

草原白桦林

石林周围全是一望无垠的桦树林海。怪自己学疏才浅，只知道白桦树生长在北半球极寒区，是俄罗斯的国树。没想到白桦树还是大草原上的一个主要树种。高的白桦树可达二十五米，直径五十多厘米。

白桦树的树皮洁白细腻，一层层紧密粘连在一起，极好的柔韧性又可以分层剥离下来。白桦树喜欢阳光，生命力强，即便是被大火烧毁的林区，首先生长出来的一定是它，而且会“变本加厉”地形成大片的次生林。

阿斯哈图石林山下便是辽阔广袤的贡格尔大草原。草原上的视野十分开阔，无论是站在原野还是山坡上，都完全可以领略那句“极目楚天舒”的意境。所有物体的大小似乎失去了正常的比例，可以轻易颠覆你对一棵树、一朵花、一片云原有的认知。高低起伏的大草原一望无尽，与蓝天白云交汇，黄绿色的是草，墨绿色的是树冠，白色的是云朵、是羊群、是白桦树的枝干。我几乎无法形容白桦树干的这种白，它像染了一层白蜡，又像是水彩画刀刮法留下的飞白；它掩映在满世界的青翠之中，飞也似的跳入你的眼帘，是那么清晰明亮，格外醒目！草原上盛产黄苗、甘草、芍药、苦参等中草药，有“一步踏三草，草草皆是药”的说法。清清的河流在草原上蜿蜒流淌，蓝白两色相间的蒙古包、洁白滚圆的羊群像一颗颗镶嵌在大草原上的珠宝，又如同片片洁白的浪花，与阿斯哈图石林构成了一幅天然的景观图画。

草原民族的风情浓郁古朴，饮食文化多姿多彩。走进蒙古包，热情的蒙古族姑娘会用金黄色的奶油、洁白的奶酪、奶豆腐款待你，还会载歌载舞，让你感受到好客的草原人民的真诚、质朴。午餐就安排在山下的蒙古包里。好客的主人三十多岁，黑黝黝的皮肤、洁白的牙齿、满面笑容，像个淳朴结实的草原汉子。他给我们盛上的第一碗，就是滚烫的泛着淡淡咖啡色的奶茶，上面还飘着一层炒制过的黍米。天然的米香合着浓浓的奶茶味道，让人胃口大开，绝非那些化学合成的“奶茶”所能及。“蒙古人可以三天不吃肉，但不能一天不喝奶茶。”这足以证明奶茶在蒙古人饮食结构中的重要性。接着端上来的有奶油、奶皮、奶豆腐、蕨菜、羊血肠、白蘑菇等。早就听说草原

与妻子、女儿在蒙古包前合影

人善饮，此话的确不假，而且清一色的烈性白酒和奶酒，很快就让我这个习惯喝啤酒的有些不适应了。孰料这仅仅是个开始。不一会儿，一队身着华丽蒙古族服饰的青年男女手捧着哈达，推着一辆餐车走了进来。餐车上摆着一只通体焦黄油亮的羊，羊头上还系着一块大红绸缎，原来这就是烤全羊！按照当地的风俗习惯，吃烤全羊之前还要有一个庄重的仪式。首先由主宾双方代表在羊身上的不同部位划几刀，然后就开始了传统的民族歌舞表演。歌声中，分割好的烤全羊摆满了餐桌。一口鲜嫩的烤羊肉满嘴流油，竟没有半点膻味儿。主人自豪地解释道：“草原羊就是绵羊，只不过它们不需要人工饲喂，吃的都是草原上的嫩草和天然药材，所以肉质鲜美无异味，这是今天早晨刚刚宰杀的……”正当我们大快朵颐之际，那群载歌载舞的青年人却捧着哈达和酒碗站到了我们面前。他们用自己的语言唱着自己的民歌，热情地敬了我们每人三碗酒，然后给我们披上了洁白的哈达。蒙古人的三碗酒寓意着“敬天、敬地、敬人”三层含义。而那一刻，毫无思想准备和礼仪常识的我们早已窘得手足无措。三碗酒下肚，真是烈火一样的感受和亢奋！

身着蒙古族盛装的女儿

贡格尔草原属高原草原，所以昼夜温差大，天气变化无常，早晨朝霞满天，傍晚就开始大雨瓢泼。在途经黄岗梁林海和白音敖包国家级自然保护区时，低矮的云层突然笼罩住了整个草原，天空霎时阴暗了下来，并开始零星地下起了小雨。视野中、半坡上的牛羊马群依旧悠闲地啃着青草，而我们的车队在加速前行。一道刺眼的闪电划破了阴暗的长空，伴随着“隆隆”的雷声，转眼间倾盆大雨就泼了下来。起初，大家还不以为然，一场大雨而已。随即发现，在漫无边际的大草原上遭遇这样一场大雨其实是件非常危险的事情。雨刷器不再管用，四周白茫茫一片，没有路灯、没有参照物，汽车随着山坡丘陵缓慢地忽上忽下，更像是一艘行驶在茫茫大海里的小船。大家屏住呼吸，一路小心前行。当汽车翻过了一个山坳口时，大雨突然戛然而止。真是神奇，身后还在大雨滂沱，这里却是明净如初。透过车窗，四周还是漫无边际的青翠，却已被雨水冲刷得更加鲜明了，我们紧张的心情也得以舒缓了下来。可是，还没走多远，瓢泼的大雨依旧、“小船”依旧、紧张依旧……

在克旗西南部的沙里河峡谷中，有一个“响水水库”，也是一处电站水库。该峡谷在一公里内落差达七十余米，水声轰鸣，震耳欲聋。周围山高林密、水碧花盛，逐渐形成了一个人文自然风景区。这里已经开发了水上观光、避暑度假、沙滩浴场、响水枫叶、旅游探险等很多的旅游项目，其中的水上漂流最具挑战和刺激。

这是一个集运动与娱乐的水上项目，充气的橡皮筏可以容纳两个人。我与女儿穿戴好雨衣和救生衣坐进了一只橡皮筏，随着舒缓清冽的河水开始慢慢向下漂流。女儿胆小，坐在里面一动不动，只好我来划桨。其实这段河水很浅，河面并不宽，最深处大概不足两米，河底的白沙清晰可辨，长满了墨绿色的各种水草，偶尔还会看到有小鱼群快速游过。两岸高耸的沙丘上长满了茂密的青草和白桦林，有些树的枝条和粗壮的根已经延伸到了河里，使整个河面显得安详而宁静。忽然，自脑海中迸出了“塞外江南”这四个字，对呀！此情此景多像广西桂林的漓江呀！

“快看这水和两岸的青山，还记得我们在遇龙河漂流时的情景吗？”我兴奋地问女儿。

女儿眼前一亮，“对，对！非常像！怪不得有些眼熟呢！”

“真难以想象，我们这是在塞外的大草原上啊！”我不无感慨地说。

“小小竹排江中游，巍巍青山两岸走……”放松下来的女儿轻轻哼唱了起来。

拐弯处，隐隐听到前面传来一阵阵欢快的尖叫声，那是有人开始玩起了“打水仗”。果然，我们前面的几只橡皮筏挤到了一处，掀起片片雪白的水花。河水推着我们的橡皮筏缓缓靠了过去。看到我们身上还是干的，那些朋友便开始向我们疯狂泼水，我跟女儿毫无招架之力，身上的雨衣根本就不管用，我们的衣服很快就湿透了。

“是妈妈！”女儿忽然抬手尖叫道。

果然，妻子就躲在其中，也早已湿成了个落汤鸡似的，且还在用力向我们泼水。情急下，我伸手抓住了一只伸向水面的树枝，我们的橡皮筏终于稳住了。

水流声和着鸟的鸣叫回响在峡谷。河面波光粼粼，或水流湍急，或

豁然开朗，橡皮筏会被水流冲到岸边搁浅，或在原地打旋。这时，都需要考验舵手的技艺，毕竟还是那句话——小心行得万年船嘛！两公里的漂流河道充满了欢乐和新奇，等我和女儿上了岸，发现妻子早已经换好了衣服坐在码头上等我们了。

马背上的女儿

蒙古族被誉为“马背上的民族”。蒙古人从小在马背上长大，赛马、摔跤、射箭被称作“男儿三艺”，蒙古族无论男女都可以纵马如飞。在他们的日常劳动和生活中，人与马结下了特殊的感情。可以说，马是草原的象征，是蒙古人的精神图腾！

在中国农历的马年，来到了草原，看到了骏马，怎能错过了骑马驰骋的亲身体验？所以行程的最后一天，我们切身感受了一回马背上的驰骋，这可是我的第一次骑马。影视作品中经常见到骑马，似乎不难。牧马人亲自演示了一遍骑马要领：先顺好缰绳握在左手，人侧身站在马的左前方，左手抓住前鞍环，抬起左腿用脚尖认镫，然后翻身上马。上马后，要目视前方，坐正身体，两腿夹紧。

右手抓住马鞍环，左手缰绳在握，以便控制马的前进方向。要领似乎也不难，可一旦认镫上马，突然感觉自己这八十多公斤重的身子特别笨拙，连马都被拽得歪向了一边。胯下的这匹枣红大马可能也感觉到了我的紧张，不由自主地打了几个响鼻。我赶紧俯下身去拍了拍它的脖颈，“伙计，对不起了，我可能重了些……”

马队在牧马人的带领下开始前行。马蹄子刚一迈开，我的身子就不由自主地跟着左摇右晃起来，心一下子提到了嗓子眼。随着马的步频，我尽力控制好自己的平衡，可还是感觉有些颠簸。不远处有一条小溪，我看到了，马群自然早就知道的，所以便开始兴奋地跑了起来。我只好俯下身子紧紧抓住马鞍环，满头冒汗了。马喜欢喝上游水，所以会站在水里争抢好位置，“稀里哗啦”的一阵闹腾后，终于各自找到了自己的位置。在牧马人的口令下，我试着用力拽了拽缰绳，马儿才恋恋不舍地抬起头跟上了马群。

策马驰骋在广阔无垠的贡格尔草原，远处是连绵起伏的大兴安岭和浩瀚茂密的白桦林，我们已经融入了大草原上的万道霞光和洁白云朵之中……

与“草原明珠”的约会，让我终生难忘！

2014 年 8 月

阆苑仙境

“一个是阆苑仙葩，一个是美玉无瑕……”该句出自于历史名著《红楼梦》第五回十二支曲中的第三支《枉凝眉》。让我记住它的是因为八七版电视连续剧《红楼梦》。剧中，《枉凝眉》由王立平谱曲，陈力演唱，并作为了该剧的主题曲。

还是因为这支曲子，让我识得了“阆”（làng）字。“阆”字在《现代汉语词典》中有两个读音注解：一为闶阆（kāng láng），表示建筑物空廓的部分；再一个就是阆（ldng）中，县名，在四川。

阆中，位于四川省北部大巴山南麓、嘉陵江中游北岸。曾为古巴国国都，明末清初四川将这里设为临时省会达20年之久，是历代川北政治、经济、军事和文化中心。阆中地势险要，山明水净，钟灵毓秀，人杰地灵，是中华民族人文始祖伏羲的故乡。传说中女娲补天的五彩池，就是今天阆中的南池。蜀汉大将张飞，唐代风水大师袁天罡、李淳风均葬于阆中。今天的阆中是一座县级市，自古至今人们又习惯地称阆中为“阆苑仙境”。

阆中又名阆苑。《辞海》对“阆苑”一词的解释是：阆苑，唐代苑名，故址在今四川阆中县西。另据《舆地纪胜·利东路阆州》记载：“唐初鲁王灵夔（ku í）、滕王元婴，以衙宇卑陋，乃修饰宏大之，拟于宫苑，由是谓之隆苑后避明皇讳，改为阆苑”。阆苑本是传说中西王母的居住处。因滕王建此宫苑，千百年来，阆苑便成了阆中古城的别名了。所以，此“阆苑”非《枉凝眉》中西王母的“阆苑”了。二者之间虽然没有丝毫的关联，但巧合得如此“理所当然”，也难怪人们不再去刻意“区

阆中古城夜景

别”什么了。

百闻不如一见。2017 年 9 月的一天，怀着久违了的、憧憬激动的心情穿过锦屏山与黄花山之间的“山门”，跨过南津关嘉陵江大桥就进入了阆中古城。

阆中三面环水，四面环山，嘉陵江自西北往南、往东、再往北绕城而过，被誉为中国最具“风水”的地方。古城建址完全按照唐代天文风水理论的一座城市，被誉为风水古城。难怪“阆”字“一门加一良”，其字形竟然与阆中古城的天然地形是分不开的。“阆中”是巴语，巴人多以“中”为地名，如“汉中”“巴中”“黔中，等。阆中有着二千三百多年的建城史，1986 年被国务院列为“中国历史文化名城”，与云南丽江、山西平遥、安徽歙县并称为中国现存最完好的“四大古城”—古城区面积 4.5 平方公里，现保存如初的约有 1.78 平方公里。截止到 1985 年，阆中城区古街巷有近百条，依旧保持着唐宋格局和明清风貌，是我国古城建筑中的一份宝贵遗产。

阆中古城的部分历史遗存

阆中历史悠久，文人辈出，官宦商贾云集，南北师匠荟萃，古城的建筑风格融南北风格于一体。民居、公馆、商铺鳞次栉比，形成“半珠式”、“品”字形、“多”字形等风格迥异的建筑群落，是中国古代建城选址“天人合一”的典型范例。现存的居民院落有上千座，重点保护的有近百座。青瓦粉墙、雕窗月门、曲径回廊、精美复杂的木雕砖雕比比皆是。古城以北街、双栅子街和内东街、西街这两条纵横交叉处的“中天楼”为中心，合“天心十道”之喻。其余街巷由此延展棋布。一条条古石板路相互贯穿交织，参天的古树、独特的红色压酒、中国三大名醋之一的保宁醋、麻辣鲜香的“张飞牛肉”及琳琅满目的丝织品在这里交相辉映。每一片瓦、每一块门板和招牌字号都是历史的积淀。游客如织，但古城内的民居生活井然有序，互不影响。置身于这样的古城群落，历史的穿越感油然而生！

阆中在唐代出了尹枢、尹极两位状元，宋代出了陈尧叟、陈尧咨两位状元，是四川出状元最多的地方。建于清代的四川贡院，又名阆中贡院，占地8800平方米，仍完好地坐落于阆中古城的学道街。顺治九年（1652）全川未靖，四川在此举行四川省乡试五科，录取举人三百零五名，其中阆中二十人，被誉为四川的状元、举人之乡。贡院由山门、廊道、考房、大殿、二殿、后殿和考生宿房组成。现存有卷棚式廊道，纵横共长五十多米，廊道两旁的木栏上设有飞仙椅。“文革”中，县招待所扩建，拆除了贡院北面的两排殿舍亭榭。2007年，贡院在相关部分和人员的不懈努力下得到了恢复，成为中国古代科举考场唯一一处较完整的遗存。

三国蜀汉大将张飞任巴西太守，驻守阆中达七年之久（公元214—221），在这里他曾率兵万人，打败了曹将张郃的三万人的进攻。张飞伐吴前夕被部下所杀，身葬于阆中。阆中人感念张飞的忠勇，且遗惠于民，故于墓前立庙奉祀。唐代以前称“张飞庙”，明代称“雄威庙”，清以后称“桓侯祠”，民间则还是习惯称作“张飞庙”。

阆中标志性建筑一白塔

桓侯祠位于古城西街，由山门、敌万楼、左右牌坊、大殿、后殿、墓亭和墓冢组成。山门为明代建筑，两侧为琉璃雕花砖墙，门前原有明万历四十年（1612）铸造铁狮一对。抗日战争期间，1938年2月18日起至1943年8月23日，日本对战时中国陪都重庆进行了长达五年半之久的战略轰炸。因阆中离成都有三百多公里，1940年日军对阆中进行过飞机轰炸，弹片将一只铁狮的前胸击穿一洞。铁狮默默地承受着，并完好地保存了侵略者的可耻罪证，直到帝国主义侵略者彻底缴械投降。历经朝代更迭和战火磨砺的铁狮，却在“文革”中连同张飞塑像、铁像、铁鼎等悉数被毁，荡然无存。现在看到的塑像和庙门外的石狮子都是1984年后重修复建的。

锦屏山一“嘉陵第一江山”，壁立于嘉陵江南畔，与阆中古城隔江相望。唐代风水大师袁天罡曾在山壁题写“此山磨灭，英灵乃绝”的咏叹；杜甫在这里留下了“阆州城南天下稀”（《阆水歌》）的千古名句；“画圣”吴道子以锦屏山为轴心，完成了长安大同殿壁画《三百里嘉陵江山水图》；南宋爱国诗人陆游在《游锦屏山谒少陵祠堂》中写道：“城中飞阁连危亭，处处轩窗临锦屏。涉江亲到锦屏上，却望城郭如丹青。"由此可见，阆中古城的地形和选址最完美、最准确地体现了传统风水理论的“龙、砂、水、穴”意象。简言之，就是后依盘龙山，前照锦屏山，左宗庙，右社稷，古城立于了山环水绕的“穴”场吉地。

于白塔山俯拍阆中古城全貌

古城的东南、嘉陵江由南向东北转折处是大象山，山上的一座玉笋般的白塔成为阆中的标志。白塔建于明代，塔身八面，共十三层，高二十九余米，塔内有螺旋梯道九十一级。塔借山势，高耸入云。晴日里，百余里外也能望见。游子宾客，只要从远处望到了这座白塔，便会知道阆中城不远了。

俊秀的远山连绵起伏，翘檐黛瓦掩映在片片苍翠之中。拾阶而上，扶栏远眺，千峰竞秀，丹山碧水，阆中全貌尽收眼底。此刻，阆中古城这片古老而吉祥的风水宝地，极像是一个福泰的“大肚子”全力凸向了嘉陵江。碧绿的江水环绕，恰是一条最合身、最名贵的“玉腰带”！

时代的变迁，对于一座古城来说，发展与保护总是一对绕不开的“矛盾”。阆中也曾走过一段“弯路”，遗憾之处也是显而易见的。但阆中人从1985年起就提出了“跳出旧城，开辟新区”的城市总体规划决策：西部以张飞庙为中心；南部以华光楼为中心；东部以观音寺为中心；北部以巴巴寺和古天文遗迹为中心，均严格按照历史原状保护，不得拆改，不得增减。古石板路在保存原状的基础上，改建了地下给排水系统。决策的严格和付诸实施，使其投入和代价无疑是巨大的，但千年古城的“阆中特色”和“中国元素”得到了充分保护和传承，这就是对先祖、对文化遗产和人文历史的最大的敬畏和贡献！

阆苑仙境是神奇独特的，阆中人是幸运幸福的！

2017年10月

跨越世纪的干杯——习酒！

地处黄海之滨的即墨，在20世纪那个“节衣缩食”的特殊年代，人们喝的大都是散装白酒和啤酒。偶尔能喝上瓶两三块钱有“牌子”的白酒，也算是一件很有面子的事情了。

北方人喝白酒的口感讲究“浓烈香醇”，所以更喜欢喝浓香型的白酒，如高粱酒、老白干等。到了20世纪80年代初期，当时，我还只是个十一二岁的孩子，对任何酒品也不会有研究的，只是通过年节各家准备的酒水中发现，一种叫“习水大曲”的浓香型白酒成为了当地人餐桌上的一种时尚。记得当初酒瓶上印的是“習水”的字样，是“习”字的繁体字。而正是因为不认得这个繁体字，所以留给我的记忆就越发深刻了。“習”，从羽从白，与鸟飞有关。本义为小鸟反复地试飞。《说文解字》中的解释：“习，数(shuo)飞也”。如《礼记·月令》中有句“鹰乃学习”，意思是小鹰就要练习飞翔了。这个“学习”是指练习飞翔，与今天“学习”的含义截然不同。但小孩子们不会去专注这些，当时的我只是好奇，“习水”该是一条怎样的河流呢？与我们门前的那条即墨的母亲河一“墨水河”究竟会有什么区别呢？生活在习水边上的孩子是不是个个都是非常会学习的呢？

以前，大多数山东人只知道有“习水大曲”，而绝少知道“习酒”，这可能是与山东人喝酒的口味习惯有关系的。从习水大曲到习酒，从习惯浓香型到酱香型，山东人着实经历了一个漫长的过程。其实，习酒的先辈们早在1952年在黄金坪建起国营郎庙酒厂开始，就是生产酱香型白酒的。直到1966年，才试制生产出了浓香型白酒一“习水大曲”。到20世纪八九十年代，以习酒、习水大曲为主的产品开始畅销大江南北。这就是许多北方人容易混淆了二者先后的原因所在。当然，这也与习酒人孜孜不倦的市场开拓精神是密不可分的。

缘分，终归是缘分，总是那么的不可思议。2016年5月的一天，我竟亲历了那个儿时过目不忘的“習”字的贵州习酒公司。而这个不期而遇却

赤水河两岸，左侧为贵州习酒厂区，右侧为四川郎酒厂区

整整跨越了三十五年！这是朋友的功劳！这是习酒的魅力！

习水是一片“红色”的土地。这不仅是因为1935年中国工农红军的“四渡赤水”（其中的一、二、四渡就在习水县境内），更因有着得天独厚的“丹霞地貌”，所以这里的大部分土地都是赤红色的，这也是赤水河得名的原因所在。习水河属大娄山系和长江流域，位于贵州省北部，是贵州襟川渝、通江达海的必由之地。习水县地处大娄山山系西北坡与四川盆地南缘的过渡地带，境内属中山峡谷地貌，地势东高西低。所以这里的地貌复杂，海拔落差很大。

车辆与绝壁处盘旋而下，四面山脊入云，葱茏苍翠，绵延不绝。山谷中的天气变化无常，刚才还是风和日丽，不一会儿就雾霭沉沉，然后开始下起了小雨，给行程平添了一份神秘的色彩。让人骤然感觉到此行不是去参观的，却更像是去探险寻宝或朝圣膜拜的。大家屏住了呼吸，谁也不敢多嘴。当穿过了层层雨雾和条条街巷，眼前却又是一片阳光的开阔地，湿润的空气里开始到处弥漫着浓郁的酱香的酒味儿了——贵州茅台酒厂（集团）习酒有限责任公司到了！

习酒公司位于习水县习酒镇，地处赤水河中游红军四渡赤水的二郎滩渡口，厂区方圆十余里，故称“十里酒城”。置身半山腰处，视角开阔，可以纵览“十里酒城”、赤水河及二郎滩，对岸就是四川省的境地。赤水河畔至今还流传着这样的一句民谣：“上游是茅台，下游望泸州，船到二郎滩，又该喝习酒。”可见赤水河享有“美酒河”的盛誉是名不虚传的。赤水河谷酿酒历史悠久，至西汉时期形成了第一个酿酒高峰，以“枸酱酒”最为代表。据司马迁《史记》记载：西汉武帝建元六年唐蒙出使南越，经过该地而见“枸酱”，将其献武帝，获武帝“甘美之”的赞叹！可见古习

习酒酿造车间

水之酿造酱酒传统已有数千年之久。

这里的自然环境是原始的、怡人的，空气却是醉人的，待得时间久了，人会变得兴奋起来！在员工的带领下我们参观了习酒封坛酒库和部分生产车间。现代白酒企业要扩大生产规模就必须得靠机械化，但传统的酿酒工艺又必须要靠人力来完成，这似乎是一对化解不开的矛盾。所以，习酒的生产车间里虽然有着大型的挖掘调运设备，但在堆积糖化、二次投料、多次发酵、多次蒸馏、密封贮存等多个生产环节还是要靠人力一点点、次次手工来完成。高温下，年轻壮实的习酒工人打着赤脚、光着膀子，摊料、投料等工序一丝不苟。醉人的酒香和着习酒人蓬勃向上的朝气，全都一览无余地写在了那一张张虔诚刚毅的脸上！不是亲眼看到习酒的酿造，你绝不会由衷地感觉到“酒神”的存在和庄严！但他一定不属于喝酒的人，“酒神”只属于这里一酿造酒的这里！正是因为习酒人的坚韧不拔和倾情付出，习酒的品质里就被更多地赋予了一层珍贵的、悠长的、可以回味的生命的内涵！

习酒以贵州当地的优质糯高粱为原料。从原料进厂到成品出厂，每一批酒的“成熟”至少需要五年的时间。制酒过程需经九次蒸煮（馏），八次发酵，七次取酒。其中的高温制曲和高温接酒对中国白酒工艺变革产生了重大影响。酱香、窖底、醇甜三种典型体的划分和总结，对中国白酒香型划分和浓香型白酒的发展做出了划时代的贡献。习酒人精湛的酿酒技术，独特的酿酒工艺，加上独特的气候、土壤、水质为酿酒业提供了得天独厚的自然条件，使习酒成为了响当当的纯天然、无污染、无公害的“绿色美酒”。

乘着不期又至的小雨，我们夜宿在了习酒宾馆，受到了宾至如归的礼遇。席间，了解到习酒人还有个非常响亮的行酒令一主人先说一句“习酒”，然后大家共同举杯一起喊“一！二！三！干！”

大家饶有兴致地试验了一次，效果果然非同凡响！清澈晶亮、酱香浓郁、优雅细腻的习酒刚一入口，唇齿回味而悠长不绝！

“习酒！一！二！三！干！”

“习酒！一！二！三！干！”

窗外细雨连绵，室内热情高涨！习水一隅，大家萍水相逢竟能喝得如此开怀和豪迈！对于我，这竟是一次跨越了世纪的干杯！这正是人逢喜事精神爽，酒不醉人人自醉啊！

在贵州的坊间乡里还广为流传着这样的一话语——“习酒是喜酒，喜事喝习酒。”此话不错，一语中的！

2017 年 4 月

习酒宾馆的对面，小雨中拍摄

乘着“梦想的翅膀”

梦，是一种境界，是一种希望，是一种超越；蓝，是一种理智，是一种广阔，是一种高贵；而梦之蓝，是一个品牌，是一种文化，是一种精神！

有梦想，就有追求。“一个梦想，两个梦想，三个梦想，千万亿个梦想，中国梦，梦之蓝。”这就是“洋河人”的梦想！

走向深海，走向天空，是中国百年来的强国梦。这个梦想早已融入到每一个中国人的血液之中。“海之蓝”“天之蓝”“梦之蓝”作为一个从历史深处走来的民族白酒品牌，历经岁月、沧海桑田，在“中国梦”的伟大精神力量中，把“蓝色经典”带入到了国家品牌的高度。

酒，是一种文化。中国五千年灿烂的文化历史无不彰显着酒的身影；曹操对酒当歌的豪迈和李白举杯邀月的雅兴，无不浸透着美酒的香醇；酒在《三国演义》《水浒传》《红楼梦》的字里行间里流芳千古；《诗经》中的“十月获稻、为此春酒”；《汉书·食货志》的“酒为百药之长”；北宋朱肱的《酒经》，开创了中国“酒道”文化之先河。由此可见，酒与中医中药一样，都是中华文化的“瑰宝”。

也许是与酒有缘，抑或是深受传统文化影响的必然，2017 年 6 月的一天，笔者从黄海之滨的即墨出发，随青岛天茂利达工贸有限公司有幸徜徉了一回“洋河人”的“蓝色梦想”，亲身感受了一次不一样的“蓝色魅力”。江苏宿迁的历史悠久，酒文化底蕴尤为深厚，洋河大曲、双沟大曲久负盛名，是西楚霸王项羽的故乡。洋河酒厂股份有限公司就坐落于宿城、宿豫、泗洪三县交会处的洋河古镇。

洋河酒厂美人泉汇流成湖

“名酒产地，必有佳泉”。如被誉为“国酒”的贵州茅台，水源是有着“美酒河”之誉的赤水河；四川泸州老窖取用的是“龙泉井”之水；山西汾酒用的是杏花村的“神井”之水；驰名中外的青岛啤酒、即墨老酒取的是崂山矿泉水。而洋河蓝色经典取的是洋河“美人泉”之水，所酿的酒自然具有了“甜、绵、软、净、香”的独特风格。

美人泉的来历有着许多美丽动人的故事。其中广为流传的一则是：古洋河镇上有位善良美丽的梅香姑娘，因家境贫寒到了王员外家做婢女。王员外奸猾刁钻，又好饮酒，总是让梅香到镇上买酒。一个寒冬的傍晚，梅香又去买酒，在桥头遇见了一位衣衫褴褛、瑟瑟发抖的老妪。于是，心地善良的她就把酒钱全部送给了老人。王员外得知此事后大发雷霆，死逼着她去讨回酒钱。无奈，梅香只好反身回到桥头，却早已不见了那个老人的身影。梅香左右为难，便有了一死的念头。她跑到一口土井边，刚要纵身跳下，却被人一把拉住了。朦胧的月光下，一位美貌的大姐安慰梅香说：“梅香妹妹好心肠，何必轻生跳井堂，姐姐送你一瓶酒，快快拿去莫悲伤。”说着，她拔下自己的凤头玉簪，在井口处轻轻一点，顿时井水翻花，酒香扑鼻，随即灌满一瓶送给了梅香。并嘱咐她以后有事，只要在这井边喊三声“九香姐姐”，就会有人来帮她。说完，一阵香风，不知了去向。王员外喝了梅香的酒，顿觉清洌甘爽，妙不可言，跟以前的大不相同，也就不再追究此事了。从此，梅香就把省下来的酒钱都接济给镇上的贫苦乡邻，然后再悄悄找九香姐姐灌酒交差。时间一长，员外心生疑窦。一天，他悄悄尾随在了梅香身后。当他心生邪念地一把扑上去，想要图谋不轨时，仙女轻轻一拂衣袖，带着梅香飘逸而去。从此，人们就把这口井叫作“美人井”。因井下有泉，水质清澈，人们又称它为“美人泉”了。

洋河智能立体仓库、质检车间和地窖

洋河酒以产地而得名，属浓香型大曲酒，以优质高粱为原料，用小麦、大麦、豌豆制成的高温“火曲”发酵，辅以闻名遐迩的美人泉水精工酿制。他沿用了“老五甑续渣法”，采用“老窖低温缓慢发酵”“中途回沙”“慢火蒸馏”“分等贮存”“精心勾兑”等传统工艺和新技术，成就了酒体“入口甜、落口绵、酒性软、尾爽净、回味香”的独特绵柔型白酒。

洋河酒早在唐代已负盛名，可考的历史有四百多年。当时曾有九省的客商在此设立会馆，竞酿美酒，使洋河镇的酿酒业兴隆繁盛。明代诗人邹辑在《咏白洋河》中写道：“行客年年任往来，居人自在洋河曲。”清雍正年间，洋河大曲已行销江淮一带，有了“福泉酒海清香美，味占江淮第一家”的美誉，并被列为了皇室贡品。又据载，乾隆二次南巡时，在宿迁逗留了七天，品尝洋河大曲后挥毫留下了“酒味香醇，真佳酒也”的赞语。上世纪初，洋河大曲连续获得了巴拿马万国博览会和南洋名酒赛会金奖。1979年在第三届全国评酒会上，洋河大曲跻身于中国“八大名酒”之列。2003年，洋河酒厂成功打造了“绵柔型”白酒经典之作一“洋河蓝色经典”，在中国的白酒市场上迅速掀起了一场“蓝色风暴”。

洋河酒文化历史渊源深厚，近年来公司以古黄河为主轴，充分发挥北纬33。的特殊影响，全力挖掘和培育洋河的酒文化。将原有的“罗氏糟坊”改造成了古洋河人生活和酿酒的展示区。如果口渴了，可以随意掬一口深藏在地下一百八十米的“美人泉”水。这个水的确有些与众不同，口感甘甜饱满，汇集成塘的水呈天然的湖蓝色，清澈明净，晶莹剔透，极像是九寨沟“长海”的湖水，阳光下散发着一种神秘的、幽静的蓝色光晕。圣洁的“梅香”提壶伫立于一潭碧水中，昨日的佳话酝酿出了天下美酒，就连这里的空气都是醇香醉人的。“梦之蓝”中央酒区、酒文化博物馆、百年酒窖、美人泉、自助酿酒车间、米市街、名人故居等项目均具特色。2006年，洋河酒厂成为了全国工业旅游的示范点。

“三”在中国是个非常重要和特殊的数字。易学的天、地、人“三才”与道家的“三生万物”，成为人类思辨的第一个“开始”。古人“三揖”“三让”之礼，“三人行，必有我师焉”“三思而后行”“约法三章”等历史佳话均包含着“三”的含义。“蓝色经典”系列中的“梦之蓝”第一个就是“梦三”（M3），意为人生梦之初发。“六”，《易》卦之阴爻，构成卦象的基本符号。“六出冰花”是指雪的结晶一般为六角形。还有“六腑”“六根”“六甲”“六律”“六亲”“六神”“六书”“六合”等，中国自先秦以来就有崇尚“六”的传统观念，在中国文化中象征着吉祥如意、幸福安康。“梦六”（M6）则蕴含着对追梦者的美好祝福。“九”最初是中国龙（蛇）形图腾化的文字，继而演化出“神圣”之意，是中国人心目中天大的一个数字。九是三的二次方，常表示最多、无数的意思，如“九天”“九盘”“九幽”“九牛一毛”“九五之尊”“九九归一”等。“梦九”（M9）则意为梦之极，蕴含着对圆梦者的无上尊崇！“梦之蓝”时尚的外表，绵柔的品质，铸造了一种精神梦想的追求。2016年，从杭州G20峰会到乌镇世界互联网大会，“梦之蓝”在众多国宴场合屡次代表国家出镜。2017年5月，“一带一路”国际合作高峰论坛在北京召开，一百三十多个国家和七十多个国际组织一千五百多名代表出席了本次高峰论坛，“梦之蓝”又一次赢得了世界的瞩目。

酒，是男人的风骨；酒使人激情豪迈、热血沸腾；酒让人意气风发、斗志昂扬。品一口72°洋河原浆，似乎被一股暖流瞬间融化，绵柔香浓的酒体更是让人难以割舍和忘怀。问世间酒为何物？那是太阳的光热、大地的肥沃和雨露的滋养，乃天地之精华！几多欢喜、几多悲伤、几多酣畅、几多梦想……只有酒才是永恒不变的“主角”。

灵性的泉水承载着一段段美丽的传说，而勤劳智慧的洋河人打造了一个个不朽的神话！“梦之蓝”，一个世界著名的品牌，它秉承着自己优良的工艺传统、凸显着坚忍不拔的精神气质、凝聚着全体员工的智慧力量，必将乘着伟大的“中国梦”的翅膀实现更快、更高的跨越和腾飞！

2017年12月

永不磨灭的“灯塔”

延安，这个名字，在中国红色革命史上占据着极其重要的地位。最初接触到它，却是在小学的语文课本里一《杨家岭的早晨》，“太阳刚刚升起，毛主席走出窑洞，来到他亲手耕种的地里。毛主席一手扶着水桶，一手拿着瓢。瓢里的水缓缓地流到小苗上。毛主席身边的小八路端着水，望着小苗笑。他好像在说‘小苗啊小苗，你喝了延河的水，长吧，快长吧’……杨家岭的早晨，一片金色的阳光……”

父亲是军人出身的缘故，所以我打小就向往军队，喜欢一身的绿军装。孩提时的我，几乎看遍了那个年代所有的战斗故事片——《地道战》《地雷战》《吕梁英雄》《铁道游击队》《小兵张嘎》《突破乌江》《南征北战》《车轮滚滚》《渡江侦察记》《上甘岭》《英雄儿女》《闪闪的红星》等。那时，自己曾有个幼稚的想法，只要是参军到了部队，就可以去延安，就可以见到毛主席。可随着时光的推移，自己的参军梦终没有实现。渐渐地，像杨家岭、南泥湾、延安等这些神圣的名字也在自己的记忆里慢慢淡去。2011年，恰逢伟大的中国共产党建党九十周年，即墨市文联组织了部分文艺工作者远赴延安开展了“红色文艺采风”活动，我有幸参与了其中。这恰如一石激起千层浪，儿时曾经神圣向往的那些念头重新燃起——这是我与延安注定了的缘分，虽然这一等就是三十年！

一路西行，一路畅怀。当第一次踏上延安这片红色圣土的那一刻，除了内心的激动外，这里竟是一座根植在黄土高原里的现代化城市。整个延安市区沿着延河两岸铺展，鳞次栉比的高楼大厦如雨后春笋般林立，映衬在连绵不尽、高耸巍峨、蓊蓊郁郁的黄土丘陵中，呈现出一派独有的高低错落的城市风貌。天空出奇的蓝，白云拂过山头，一排排、一层层黄土窑洞如同历史的“眼睛”，凝视着延安这片温暖红色的大地，当然还有我这个风尘仆仆远道而来的新人。

我们不是旅游观光团，所以我们不用导游，完全是按照当年中央机关在延安搬迁发展的线路行走。延安的革命遗迹和旧址很多，随处一走，就会有着意想不到的发现和收获。我们住在凤凰山麓下的一个饭店，不远处竟然就是“陕甘宁边区政府”旧址。当年，中国工农红军完成了艰苦卓绝、震撼世界的两万五千里的长征，带着血雨腥风的历练和革命的火种，翻越万水千山，冲破种种险阻来到了陕北，在刘志丹、谢子长、习仲勋、吴岱峰等创建的陕甘边革命根据地会师。第一个落脚点就在这里——凤凰山。党在这里用了一年多的时间，实现了国共两党第二次合作，中国工农红军改编为国民革命军第八路军，实现了土地革命和抗日战争的战略转变，陕甘宁边区政府就在这时应运成立了。环视着这个小小不起眼的院落，斑驳的窑洞门窗，侵蚀光滑的石阶，参天的大树，四周寂静无语……但一种莫名的激动让人血脉偾张！党的《抗日救国十大纲领》和毛泽东那篇著名的《论持久战》就是在这个时期发表的啊！

杨家岭，是党中央在延安的第二个落脚点。也正是我迫切要去的地方。杨家岭是黄土沟壑中的一个村子，但这里的石头山较多，植被茂密，古树参天，给我的第一印象似曾相识——居然有点巍巍井冈的轮廓。首先映入眼帘的是“中央大礼堂”，这里是党的七大会址所在处。里面保留了当年会议的原貌，一排排简陋陈旧的长条板凳显得肃穆而庄严；会标彩旗虽然退却了往日的鲜亮，但真实见证了一个伟大的党和一代伟人们的光辉历程！就是在这个台上，毛泽东做了著名的阐述“愚公移山精神”的讲话。久立瞩目，仿佛还能聆听感受到当年会场上催人奋进的话语和热烈的掌声。一栋小石头房子，就是原中共中央办公厅旧址。门外立着一块醒目的牌子，仔细一看，这里竟然就是毛主席发表《在延安文艺座谈会上的讲话》的地方。这个《讲话》标志着新文学与工农兵群众相结合的文艺新时期的开始。许多作家在毛泽东文艺思想指引下，在塑造工农兵形象和反映伟大的革命斗争方面获得了成就，在文学的民族化、群众化上取得了重大突破。出现了赵树理的《小二黑结婚》《李有才板话》，丁玲的《太阳

毛泽东主席当年的窑洞故居

照在桑干河上》，周立波的《暴风骤雨》，李季的《王贵与李香香》，贺敬之、丁毅的《白毛女》，阮章竞的《漳河水》，孙犁的《荷花淀》等作品。在国统区，党领导下的进步文艺界团结广大作家，发挥了重大战斗作用。如艾青、田间及七月诗派的诗歌创作，茅盾、巴金、老舍、沙汀、艾芜、路翎的小说以及曹禺、夏衍、陈白尘、宋之的、吴祖光的戏剧创作等。直到今天，这个讲话精神一直贯穿在我们所有的文艺工作和创作之中。“双百”方针成为我们文艺工作者至高无上的“法宝”。这个小房子，无疑就是我们此行最重要的一个地方。大家迫不及待地展开了“山东省即墨市文联赴延安‘红色文艺采风’团”的横幅，在这里留下了珍贵的合影。

团在原中共中央办公厅门前合影。左起栾长征、朱凤俊、兰杰、董安荣、作者、初玉成、项在勋、王玉占、马斗进、卜晓宇

毛泽东、朱德、刘少奇、周恩来等老一辈无产阶级革命家的住址，就在半坡上的一排排低矮的黄土窑洞里。窑洞依坡开挖，十分简陋，但独特的土质结构十分坚固。窑洞里只有一桌、一凳、一床而已，再也容不下其他什么物件了。正是在这里、这样的条件下，党中央领导延安军民开展了轰轰烈烈的“自力更生、艰苦奋斗”的大生产运动。通过这一系列的延安整风和大生产运动，使党的风气和威信得到了进一步纯正和改善。走出窑洞，举目搜寻，我在找，在找一块沁润心中良久的田地！果然，在离毛主席窑洞不远处的坡下，有一小块不足半亩的菜地，里面长着各种时令蔬菜。菜地中竖立着一块醒目的牌子——“毛主席耕种过的菜地”。找到了！正是这里啊！此时此刻，面对群山环抱、黄土窑洞和生机盎然的菜地，真是感慨万千！何谓圣地？不正是这样一块块贫瘠的土地，养育了无数的革命志士！孕育了新中国的诞生！土窑洞里飞出了鲜活的“马列主义和毛泽东思想”！

枣园，是党中央在延安的第三个落脚点。当年的共产党人又称它为“延园”——延安的园林。充分体现了共产党人艰苦奋斗的革命乐观主义精神。枣园，顾名思义，有枣、有园，但还是窑洞。只是比起杨家岭来说，这里的地势要平坦开阔了许多，窑洞建得也较为宽敞了。这里的大树、古树很多，鸟语花香，空气清新湿润，显得幽静而空灵。就是在这里，党中央领导了全国抗日战争，并取得了最后的胜利。还是在这里，党为粉碎国民党反动派发动的全面内战做好了充分的准备……历史早已载入了史册，而枣园依然静静地守候在这里。日出日落，枣园里早已不见了当年的“老八路”，却迎来了一批批、一茬茬“红小鬼”。土布衣、千层底、小米粥已是脑海里的追忆了，取而代之的却是西装革履和汉堡包。园门外的红枣店比比皆是，形成了一个庞大的批发销售市场。游人穿梭其间，可以随意品尝粒大饱满的“狗头枣”，临了，一定还会挑选上一大堆这样的延安特产。时代在变迁啊！深深吸一口枣园里的空气，里面透着丝丝红枣的香甜。这种香甜，是红枣的，是延安的，更是历史的啊！

于延安宝塔处

最后的行程是宝塔山，这原是一处佛家圣地。宝塔历经岁月的沧桑侵蚀，显得斑斑驳驳，但更像一位精神健硕、身板硬朗的老人，那么稳健、那么安详。因为有了这段红色的革命历史，宝塔俯视见证了中国共产党人艰苦卓绝的丰功伟绩，已成为延安和延安革命精神的一种象征。登上宝塔，延安、延水尽收眼底。延绵不绝的黄土高原如浩渺的山海叠嶂起伏、澎湃汹涌！神州大地正扬起高高的风帆，乘风破浪，继往开来！巍巍宝塔恰似这群山、群海中的一座永不磨灭的“灯塔”！那首经典的革命老歌重新响彻在耳畔——

你是灯塔
照耀着黎明前的海洋
你是舵手
掌握着航行的方向

伟大的中国共产党
你就是核心
你就是方向
我们永远跟着你走
……

2012年6月

附录

关于我已出版作品的《序言》和《书评》

犹之惠风荏苒在衣

行云流水自然来——读孙诚长篇小说《真爱烹得云水长》之感

撼动人心的真情恋歌

在《真爱烹得云水长》作品研讨会上的发言

那片海，那些人……——读《紫贝壳》随感

海风浸润的恋歌

我们拥有两座同样可爱的即墨城！

循着心境边走边唱

大美『红月亮』——《红月亮》读后

在《红月亮》首发签售会上的发言

犹之惠风荏苒在衣

胡林

冬季的济南北风萧索，泉水清冽。时光如水，流逝无痕。在这个季节阅读小说《真爱烹得云水长》，自然与人生和谐融合，理性和情感蕴含天地。人物塑造自然典型，创作方法严谨写实，人物精神拓展丰富，主题思想积极向上。小说描写了一对年轻人青春爱情理想，呼唤了现代背景下对真挚可贵的爱情渴求，同时抒发了对亲情友情的真诚礼赞，表现了比较广阔的社会生活画卷。作家在小说艺术构思、叙述节奏、矛盾设置、人物塑造、情节发展等别具匠心，行云流水，跌宕曲折。既有对传统文学创作方法的继承，又有现实主义文学手法的借鉴。小说创作意旨、文学意义和审美理想具有不可否认的价值，表现了作家较高的审美能力和创作水平。

唐朝诗论家司空图这样论述文学作品的品格："素处以默，妙机其微。饮之太和，独鹤与飞。犹之惠风，荏苒在衣。阅音修篁，美曰载归。遇之匪深，即之愈希。脱有形似，握手已违。"这是小说给读者的审美感受。

在这部小说里，作家饱含了真诚的情感写作，思想融入作品，与人物一起悲欢离合、喜怒哀乐，作品人物性格鲜活，故事情节生动，仿佛发生在我们身边。即使虚构的情节也令人感到真实可信，因为作家有着丰富的生活阅历和情感体验。这部小说，虽不能从文学经典的标准审视文本价值，但其文学性体现在对不同人物命运和生活遭际的切实关注，表现了作者较高的文学审美能力。其人物的典型性格，故事情节的巧妙转换，典型环境的写实描绘，心理冲突的细致刻画，跌宕起伏而又朴素自然，给读者以深刻的感染。文学即人学，以塑造典型形象再现人的本质，给人们潜移默化的道德教化、思想影响和精神滋润。在生活方式多样化、价值多元化的当下，不能苛求文学作品都要具备深厚的思想内涵和人文价值，不能苛求作家都要成为大家。只要作者的创作态度严肃，作品思想内容积极，人物性格丰富，能激励人们的意志和情感，净化思想领域的阴霾，摒弃人性的自私冷漠，

就要充分肯定。

在这部小说中，作家对人物人性进行了具体表现。人的本质可以分为“一般性质”和“每个时代发生变化的人的本性”。具有强烈感染力的作品，通常或多或少传达着一些“人的一般本质”所具有的共通情感。小说人物明皓、方晴、亚娣、奶奶等，都有不同的性格特点。他们性格的优点和缺点不同，但都有一颗向善的心。解读这部作品中人物不同的性格，相近的结局，证明爱情、亲情和友情是幸福人生的根基。文学作品得到读者认同，重要原因是它体现了人类共同的价值追求：热爱生命、尊重个体、向往美好社会和进步人生。人生幸福何谓？爱情意义何在？理智和情感之冲突何处？阅读这部小说，能给读者很多人生的教益。在关注小说人物的命运时，读者的人生观、价值观、事业观会趋向成熟理性。

回溯小说故事，明皓和方晴经过一番风雨终成眷属；鼠标和亚娣感情融合成为一家；方晴父母良心发现，回归生活，如何面对方晴的质问？明皓和方晴的事业和爱情如何协调？在人生的天平上，事业和爱情如何调整？爱情是人生的唯一？单是关注个人情感，若局限于自我天地，没有社会奉献，人生价值是否轻微？方晴回归正常的生活，将会面临怎样的心理斗争？人物在生活的导演下，怎样发展更加饱满的真实？读者化身小说中的不同人物，人生将会怎样？生活是严肃的，情感是高尚的，人生不能游戏，事业体现价值。作家运用了细致的心理刻画，真实的环境描写，精巧的艺术结构，高潮来时戛然而止，言有尽而意无穷。审视作家的文本贡献，可见其良好的文学价值观。作为读者的精神食粮，可显其对人生道路的有益参照。能揭示有价值的社会问题，是优秀作家的普遍特质。这部小说反映了现今时代的爱情、友情和亲情，刻画不同人物的个性，让读者与人物一起欢笑和感叹，可见作家把握现实生活的广度和透视生活的深度。作品充满了对人的关怀，没有猎奇玄异，不是哗众取宠，反映现实，揭示矛盾，崇尚理想。不同的作家思想有深浅，形式有简繁，态度有宽严，但作品能最基本地真实地反映和把握人的命运，点燃人的理想灯烛，让光明驱走黑暗，让温情融化坚冰。古希腊哲学家苏格拉底认为，未经考察之人生没有价值。人生需要审思以启蒙理性，而这部作品人物的人生命运，给人们提供了典型的标本。

孙诚是来自即墨的一位青年作家，名如其人，文如其人，儒雅谦和，明朗坦诚。即墨处东海之滨，自古为形胜之地，历史悠久，文化灿烂，人杰地灵。史书赞曰："其地三面濒海，右伏马鞍，北至灵山，二崂拱其南，天柱维其东，形胜为东方冠。"又曰："其山崔嵬而嵯峨，其水汤汤(shang)而扬波，其人磊磊而英多。"作家生活在这丰饶的土地，坚持文学理想，继承了优秀的文化传统，秉承了良好的家庭教育，辛勤耕耘，悉心创作，潜心磨砺，深入生活，不浮躁，不虚华，在紧张忙碌的工作之余，多年来创作和发表了大量的诗歌、散文、随笔和报告文学，是十分可贵的。而这部小说作为作家迈入的新领域，创作上有值得称道的成功之处，可见其创作潜质和文学才华。作家静水流深，创作远景可期焉。

文学艺术的巅峰永无止境。文学作为语言艺术，内容决定形式，思想高于技巧。朴素永远是文学的特质，简洁始终是文学的灵魂。思想朴素无华，人物感人至深，是一切优秀作品的特点。在新的基础上，作家需要再接再厉，严格艺术标准，不断提高思想修养，充实文学学养，丰富艺术素养，其文学之光将更熠熠生辉。同时，还要深入对文学大家学习请益，广泛阅读经典名著，学习不同创作方法，深刻把握社会规律，对提高创作水准大有裨益。不仅要继承中华文化的优良传统，还要善于借鉴吸收世界文化精华，把个人审美取向融合于社会发展潮流，不断创作出精品佳作，以建设中华民族共同、共有和共享的精神家园。只有创作出蕴含深厚民族优秀传统和精神品格的文学作品，才能成为经典。

清代诗人袁牧赞大树云："繁枝高拂九霄霜，荫屋常生夏日凉。叶落每横千亩雪，花开曾作六朝香。在文学创作的道路上，祝愿作者也能像家乡"特有的耐冻树那样，不惧风雪严寒、四季常青、绿荫如盖、繁花似锦、香远溢清、蔚然成林、勇领风气的优点，能最先报得大地春来的消息。

2008 年 12月 26 日

注：胡林，男，山东省作家协会机关干部。曾在即墨生活和工作过。《真爱烹得云水长》2008年12月由中国文化出版社出版发行。此文为该书《序》。

行云流水自然来

——读孙诚长篇小说《真爱烹得云水长》之感

董安荣

我自觉着在即墨的文艺圈子里有几个可心的比较年轻的朋友，孙诚就是其中之一。起初，是从文字上认识他的，孙诚的书法很帅。年前文联组织编写《决战2008》一书，孙诚分写了《大爱无疆》和《生命洗礼》，我发现他写文章也不是赖手。我曾求过他的字，他很认真地写好送给我。那幅字是四句佛家偈语，主旨似乎是“佛念源善念，禅境生心境”之意。日前，他又送给我一本他写的书，水舒云展的封面上有一行字：真爱烹得云水长，令我想到了那几句佛语。翻开，竟见到了给我书写的那幅字。回家后我就钻进了小说里，不久便结识了几个可爱的年轻朋友——小说里立起来的几个鲜活人物……

小说《真爱烹得云水长》（以下简称《真爱》）里塑造的人物，都是活生生的艺术形象，尽管这个“活”的程度有所不同。一正气睿智而又英俊潇洒的明皓，秀雅聪慧而又多情善感的方晴，开朗奔放而又天真泼辣的“多大事”亚娣，活泼幽默而又率直能干的“没的说”鼠标，仪表心理，言语举止，音容笑貌，都活灵活现地浮现在我的面前。几个年轻的主角是活的，其他次要人物的形象也是毫不逊色，各有各的形象个性。尤其是奶奶，善良宽容而又颇有风趣，确是可敬可亲可爱，读之使我想起我那逝去的善良慈祥的姥娘。以爱情为主线的小说，有不少通常是靠那些跌宕离奇的情节，来炮制情生情死效果以“捏造”人物，竟也能使某些“追情族”们跟着啼笑生泪死去活来。这类作品，无论是小说或是电视剧，我读之、观之总觉着矫揉造作假而不真，里面的人物只是些标签或幽灵罢了。《真爱》里面的人物，读之使人没有这种感觉，至少我没有。作品里没有什么惊天动地、大起大落的离奇情节，只是活动在平平凡凡的日常生活里的一群平平凡凡的人，那事那情像我们每个生活着的平常人经历过经历着的一样，自然而然地想着做着说着吵着快乐着烦恼着。随着一幅幅生活画面的附铺展，他（她）们的形象自然而然地跃然纸上，活活脱脱，不知不觉地活录在了读者心里。

文学是人学。一部小说尤其是一部爱情主题的小说，能在平淡无奇的日常生活的描述中如此准确、细致地把握、刻画、塑造人物，是难能可贵的。这种功夫，《红楼梦》已达到登峰造极的境界。《真爱》是孙诚的处女作，首次“生产”就捧给了我们一群如此鲜活的艺术生灵，可谓出手不凡也。我觉着，这是《真爱》的最大成功之处。

进入《真爱》，似乎被一团蒸腾的热浪和明朗的色彩融成的欣欣然的氛围缠裹着、浸染着。这种可以神会难以言传的氛围是作品从总体到个体的“肌体”上不断散发出来的一股文学艺术气息——时代气息。《真爱》具有浓郁的时代气息，这是其区别于任何一部同类题材作品的“基调”和“底色”。在城乡接壤的某一时空交汇处，有那么一个游泳馆、海鲜馆，一帮年轻人在创造着、经营着美体健身、美食养生事业。这是《真爱》选择、营造的生活、工作环境、领域。这样的环境、领域构成的文学“元素”，是在经济、社会迅速发展，人们的思想观念、生活质量达到一定程度时才出现的时尚“元素”。这些东西，以前我们没有，或者少有，现在有了多了，而且方兴未艾，大有迅猛拓展之势。这就是《真爱》给我们提供的人物活动的主要环境。生活在“这一环境”中的人，是一群与古人与常人相同而又不同的人；他（她）们身上闪耀着时代精神的光芒。尽管他们的相貌、个性各异，但都富有进取心，都很自信，都执着地凭自己的智慧、劳动创造着、实现着自己的需求、理想，没有官本位，没有铜臭气；他们都有情有义，敢想敢说，敢爱敢恨，敢作敢当，没有虚伪狡诈，没有虚情假意。他们的爱情，虽说也难脱“一见钟情，忠贞不渝”窠臼，但内容和形式都是充满了现代味儿的。在《真爱》里，从环境到人物精神世界、爱情观念等各个方面透露出来的现今时代的各种信息，自然而然地构成浑然一体的特定的时空信息，以整体的文学因素感染着、影响着读者。这种特定的文学时空信息，是时代发展潮头的浪花，是历史进步强光的折射，是生活主旋律鸣响的余音。在我们的《真爱》里，便是读者所能感受到的那种自然的、浑厚的、强烈的时代气息。我甚至在想，作者大概拥有这样的环境、朋友，拥有这样一个明亮的世界。我也有不错的环境不错的朋友，但在我这里生出来的只是书酒茶味弥漫的坐而论道和以此为凝重色彩绘成的

邃远的古画。我喜欢作者拥有的明世界，我相信年轻的人们会更喜欢这个世界。

还值得称道的是，初出茅庐的《真爱》，在艺术技巧上显得有几分老到。人常说文无定法，但这绝不是说文章可以不循规律地胡乱拼凑，随心所欲地胡说八道。小孩在宣纸上顿一锭墨可以成就一幅画，大人认真写一本子字却不一定是一篇文章。作文，一些必要的手段是非学非用不可的。

《真爱》里，作文者们常用的许多文学手法，在作者那里似乎得心应手，如对比、误会、巧合以及铺垫、烘托、埋伏、悬疑等作文法，在作品里都得到了恰到好处的运用，大有游刃有余之境界。这方面的例子，作品里俯拾皆是，无须笔者赘述，有兴趣的读者，不妨自己钻进去领略一番，一定会大有收益的。

寸有所长，尺有所短，大凡事物难得一个圆满，也无须非去弄一个什么圆满。艺术的完美，在于不完美，要不为什么让维纳斯当美神呢。《真爱》也有某些美中不足，从主题、生活到语言。爱情是人类文学的一个永恒主题，一千种作品有一千个写法，但能留下点永久性历史文学价值的，似乎都是在“一见钟情，忠贞不渝”形式内容的背后还“揭示”了点极有价值的“什么”，就这点而论，《真爱》在主题思想的熔炼、开掘上似乎还有进一步探究、拓展的空间。小说的语言清新流畅，无可挑剔，但因此也就缺少棱角，形不成作者自己独到的、本色的、独特的语言风格。生活是立体的、复杂的、丰富的真善美与假丑恶的复合体，体现在文学里的“生活”也不应该是单调的平面。《秦腔》之所以是《秦腔》，一个重要的方面就是因为作品反映了生活的本质。我们不是文学“大家”，但年轻人应该敢想、敢争、敢当“大家”。想当将军的士兵是好士兵；想拿大奖当“大家”的作家是好作家。一个好服装师，不能仅仅满足于创造一套漂亮适用的流行时装，而且要创造一套漂亮适用而又能登模特大赛、留下历史艺术价值的经典流行时装。前者叫“师”，比比皆是，后者叫“大师”，凤毛麟角。上面这段“挑剔”文字，是期望“师”成为“大师”，“家”成为“大家”，尽管我自己没有这个欲望和本钱。

十五章、四十二节、十几万字的《真爱》，是一部不错的小说，是一部在即墨多年来难得一读的优秀的长篇爱情小说。像我这样感情干瘪的老年人都愿意看，年轻人就更不用说了。我真的希望有更多的人来共享这个“明亮世界”带给我们的快乐！我相信会有更多的人喜欢《真爱》。这里，套用书前书法佛语的格式诌了四个句子，作为阅读本书心得体会的结尾吧：

真爱用心烹，融入云水中；云舒意境远，水到渠自成。

2009 年 10 月 26 日

注：董安荣，男，青岛即墨人。山东省作家协会会员，中国报告文学学会会员。曾任即墨市委研究室主任兼市体改委主任、即墨市报社总编辑兼社长、即墨市文联主席兼党组书记等职。著有文学文艺作品集《槐木锨楔》《山雨》《满月儿》《董安荣戏剧选》《画眉舌头》等。

撼动人心的真情恋歌

朱凤俊

如果不是与作者孙诚相识，我很难相信《真爱烹得云水长》（中国文化出版社出版，下称《真爱》）竟然是他“居心炮制”的长篇处女作。当我怀着审视的心理细细地读完之后，对作者别具匠心的艺术构思和作品独到的文本价值不得不从内心里折服。

小说以游泳运动、海鲜烹饪为主线，描述了几对年轻人在当代城市背景下对爱情、理想的追求，同时抒发了对亲情、友情的真诚礼赞，表现出较为广阔的社会生活画卷。与众多反映青春爱情题材的作品不同的是，《真爱》摈弃了对一般悲欢离合的萦绕和对离奇情节的追求，完全采用严谨写实的创作手法。作者按照行云流水般的情节设计，将几位生活在真实环境里的人物“和盘托出，如实照录”，并让这些个性鲜明的人物顺其自然地跃然纸上，不知不觉地走到读者的心里。

可以看出，这位擅长写情感散文的青年作者，全然是在饱含真情地创作他的《真爱》。作者仿佛已将身心融入所刻画的人物之中，与人物一起喜怒哀乐，共同承载命运的遭际。他以自己惯用的抒情式文笔，沿着写实主义方向努力辟出一条与浪漫沟通的蹊径，并通过巧妙的剪裁与细腻的针脚，将几个青春爱情故事编织得富有动感和诗意。正气睿智而又英俊潇洒的明皓，秀雅端庄而又多情善感的方晴，开朗奔放而又秉性泼辣的亚娣，活泼诙谐而又率直能干的鼠标……作者笔下的人物个个都鲜活得触手可及，让人无法找出任何“人为”的痕迹。明皓和方晴经过一番风雨终成眷属，鼠标和亚娣惺惺相惜成为一家，方晴的亲生父母良心发现回归生活……作者通过一系列真实细节的精美呈现，让作品中人物性格的转向或行进都沿着一条自然的途径最终走向艺术的完美。

小说的创作无疑属于心灵范畴的工作，是一种在生活过程中密集进行着的高度技巧的劳动，一部好的作品往往是作者各种心力要素的共冶一炉。

在《真爱》中，语言不再是刻意设计出来的华丽衣饰，而是能够吸收我们的汗水和生活气味的衣服。所有细节也绝非在作品中生硬的安插，而是自然有序地占据它们应有的位置，就像是从作者的脑中直接跳到作品中去的。情景描写更是恰到好处，它依照情节发展的自然规则有序显现，一旦被意识或情感激活，就立刻化作精美和谐的文字。

总之，《真爱》并非一般的言情小说，它就像一首撼动人心的真情恋歌，是一部很耐读的作品。

2009 年 6 月 4 日

注：朱凤俊，男，青岛人。大学学历，主任编辑，供职于即墨广播电视台。兼任青岛即墨区作协副主席、区文联文艺期刊责任编辑等。先后发表各类原创作品三百二十万字，获奖百余项次，著有纪实文学及散文集《腾飞之龙》《丰碑》《人生的正数》与《民间工艺》《国学与企业·仁爱篇》《创智之路·创智蓝图》等。

在《真爱烹得云水长》作品研讨会上的发言

孙诚

尊敬的各位领导、专家教授、朋友们、来宾们：

上午好！对于大家能在百忙中抽时间来参加这个研讨会，我以及我的家人向你们表示衷心的感谢和热烈的欢迎！

刚才，各位领导和专家们围绕小说本身及我个人的文学创作谈了许多中肯的意见和建议。真诚的话语、殷切的期望给予了我无比的信心和动力。同时，也由衷地感觉到作为一名文学初学者还有许多不足和有待提高的地方。

下面，围绕着这些年来的文学创作，向各位领导和专家们汇报几点自己的心得体会，恳请各位领导、专家教授们批评指正。

我是喜欢绘画艺术的，所以上学的时候最终选择了美术专业。但也就是从那时起，自己竟不知不觉地喜欢上了文学方面的东西。当时，除了美术专业课的学习，语文课王实业老师特意给我们增加了古文的课程量。他的本意是想让我们多从古人的美文中汲取意境和灵感，帮助我们提高绘画技能，特别是针对中国画。这些良苦的用心，果真是见到了成效，不但开阔了我的绘画视野，而且还让我无心插柳地喜欢上了文学。这真的是一个额外的收获！

艺术的门类千差万别，但其共性竟是相通的，甚至可以是相辅相成的。参加机关工作以来，自己所学的美术专业几乎搁置了起来，便整天跟文字打起了交道。严格地说，公文算不上文学的范畴，但毕竟要求更精准的语言和语法，两者是有关联的。所以工作之余，除了练字、读书之外，自己尝试着写一些杂文和随笔。最初的写作只是源于一种情感的宣泄，谈不上什么技巧和技法。但我尝试着“以字代笔”的方法，就是以文字当画笔，来描绘一幅文字的“风景画”，特别是在写一些游记类的散文，十分有益。写得多了，偶有几篇见于报端杂志后，业余的写作竟成了自己潜移默化的又一个兴趣和爱好。这期间，我便得到了在座的许多领导、前辈和朋友们附的关心与帮助，从你们那里学到了许多优良的人格品质和文学态度，自己录深感受益匪浅。

《真爱烹得云水长》的创作确属偶然，个中原因在小说的《后记》里有详述，在这里就不再赘述了。想补充的是，这个故事在撰写之初，我便刻意地尽量减少“白描”的写作手法，用了大量的人物对话。这种考虑只是想尽可能地淡化笔者叙述的痕迹，让书中的人物自己在故事里活起来，让人物牵着故事的脉络发展，以此来展现故事的真实性和画面感。

创作一部小说，必须要有丰富的社会生活作基础。文学来源于生活，高于生活，又作用于生活。生活中的事实不等于艺术的真实，文学可以比普通实际的生活更集中、更典型、更带普遍性。鲁迅先生曾经说过——“艺术的真实非即历史上的真实……而创作则可以将两者缀合抒写。只要逼真，不必实有其事也。”当然，要具有丰富的社会生活，不一定要求作者必须什么事情都去亲身体验和感受。但遇到自己不熟悉的行业或工作细节的时候，就必须要去采写了解，还要查阅大量的资料文献，以求甚解。好在我们正处在一个网络飞速发展的时代，大量的专业知识可以共享，只需电脑上轻轻一点，无所不及。举个例子，我本身是不会游泳的，对专业的竞技游泳更是知之甚少。但这并不妨碍我去写游泳。在这本书中大量的游泳技术和专业术语等，大都是从网络上了解到的。所以，这本小书的撰写，除去构思设计的时间，真正动笔算来，夜以继日地大概用了 3 个月的时间就完成了。正因为这是我的第一部小说作品，所以还有许多差强人意和自己力所不及的地方。如，在文学语言上、思想深度上、情节的叙述上还有很多的不足。刚才，聆听了这么多领导、专家教授的点评，使我受益匪浅、茅塞顿开。相信存在的这些问题和不足，会在我今后的创作尝试中逐渐加以提高和改进的。

文学是反映和描写社会生活的，而最终是刻画人物和人性的。即便是小说中对自然的景物描述，也是人们生活的一部分，是“人性化的自然”。青春易逝，岁月易老。青春或正在当下，或已变成回忆。当发现青春的美丽与珍贵时，往往它已悄然离逝，但每个人都曾真实地拥有。青春、爱情是人生永恒不变的话题。所以，今后一个时期，我将围绕这一主题，继续创作一些反映新时代下年轻人的爱情、志向、人性等青春故事。

借此机会，顺便向各位领导、专家教授们汇报一下。目前，我正着手

创作着一部新的长篇小说，题目暂定为《紫贝壳》，依旧是反映现代都市的青春励志和爱情故事。这个故事完全以当下青岛的真实场景为故事背景，以卫生医疗为故事主线，反映现代医疗改革下私立医院医护人员的“三观”理念与情感故事。这个故事预计三十多万字，现在已经完成了前面九章的内容。这个故事设计的人物、故事情节更多，是非曲直、利欲善恶、冲突矛盾将更为复杂。届时完稿后，还想烦请各位领导和专家教授们指点斧正！

各位领导、各位专家教授、各位朋友来宾，为了这本小书，让大家放弃了自己的休息时间，风尘仆仆，远道而来。惴惴不安的我更是诚惶诚恐，于心不安了。为了这个研讨会的如期举办，省作协、青岛市作协、即墨市文联、即墨市作协的领导和同事们给予了很多的关爱和支持。另外，鳌山卫镇党委政府、鹤山风景区管委会、青岛红纺制衣有限公司为这次会议的顺利举办提供了大力的支持。在这里，请允许我再次向你们表示最诚挚的感谢和敬意！

最后，值五一国际劳动节来临之际，祝你们节日胜意！阖家幸福！谢谢大家！

2009 年 4 月 26 日

那片海，那些人……

——读《紫贝壳》随感

董安荣

跟着《紫贝壳》马拉松式地慢跑着，逐渐融进了一片五光十色的海域，结识了一些栩栩如生的人物，内心止不住地跟着激动着、感动着……

那片海域，其实就是我们自己天天年年生活在青岛、即墨的那片海域。只是我们似乎并没有感觉到，就如天天喝水喘气，却并没有感觉到水呀气呀的宝贵与美丽。但在《紫贝壳》里感觉到了，我们生活着的地方竟然是那样的富有特色和魅力！蓝天碧海、红瓦绿树的世界里，无论是春风艳花还是夏雨惊雷，无论是秋叶残霜还是严冬飞雪，都是那么令人悦目而神往。那热烈激荡的岛城国际啤酒节，即是我这个从未光顾过的人也能在书里如身临其境之中。道教名胜鹤山风情，历史孤古岛田横岛，现代化的市场群落，风光旖旎的滨海风光……在文学作品的大千世界里，在《紫贝壳》的这一隅空间里，是实实在在属于我们青岛即墨人的。

在《紫贝壳》里，我被一些陌生而又熟悉的人物包围着，与他们相互交流共同呼吸着，被他们的起伏跌宕的命运牵动着。这些新结识的人物似曾相识。哦！对了，好像是在《真爱烹得云水长》里结识过。不过那些人似乎是生活在一个云水悠悠的世外桃源里，与其相比，《紫贝壳》里的人生活在现实中，生活在我们这个环境里。他们就在我们中间。他们是一群用青春编织生活的热血青年。他们当中有好人，也有不好的人，但这些人都能让人过目不忘。不知哪位哲人说过，人分四等：损己而利人者，圣人；利己亦利人者，好人；利己不损人者，凡人；利己而损人者，坏人。《紫贝壳》中各种人物都有，似乎比《真爱烹得云水长》的“净好人”更丰富了些，更真实了些。我特别喜欢那个圣女般的女主人公周雅文，漂亮、文雅、善良、睿智、执着……几乎集中了人性中的所有真善美，简直是一个完美无缺的完人、圣人，这样的人在我们的现实生活中再多一些那该多好啊！

还有那个“跟屁虫”，敢爱敢恨，疾恶如仇；还有那几个耿直强悍的年轻小伙子，虽是性格各异，却都是有棱有角，爱憎分明，率直爽快，不失为山东大汉味颇浓的热血男儿。我们的朋友在书里，我们的环境也在书里，作为青岛即墨人，我为此而感到自豪，也为此而感谢作者。

与《真爱烹得云水长》相比，《紫贝壳》干预生活的力度和深度明显加强。这是作者在文学创作道路上的极有意义的探索和进击。书中围绕着看似平常实则与人们生命健康息息相关的“SM、XM及GLQ”药物为线索，展开了周雅文、陈海滨等与刑亮、李建利等的矛盾冲突，披露了一个在医药界旷日已久的“潜规则”内幕，揭示了在医改大潮中的人性与兽性、德与利的尖锐对立、生死搏斗。正义，在不设防中一时被暗算，被围困陷害，危机四伏；邪恶，在算计中一时得势、得利、得意，弹冠高歌。最终，真金不怕火炼，正义终于战胜邪恶，人性的真善美宣告胜利，坏人理所当然得到了应有的下场，读者扬眉吐气、人心大快。然而，掩卷沉思，似乎又很难持久地高兴下去，小说中的刑亮、李建利之流是罪有应得了，可现实生活中的刑、李之徒呢？毕竟，现实生活中的周雅文太少了，而刑亮、李建利者们又太多太多了。

《紫贝壳》中时隐时现的那个紫贝壳，是书中主要的情节线一爱情线的寄托物象征物，既是作者匠心独具巧妙构思的产物，也是源于生活的原始信物，既有坚实的可信性，又有超然的象征性。一枚小小的紫贝壳，凝结着时空磨砺的浓重的沧桑感，闪烁着人工雕琢的艺术美感，凝聚着自然美、心灵美的复合元素。虚无缥缈的爱情，被一枚小小的紫贝壳物化了、形象化了。在这个小说里，紫贝壳真是个好东西，用它来做书名，那是再恰当不过了。

我喜欢《紫贝壳》；我喜欢读《紫贝壳》。人老了，多在老年人当中转悠，和青年人的接触越来越少了，似乎已经远离了喧嚣的时代而远隔尘外。读《紫贝壳》，使我走进了年轻人的圈子，感觉与时尚现实的社会距离拉近了，暮气也便少了一些……

我相信，会有更多的人喜欢《紫贝壳》的。

2013年5月4日

注：《紫贝壳》2012年9月由青岛出版社出版发行。

海风浸润的恋歌

朱凤俊

魅力青岛，浪漫滨城。伴随海风浸润的万般风情，几位年轻人依照各自的心路，走过不设防的青春季，演绎了一段段耐人思索的恋歌……孙诚新著的长篇小说《紫贝壳》正是以巧妙的构思和欢愉的文字，为读者制造了连续阅读的冲动。

成功的作品大都取决于奇妙的艺术构思，而奇妙的构思就像撕破生活晦涩暗淡浓雾的一道闪电，或像一束照亮眼前生活的火光。这部作品选取了当下医药改革的社会背景，通过对医药界旷日已久的“潜规则”的展露，揭示了不同人物在特定环境下表现出的人性善恶。对于小说中的人物，作者并不是随意强加给他一种想当然的命运，而是让他按照合乎事实的逻辑去承载自己的命运。人物性格的转向或发展，也都是沿着一条自然的途径走向艺术的完美结局。毕业于医学院的周雅文，同闺蜜陆菲儿一起考取了一家实力雄厚的民办医院。雅文的前男友刑亮受私利驱使，很快就傍上贝瑞医药公司老板的女儿黄蓓蓓。几经周折，聪慧善良的雅文便与倔强任性的“富二代”陈海滨萌发恋情。与此同时，活泼率直的陆菲儿也跟自己的学长马晓明私订终身。然而，他们的爱情根基并不稳固，加之张凯的明撤暗追，以及黄静蕊的留学归来，更让他们的关系显得扑朔迷离。

任何一部好的作品，都应该是作者各种心力要素的共冶。细心的读者不难看出，作者对《紫贝壳》的创作，是全身心融入生活的。作品中的细节，大都来自于作者的亲身经历和诚实观察，来自于生活本身所带给人们的身心沉醉和灵魂扩张。伴随故事的展开，细节便自然而然地按照秩序占据它们应有的位置，它们仿佛是从作者的脑海中直接跳到作品中去的，并围绕着作品的主旋律而各司其位。

《紫贝壳》是作者孙诚继《真爱烹得云水长》之后，倾力推出的又一部都市爱情题材的长篇作品。与前一部相比，《紫贝壳》的写实手法更为

娴熟，艺术表现力更加出色。作品中的周雅文是作者刻意塑造的主要人物，在对其成长心路的叙写中，作者并没有按照顺风顺水的简单法则设计她的人生走向，而是让她在真实的环境里发展自己的性格。透过雅文温良贤淑的表面，作者还剖析了她的爱出风头、我行我素，以及对爱情不专一等人性弱点，让其在身心俱伤的惨痛教训中“思考成人”。在陆菲儿、黄蓓蓓两个次要人物身上，却有着敢于担当、对爱情坚贞不渝等性格亮点。

一部书就是一个世界。通过《紫贝壳》这部书，读者不仅品读到耐人寻味的故事，而且还熟知了一座城市的自然与人文。青山绿树、碧海蓝天、红楼映翠、飞阁回澜……真实的画面，鲜活的情景，让人恍如身在其中。恰当的情景描写，为凄美的故事无形中着上灵动的意韵，进一步彰显了这部写实作品的文本价值。

2013 年 2 月 18 日

我们拥有两座同样可爱的即墨城！

董安荣

尽管我不是个地道的即墨城里人，可即墨城毕竟也是我的故乡（从现在意义上讲，通济街道属即墨城区，我祖籍通济街道的下泊村，如此说来自然应该是“地道”的即墨城里人了）。

自20世纪70年代开始，我在县城里几经搬迁，多次易居，先住县文化馆、老县衙旁、燕儿湾、五福巷，尔后住府北街，直到现在的新府花园。粗略一算，我和家人在即墨城已经住了40多个年头了。这大半辈子，可是我人生难得的黄金时代啊！这期间，在城里先后建立起来的人际、世情等一系列的现实关系和环境，在我的人生旅途和记忆长河中都留下了深刻的印记。忽然有一天，那个再熟悉不过的环境及建筑从眼前一下子消失不见了，这心里啊，说不出是一种什么滋味……

即墨老城区的改造规划蓝图早已耳闻目染，活跃在心，美好前景肯定是青出于蓝而胜于蓝，不久的将来在城区旧址上必定会升腾起一个灿烂辉煌的壮丽梦境。这已是毫无悬念的。人们为此而鼓舞而激动而企盼而向往，我也是毫不例外。然而，感动之余仍残留一丝惆怅——“那城、那街、那那事”是永远永远消逝了！

此时此刻，文友孙诚捧来一本名曰《街里旧事》的样稿，嘱我为其作我的眼前顿时为之一亮，心头为之一振，居然一口气拜读完了这部大一股欣喜充实的满足之感油然而生！谁道是“无可奈何花落去”，这不就是“似曾相识燕归来”嘛！

《街里旧事》（以下简称《街》填补了即墨城人心灵上的一处空白，缺憾。《街》来得真是时候啊！

《街》是名副其实的精神食粮，名副其实的即墨城人的精神食粮。我 为之拍案叫绝，为之拍手称快，一气呵成写下了这篇谓之为“序”的文字。 一言以蔽之：《街》是一本好书！ 一本融文学性、史料性、实用

性、可读性、精神教化性于一体的图文并茂、情景俱佳的具有较高思想性、艺术性的好书！

即墨城以历史文化悠久而著称。当历史翻到20世纪下半叶，那个步履蹒跚的“封建老人”的背影，逐渐消融在新中国诞生的曙光中。除了史册上的火牛阵、即墨大夫等古人逸事和图册上的黑白照片、景观诗画及少得可怜的志书、古建筑外，再也没有多少可圈可点的东西了。新中国成立后直到现在的即墨城，似乎是一个从孩提迅速步入了青壮年的“现代汉子”。改革开放年代，文化错综交叉，节奏紧锣密鼓，变化日新月异，“现代汉子”成了一个集纳传统、时尚多种元素的复合体。《街》的背景，正处在即墨历史上继往开来，凤凰涅槃的“复合体”的重要关口。这个特殊时段，是《街》的主人们生长生活的时间空间。《街》的作者以其童年、少年、青年的经历、感受和独特的视角，用细腻优美而又深情的文学语言，为我们真实地再现了那段特定时期即墨城的“那城、那街、那人、那事”，引领我们即墨城人重新返回到自己的精神家园。跟随着《街》的一页页生动鲜活的文字、一幅幅极具视觉冲击力的图片，我们走进了那个早已熟悉的老街、老巷、老店和老家，聆听着古老历史娓娓动听地诉说，观赏着各个建筑的具体细节，解读着地方特色的风物风情，触摸着特定时代的社会脉搏，回味着记忆味道的甘甜醇香，领略着无与伦比的人生情趣与艺术享受。《街》为即墨人、为世人绘制了一卷特定时期的、立体的、即墨版的《清明上河图》。

洒洒洋洋数万言、二十篇五十四章、上百幅资料图片组成的《街》，几乎囊括了那个特定时期古城老街的所有主要街巷、建筑原型和世态风貌。其中主要的场所有墨水河、河滩集市、墨河公园、大礼堂、共济桥等，主要街巷有十字街、胜利街、富君庙街、共济街和文富巷等，主要单位有福利社、肉食品部、土产杂品店、百货公司、邮电局、城关粮店、胜利街小学、县文化馆、副食品店、即墨剧院、国营理发店、国营照相馆、酱菜店、县被服厂、县花边厂、城关医院、药材公司、新华书店、县印刷厂、国营浴池等。翻开《街》，随着由远及近、自东向西的空间和时间顺序，我们跟着那个顽皮的、纯真的、可爱的“我”，进入到了那座古城“街里”的各个角落。然而，陪伴我们的不仅仅是那些古老的、年轻的建筑物，更有生活在那些建筑群落中的人群和在他（她）们中生发演绎的“旧事”。那是特定时期即墨城人的社会生活写照。街巷的建筑、图册的画面，反映的只是“城”“街”的骨架和面皮，而人和事构成的社会生活以及由此形成的文化氛围，才能造就了有血有肉的“街里”。“街里”的那些“旧事”，透露出来的特有的文化味儿，使“街里”活灵活现地“生活”了起来。那一束束曾经盛开在生活土壤里的昨日黄花，散发着悠悠余香，使我们感到倍加亲切，格外温馨，依依留恋。在“我”的那些“旧事”里，巷口大桑树上诱人的桑葚、金爪红冠的芦花大公鸡、诡秘的黄鼠狼、花花绿绿的小人书、“一毛钱一大包”的冰糕、疼痛刺骨的腕针……童趣犹然，久经难忘；红红火火的大年夜和热热闹闹的元宵节、呛人的柴油炉和白亮的电石灯、咬一口流油的大炉包、热气腾腾的澡堂子、余音绕梁的刘兰芳评书……情趣横生，兴味盎然。在那些你我“共同”的“旧事”里，熙熙攘攘闹闹哄哄的沙滩大集、列帐支棚旬日不散的物资交流会、灯光舞影的元宵灯会和民舞踩街……令人回味无穷，心驰神往；居家搬迁的情怀、低声发散的悲泣、老城拆迁的空旷……使人心潮起伏，思绪难平。还有那一个个相处相知的如张伏山、王启民、孙裕等知名人物，一项项富有地方特色的民风民俗等，都在街里的“事”中与我们不期而遇，旧梦重温，旧情再续。《街》的作者不愧为文学高手，他广采博引，兼收并蓄，精心编制，用众多的即墨地域文化元素，为我们打造了一条血肉丰满的“街里”，为我们挽留下了一座失而复得的“现代汉子”的即墨城。

《街》是一部兼有史料价值的传记式的文学作品，状物写景，说事述史，真实客观地反映了“街里”人的生活状态，使人读之触景生情，难以忘怀。还不仅仅是这些，更叫人难以忘却的还有那些从生活的园圃绿林中自然生发绽放的多姿多彩的“情冠”。《街》的作者在写街、写人、写事的同时，注重将笔触伸向生活深处，着力发掘、展现“街里旧事”里人与人之间的那些发自心灵的原生态的“真情”，借典型的情节细节之载体，将“情”的电光石火再现于《街》里。无须太多的人工雕琢，很少刻意地铮凿斧剁，原汁原味的生活情感之桨便已在读者心海激起翻腾的波澜。读者读罢掩卷，怦然心动，心情久久难以平复。《街》的“情”场，是遍布绿林的花冠，无所不在，无孔不入，比比皆是。家庭里，几代人亲密无间，相濡以沫，那血浓于水的融融亲情，感人肺腑，催人泪湿；邻里间，相互理解，你帮我助，那温热如火的暖暖乡情，炙人胸怀，令人动容；朋友圈，肝胆相照，碳伞相予，那慷慨无私的侠义友情，拨人心弦，振人股肱；学校里，赤诚相待，无猜无忌，那如玉似水的清纯的师生、同学之情，撩人心扉，令人陶醉。《街》里的“事”中，有一片真情至爱的天地。开卷入里，一股股浓重的“抒情”暖流扑面而来，将我们置身于情天爱海之中。如果说，那建筑、事物是古城老街的皮骨肌肤结成的血肉之躯，那从“街里”滋生繁衍开来的、从“旧事”里蕴藏散发出来的、打着时代和地域文化烙印的花冠光环的精神层面的“真情至爱”，便是这古城老街的不朽灵魂。因为有了那些久违了的浓浓的情、深深的爱，我们的这座古城、这条老街才如此的美好，如此的让人留恋。

不管如何，《街》里那情那爱，永远是值得我们留恋和怀念的，因为那是我们这“城”这“街”的魂，是我们这些在这里居住的人的根。《街》给我们的“城”和“街”挽住了魂，留住了根，却也玉中有瑕，主要体现在那些情之所至、爱之所及的结点处。笔者似乎于此着墨少了点，编织疏略了点，倘若笔墨再浓重再细腻些，艺术感染力会更加强烈。须知，那些天然结构细细描写的情之场爱之所，其对读者心灵的冲击力远胜于那大幅的彩色照片的。尽管如此，我、我们该是很满足了。《街》给我们的已经足够了。

古城区拆除后的空旷带给我精神上的那处空旷，《街》给补上了。《街》为即墨城人增添了一份新的文化精神的软财富。我为我们即墨城人庆幸：我们拥有两座同样可爱的即墨城！——一座是快要拔地而起闪耀着历史文明和现代时尚双重光辉的物质的即墨城！一座是已经闪现在我手中心中的《街》散发着传统文化余香的精神的即墨城！

当重生的即墨古城的楼房里住满了新的即墨城人的时候，《街里旧事》应该在居室案头占据一方显眼的位置。会的，因为富有的人们都想让自己的精神更富有。至少我是这样。

是为序。

2014年4月16日

注：《街里旧事》2014年7月由中国文史出版社出版发行。

循着心境边走边唱

朱凤俊

老街、老巷、老店铺，旧事、旧情、旧习俗……这部以即墨老县城为背景，凭借记忆中的涟漪编制而成的《街里旧事》，读后总是令人倍感温暖。曾经出版过两部长篇小说的青年作家孙诚，如今又倾情打造了这部富有诗情画意的传记文学作品。

即墨的老县城是作者生于斯、长于斯的地方，这里曾经的一切都让他刻骨铭心。在作者年少时的记忆里，以“十字街”为中心的老城街巷，陈布着诸多或古老或年轻的标志性建筑，县里的机关部门、部分厂企及主要的商家店铺也大都集中于此。作为全县政治、经济与文化的中心之所，俨然一幅“比肩继踵车马喧，三街六巷欣欣然”的胜景。那承载着作者青葱岁月里无数美好回忆的文富巷，那些让作者难以忘怀的发小、街邻与师长，那些让人垂涎三尺的蜜三刀、麻片、水煎肉包及老郭家烧肉；更有横穿东西的墨水河清流，吸纳八方商贾的河滩大集，五彩缤纷的元宵灯会和民舞踩街……一桩桩旧事旧情，一幅幅风情图卷，构成作者心目中特有的“小城气象”。作者遵从记忆的映像，循着心境娓娓而述，通过饱蘸心香的笔端，为人们呈现出一串串鲜活而有趣的故事。

洋洋洒洒数万言，外加百余幅图片组成的《街里旧事》，几乎囊括了20世纪七八十年代即墨古城老街的世情风貌。作者顺从情感的心路，精心布局谋篇，巧妙掌控篇章之间的时空关系，有感而发，边走边唱，真正体现了“为情造文”的创作宗旨。

一座老县城，其实就是一部陈旧的书，书中载满了尘封的往事。作者倾心撰写的这部《街里旧事》，如同把曾经的风雨烟云不动声色地嵌入字里行间，在临风开卷的时候，让身临其境的人们浑然走进历史的瞬间，并从时间的褶皱里品读出那个时代的沧桑和必然。

时光荏苒，寒来暑往。如今，即墨古城片区的改造工程正在加紧进行。

一座遵循“历史真实性、生活原真性、风貌完整性”原则，能够彰显千年历史文化根脉的“商都古城”即将呈现于世人面前。届时，当人们徜徉于这座重生的文化古城，一定会从《街里旧事》的温暖文字里，品读出有关时代变迁的辉煌印记。

2014 年 10 月 26 日

大美“红月亮”

——《红月亮》读后

黄建波

《红月亮》是即墨本土作家孙诚所著的青春都市长篇小说“三部曲”之三。因为与作者的朋友关系，之前在一起聊天时曾多次谈起过这部作品，但作者对小说的内容却绝少透露，也许是为了给我们留点期待和悬念吧！所以书一发售，即签得一本，四十五万字的书，我用了三个晚上的时间，几乎是手不释卷地认真读完。

我非常欣喜地发现，较之前一部小说《紫贝壳》，《红月亮》无论故事情节的复杂性、人物性格的差异性、小说场景的多面性，乃至对社会现象和人性的思考挖掘方面，都有了质的飞跃！

作者对文字的操控能力显得驾轻就熟。小说每一章几乎都是以季节描写开头，寓意了故事的发展脉络。随着春秋交替，寒来暑往，故事情节慢慢展开，逐步深入，书中人物的形象、生活、命运也如电影一般在读者脑中逐一展现。如淳朴、善良、坚韧、以德报怨的李小军，疾恶如仇、刚侠仗义却勇猛有余智谋不足以致终遭暗算的魏宝钢，身世凄苦、流浪街头、欺骗李小军却又被李小军品格感化、在最后关头惩恶扬善得以人格升华的高翔，以及不得善终的“四大恶人”鲍杰、梁兰兰、杜伟、李贵鑫，等等。作者通过细致、准确、深入的心理、语言、形象、行为描写，将一众人物刻画得栩栩如生，使读者过目难忘。

我们不得不钦佩作者强大的文笔和渊博的知识。我熟知作者有着二十多年的机关工作阅历，是省作协的会员，并非职业作家。但作者能写出具有如此艺术感染力的作品。一些根本与作者工作经历无关的场景，如赌场、同性恋酒吧、建筑工地、黑社会火拼，甚至贩运毒品过程等，作者将这些场景以强烈的现场感一一展示给读者。错综交叉的人物关系，一个接一个的伏笔，对文中人物命运的关注，无不吸引读者迫切读下去！有惊愕，有

悲伤，有愤怒，有嬉笑，使读者与文中人物同呼吸、共命运！

我一直在思考作者以《红月亮》为小说命名的隐义。红月亮只在小说的开头和结尾出现了两次，却以文中人物对红月亮的想象、描述、争论，贯穿于小说始终。红月亮第一次出现在李小军正处于丧父的人生低谷时，看到红月亮，他联想到了父亲的死。红月亮再次出现时，故事已臻结局，悲剧人物高翔从高楼从容的一跃，将生命融入了红月亮！美丽的、神秘的红月亮两次出现时都与死亡有关，但小军从人生低谷走出，开始了同命运的抗争；高翔将自己青春的身影融入红月亮，完成了生命的升华。死亡难道不是生命的重新开始吗？正如冬去春来。

感谢作者带给我们如此丰富的精神食粮，我们也祝愿作者能够继续以源源的创作灵感和高涨的创作热情，不断推出好作品，以飨读者！

2017 年 4 月 20 日

注：黄建波，男，山东锦海盛律师事务所主任；即墨市十二届、十三届政协委员；青岛市律师协会纪律委员会委员、劳动人事专业委员会委员；“即墨市十佳律师”。

《红月亮》2017 年 2 月由福建海峡文艺出版社出版发行。

在《红月亮》首发签售会上的发言

孙　诚

尊敬的各位领导、各位来宾、朋友们：

上午好！

今天是个星期天，大家浪费了各自的休息时间，亲自赶来参加这个首发签售会，为此，我和我的家人对大家的莅临指导表示最热烈的欢迎！对群力公司、黄海文化艺术研究院的肖群总经理、肖院长和各新闻媒体的大力支持表示最衷心的感谢！今天到场的嘉宾还有：原即墨师范八七级五班、原即墨二十四中八四级四班我的同学们；还有我的亲朋好友；还有从青岛和外地赶来的朋友；还有一些是朋友的朋友，因为时间的关系不能一一介绍，在这里就一并谢过了，感谢大家的光临和支持！

业余时间从事文学创作，并非我学习的专业和从事的主业，这可能与自己多年来从事机关文字写作和美术专业毕业有关。兴趣爱好其实是最好的老师，不用鞭策、不用引导，精诚所至，金石为开。当兴趣到位了、历练得久了，所谓的成果自然也就有了。

既然是业余作者，可以是“三天打鱼，两天晒网”，没有任务、没有压力，可以从容面对。那为什么要写呢？很简单，因为有话要说。一旦有了好的题材和创作灵感，大脑一刻也不会停歇下来。文学创作是一个艰辛乏味的行业，也是一件欢乐愉快的事情，必须青灯漫卷，远离喧闹，只有那样人才会真正安静下来，全身心地投入到“忘我”的境地。文学创作如同“十月怀胎”，按理说到了出版发行就应该是“一朝分娩”，可事与愿违，结果恰恰相反，却更像是“十月怀胎，十年分娩”。从我的第一本长篇小说《真爱烹得云水长》到这本《红月亮》，四部作品从创作到出版发行共用了十年的时间。而这本《红月亮》却整整耗费了四年的光阴。其中，四十五万字的创作仅用了一年的时间，可谓是一路顺畅的神速了。可投稿、推介、出版发行却用了三年，其中“政审”等出版技术层面的问题就耗费了一年

的时间。所幸的是，书最终还是公开出版发行了。如果就是过不了关，出版社将稿子给毙了，对于作者而言又能怎样呢？所以，这其中的各种煎熬、各种滋味无以言表，相信在场的诸位从事文学创作的朋友都能感同身受。

网络文学的兴起，给纸质传统的图书市场带来了极大的冲击。网络化是时代的特征和必然，网络文学的异军突起也在情理之中。方便、快捷、门槛儿低、低成本运转、覆盖面广泛是网络文学的优势，但低俗、肤浅、剽窃、代笔等问题也是层出不穷、不胜枚举。而纸质图书的出版发行门槛儿高，运营成本大，读者群的减少和市场的萎缩成了制约各个出版企业生存发展的瓶颈，就连大牌作家们的书，出版社的出版发行都是慎之又慎、压缩再压缩，连同实体书店都受到了很大的影响。纵观网络十几年，低头族、手机控的危害已被大家认识。这是个信息量爆炸的时代、人人自媒体的时代，天天沉溺于网络里，真实的你最终收获了多少真实的东西呢？当我们捧一本散发着油墨清香的书籍，或置身于几案旁边，或躺在舒适的床榻之上，或摆在案头，或放在包里，它随时都会让你的身心放松安静下来。人生匆匆，静能生悟。无论你是独处还是旅行，书籍都像是一位最贴心的朋友时刻陪在你的身边。由此我们可以断言，纸质传统图书的实物性和特点是虚拟的网络空间永远都无法替代的。所以，传统纸质图书的读者群正在逐年回归。

《红月亮》的故事和人物纯属虚构。但文学作品的创作却是真实的，里面的人物是活生生的，是完整可信的，这也正是印证了那句“艺术源于生活，但高于生活”的注解。通篇文稿的创作过程在书的“后记”中有所交代，这里就不一一赘述了。今天只是想从怎么去读它谈一点看法。我不知道别人是怎样，反正我自己有个习惯，写过了的东西基本不会再去翻看，因为书稿早已烂熟于胸了。或许是因为对这本《红月亮》倾注的情感太多，“蛰伏期”太长，所以拿到样书的第一时间还是从头到尾又认真看了一遍，虽然文稿中个别词句还是难免有瑕疵，但当看到了人物、章节的悲情之处，还是会潸然泪下。这正是长篇小说引人入胜的魅力所在，也是作者创作能够吸引读者的必备技能。人物与故事要丝丝入扣，铺垫和包袱既要合情合理，又要环环相扣。读第一遍时，大家会在好奇心和故事情节的驱使下匆匆看完，看得难免要粗略了些。所以我建议，一段时间后你再慢慢看几遍。这样，章节中的一些细节、文字语言的编排设计，让人反思、共鸣的体会就会更多了。《红月亮》的创作，我一直遵循着尽力回避作者在书中陈述的特点，尝试着让人物自己来引领着故事的发展，所以小说的质感、带入感、读者脑海里的画面感就显得很强、很清晰。

总之，《红月亮》是一本适合成年人阅读的书，它的魅力和可读性已经远远超过了我的前两本长篇小说。但仁者见仁，智者见智，不当之处欢迎大家的批评指正！

最后，祝大家身心健康，工作顺利！

谢谢大家！

2017 年 4 月 16 日

后 记

工作之余，喜欢“三天打鱼，两天晒网”地拉杂地写点东西，时间久了，竟也有了几本所谓的“著作”。偶尔亦被冠以“文人”或“作家”的称谓，实乃诚惶诚恐。惶于这分门别类的界定，恐于这名不副实的“头衔”。

“文人”，词源为“周之先祖”，又谓“文德之人”。文人是指严肃地从事哲学、文学、艺术以及一些具有人文情怀的社会科学的人。或者说，文人是追求独立人格与独立价值，更多地描述、研究社会和人性的人。

“作家”，泛指能以写作为业的人，也特指文学创作上有盛名成就的人。“作家”一词最早出现在《三国志·蜀志·杨戏传》：“请为明公以作家譬之。”原来，最初的“作家”竟然是个管理家务的意思。直到唐代，“作家”一词才开始转变成了现在的含义。据北宋李日方撰《太平广记》载：“唐宰相王好与人作碑志，有送润毫者，误叩右丞王维门，维曰：大作家在那边。”这就是唐宋时期对在文学艺术上成绩卓著者称为“作家”的由来。

如上所陈，笔者何以敢当？再者，文人、作家本是可以养家糊口的。反观自己的稿酬竟不抵烟卷儿钱，又何谈糊口与养家？所以，充其量算是个“东一榔头、西一镲头”的业余文学爱好者罢了。这点儿自知之明还是应该有的。

这本集子的促成和命名源自于其中的那篇《浅谈“即墨话”》。此文的写作恰逢 2017 年即墨“撤市设区”并入青岛城区之际，感慨之余，就促生了结集出版这本文集的想法。《说说即墨话》的本意是：即墨人在即墨好好说说即墨话。作为土生土长的即墨人，理应对“母亲”的大地有所了解，也当然应该说好“母语”的即墨话。至于会不会说、能不能说好，那又是另外一码事了。

即墨，史载于《战国策》《史记》等典籍，春秋战国时期为齐国名邑，秦代置县，隋朝建城。自秦汉至南北朝的 700 多年间，虽然历经朝代更替、战乱不断，但即墨的县制未变；公元 556 年，即墨县与不其县县制废除，一同并入了长广县（今山东省平度市）；公元 596 年重置即墨县，即墨附城遂迁至现址重建；1897 年 11 月 14 日，德国以曹州教案为借口，占领录了即墨县南部海域和部分陆地。1898 年强迫清政府签订《胶澳租界条约》，将即墨的白沙河以南的地区（仁化乡的大部分、里仁乡和福海乡的一部分）划为“胶澳租界”，这就是后来的青岛市市区；1935 年，国民政府又将即墨海润乡的崂山东部地区划入了青岛市；1949 年 5 月 26 日，即墨全境解放；新中国成立初期，即墨属胶州专区；1956 年即东县并入即墨县，改属莱阳专区；1957 年 10 月，改属青岛市；1961 年 3 月，改属烟台专区，同时将即墨县的城阳、棘洪滩、马哥庄、河套、阴岛（今红岛）五个公社划归崂山县，形成了即墨现在的境域；1978 年 12 月，即墨县重新改属青岛市；1989 年 7 月，经国家民政部批准，即墨撤县设市，直到 2017 年 9 月“撤市设区”。所以，“即墨”是胶东半岛上的一个非常古老的地名，古文明源远流长。它不仅以现址呈现了 1400 余年的建城史，而且还以其文化包容力开启了 2500 多年的史册视野。青岛的今天，绝非因即墨；但青岛的昨天和明天，一定离不开即墨。即墨现在的总面积 1780 平方公里，区划后的青岛城区面积达到了 5214 平方公里，城区人口 611 万，青岛瞬间成为了“特大城市”。即墨鳌山湾已成为青岛“三湾三城”格局中的一个支点，即墨必将成为支撑青岛可持续发展的重要一极。

写作是以语言文字为媒介的文化交流行为，是人类各个领域不可或缺的信息记录与传播方式。而对于写作的意义来说，它可以作为凝聚思想，表达情感的工具，是加工与传递知识的基本手段；也是人类精神生活与实践活动的重要组成部分；同时也是文学作品创作的重要途径。于我而言，写作只是一个让我安静思考的过程。

“十年之计，莫如树木；终身之计，莫如树人。一树一获者，谷也，一树十获者，木也；一树百获者，人也。”从 2008 年我的第一本长篇小说《真爱烹得云水长》到这本散文集《说说即墨话》整整十年，十年弹指一挥，却有了加上《紫贝壳》《街里旧事》和《红月亮》这五本书。本集收录了笔者从 20 世纪 90 年代至今撰写刊发的部分散文随笔，突出了“即墨元素”，辅之几篇游记和杂感。因为时间跨度大，文中表述的许多事物如今都已发生了很多变化。但为了保存当初的“原貌”和那份“真实”，此次收录的文章大都没有删改，只是将个别不当的词句进行了调整。为了方便阅读，自己将这六十六篇文章大致分成了四辑。第一辑的文稿属于散文；第二辑属于人物小传记，还有许多各界精英朋友的本集未作收入，期待以

后整理完善；第三辑属于随笔杂感；第四辑属于游记；附录部分，是将关于我的书评文章集中摘录，歌以咏志。不管文稿怎么分类，终归还是我这个即墨人的“自说自话”。一家之言恐难周全，或有不当，权作文友和广大读者朋友们茶余饭后的一点消遣和谈资吧！

我已经麻烦董安荣先生好几次了，对于这本书稿，董老百忙中逐篇审阅后又给题写了《序言》，令晚生感激不尽、无以言表！书的大部分图片是我自己拍摄的，个别照片因不能一一详注作者，只好一并在这里深深致谢了！

这本《说说即墨话》是自己的首部散文集，它见证记录了自己多年来的“闲情雅趣”和“笨嘴拙舌”，算是我为青岛市即墨区成立一周年献上的一份薄礼吧！

孙诚

2018 年 10 月 30 日于即墨